바쇼 하이쿠 선집

바쇼
하이쿠
선집

보이는 것 모두 꽃
생각하는 것 모두 달

마쓰오 바쇼
류시화 옮김

열림원

소나무에 대해선 소나무에게 배우고,

대나무에 대해선 대나무에게 배우라.

그대 자신이 미리 가지고 있던 주관적인 생각을 벗어나야 한다.

그렇지 않으면 자신의 생각을 대상에 강요하게 되고 배우지 않게 된다.

대상과 하나가 될 때 시는 저절로 흘러나온다.

그 대상을 깊이 들여다보고, 그 안에 감추어져

희미하게 빛나고 있는 것을 발견할 때 그 일이 일어난다.

아무리 멋진 단어들로 시를 꾸민다 해도

그대의 느낌이 자연스럽지 않고

대상과 그대 자신이 분리되어 있다면,

그때 그대의 시는 진정한 시가 아니라

단지 주관적인 위조품에 지나지 않는다.

—마쓰오 바쇼

일러두기

1. 첫 번째로 실은 하이쿠를 제외하고는 모두 창작한 연대순으로 실었다. 연대가 불분명한 하이쿠도 최대한 가까운 시기에 포함시켰다.

2. 바쇼의 하이쿠 원문은 1행이지만 이 책에서는 운을 구분하기 위해 3행으로 번역했다.

3. 원문 표기는 하이쿠가 지어졌을 당시의 표기를 따랐다. 思ひ(思い), ゐる(いる), 食ふ(食う). 단, 한자 읽는 법은 현대어로 표기했다.

4. '하이쿠'는 근대 이후의 명칭이고 바쇼 시대에는 '하이카이' 혹은 '홋쿠'로 불렸으나, 여기서는 혼란을 피하기 위해 '하이쿠'로 통일했다.

5. 원문에 충실하게 번역하는 것을 기본 원칙으로 했다. 따라서 『한 줄도 너무 길다』(류시화 엮음)의 번역과 차이가 있을 수 있으며, 『백만 광년의 고독 속에서 한 줄의 시를 읽다』(류시화 엮음)의 번역과도 다를 수 있다.

6. 촉음(작은 っ)은 하이쿠에서는 한 음가를 가지므로 원문대로 큰 つ로 표기했다. 원문에서 작은っ로 쓴 경우는 그대로 따랐다.

7. 일본어 표기는 국립국어원의 일본어 표기법을 따랐다. 'ᄎ'와 'ᄊ'로 혼용되는 'つ'는 표기법에 따라 'ᄊ'로 하고, 받침 'ㅅ'은 'ㄴ'으로 통일했다.

차례

1

파초에는 태풍 불고
대야에 빗물 소리
듣는 밤이여

芭蕉 野分して 盥 に雨を聞く夜かな

일상의 풍경이지만 생의 어느 순간은 시가 된다. 1681년 봄, 지금은 도쿄라 불리는 에도江戸의 변두리 오두막 앞에 파초 한 그루가 심어졌다. 몇 달 전 이사 온 시인을 위해 시인의 문하생 리카李下가 선물한 것이었다. 38세의 시인은 그 선물을 무척 기뻐했다. 그는 그곳에서 혼자 살았으며, 밤이면 파초 잎에 부는 바람 소리를 듣곤 했다. 풀로 엮은 지붕은 비가 새어 방 안에 대야를 받쳤다. 파초의 넓은 잎은 연약해 비바람에 쉬이 찢겼다. 시인은 파초가 자신을 닮았다고 느꼈다. 방문객들은 그 오두막을 '파초암芭蕉庵'(바쇼안)이라 불렀고, 그도 자신의 이름을 '바쇼芭蕉'(파초)로 바꿨다. 이 하이쿠는 파초암으로 이사한 초기의 작품으로, 폭풍우에 펄럭이는 파초 잎을 묘사하기 위해 정해진 글자 수 5·7·5보다 많은 8·7·5로 읊었다.

봄이 왔는가
한 해가 다 갔는가
작은그믐날

はる　　こ　　とし　　ゆ　　　　　こつごもり
春や来し 年や行きけん小晦日

'음력으로 한 해가 끝나지 않았는데 절기상으로는 입춘이다. 봄이 빨리 왔나, 한 해가 빨리 갔나?' 19세 겨울에 쓴 최초의 하이쿠로 여겨진다. 음력 12월 31일을 '큰그믐', 30일을 '작은그믐'이라 하는데 작은그믐과 봄의 첫날인 입춘이 겹친 것이다. 당시는 그런 경우가 종종 있었는지 이를 주제로 한 시가 많다. 『고금와카집古今和歌集(고킨와카슈)』에 실린 헤이안 시대(794-1185)의 가인 아리와라노 모토카타在原元方의 와카 '한 해 가기 전/ 봄 찾아왔으니/ 남은 날들을/ 작년이라고 할까/ 금년이라고 할까'*가 대표적이다. 일본 시문학을 바꾼 바쇼의 하이쿠는 이렇게 소박하게 시작되었다.

달이 안내자
이쪽으로 오시오
여행자 쉴 곳

月ぞしるべこなたへ入らせ旅の宿

'여행자에게는 밝은 달이 길잡이이고 이정표이니, 자, 이쪽 여인숙으로 오시오.' 21세에 쓴 하이쿠이다. 요쿄쿠謠曲(요곡) 〈구라마텐구鞍馬天狗〉에 등장하는 노래 '깊은 구라마 산길/ 꽃이야말로 길잡이이니/ 이쪽으로 오시오'*를 차용했다. 요쿄쿠는 중세 일본에서 시작된 악극 형태 노能의 노랫말 대사이다. '덴구天狗'는 심산유곡에 사는 신통력 가진 요괴. 이 시대의 하이쿠는 요쿄쿠에서 소재를 가져오는 것이 유행이어서, 바쇼도 그것을 따르고 있다. 그러나 '달은 하늘을 가로지르는 여행자이며 인간은 땅 위의 여행자'라는 생각은 25년 후에 쓴 기행문의 첫 문장을 장식한다. 이 하이쿠가 완전한 모방이 아닌 것은 그 때문이다.

늙은 벗나무
꽃 피었네 노후의
추억이런가

うばざくらさ　　　　ろうご　おも　いで
姥　桜　咲くや老後の思ひ出

'늙은 나무인데도 꽃이 만발했다. 마치 늙은 여인이 노후의 자태를 뽐내는 것과 같다.' '우바자쿠라姥桜'는 잎 없이 꽃을 피우는 벗나무의 일종으로 '한물간 미인'을 가리키지만, 한편으로는 중년이 지나서도 아름다움을 간직한 여성을 상징한다. 21세에 쓴 초기 하이쿠이다. 13세에 아버지를 여읜 바쇼는 고향의 권세 있는 무사 집에서 허드렛일을 하며 그 집 아들 도도 요시타다藤堂良忠의 시중을 들었다. 두 살 연상인 요시타다가 하이쿠에 취미가 있었기 때문에 바쇼도 자연히 하이쿠를 접하게 되었다. 바쇼의 하이쿠는 크게 일곱 시기로 나뉘는데 첫 번째 시기가 19세에서 29세까지의 습작기로, 이 시기에 교토 부근의 고향 이가우에노(현재의 미에 현)와 교토를 오가며 하이쿠 지도자 기타무라 기긴北村季吟에게 시를 배웠다.

교토에서는
구만구천 군중이
꽃구경하네

きょう くまんくせん はなみかな
京 は九万九千くんじゅの 花見哉

'교토에서는 봄이면 집집마다 벚꽃 구경을 간다. 화사한 차림을 한 사람들이 꽃나무 아래를 거니는 모습을 보는 것도 꽃구경의 즐거움이다.' 당시 교토의 가구 수는 9만 8천이었으나 'ㅋ'음으로 운을 맞추기 위해 9만 9천으로 바꾸었다. 또한 '귀천貴賤'에 가까운 발음 '구천'을 써서 빈부귀천의 구별 없이 꽃구경한다는 의미를 넣었다. 이렇게 동음이의어나 발음이 비슷한 글자로 바꿔 본래의 의미에 다른 의미를 더하는 언어유희를 가스리掠り(곁말)라 한다. 함께 하이쿠를 지으며 자신을 총애하던 요시타다가 스물다섯 나이로 병사하자 충격을 받은 바쇼는 고향을 떠나 교토로 갔다. 이 하이쿠는 그 첫해에 쓴 것으로, 단순히 교토 사람들의 꽃놀이를 묘사한 것이 아니라 '군중은 꽃구경에 심취해 있는데 나의 마음은 슬픔에 잠겨 있음'을 행간에 담았다. 23세의 작품.

14

내리는 소리
귀도 시큼해지는
매실 장맛비

降る音や耳も酸うなる梅の雨
ふ　おと　みみ　す　　　うめ　あめ

매실이 익을 무렵에 내린다 해서 음력 5~6월에 내리는 장맛비를 '매우梅雨'라 부른다. 매실은 익어도 발효시키기 전에는 시어서 먹을 수 없다. '장맛비 소리를 들으니 매실이 생각나서 신맛이 귓속까지 전해진다'는 의미이다. 또한 같은 소리를 싫증 나도록 듣는 것을 '귀에서 신맛이 난다'고 하듯이, 매일 반복되는 빗소리를 듣고 있으니 귀에서 신맛이 나는 것 같다는 의미도 있다. 23세의 초기작이라서 설익은 익살에 머물렀지만, 청각을 미각으로 연결시킨 점이 독특하다. 이렇듯 하나의 감각이 다른 감각을 불러일으키는 현상을 '공감각共感覺'이라고 하는데, 소리를 들으면 색깔이 느껴지는 것 등이 그것이다. 이 공감각은 앞으로도 바쇼의 하이쿠에 자주 등장하게 될 중요한 시작법 중 하나이다.

제비붓꽃
너무도 닮았구나
물속의 모습

かきつばた に　　　　　に　　　　みず　かげ
杜 若 似たりや似たり 水 の 影

물에 비친 꽃은 물에 비친 자신의 모습이다. '제비붓꽃이 물가에 아름
답게 피어 있다. 물에 비친 모습이 실제의 꽃과 구분하기 힘들 만큼 닮
았다.' 유명한 요쿄쿠 〈제비붓꽃杜若〉에 나오는 노래 '닮고도 닮았구
나/ 제비붓꽃과 붓꽃'*을 가져왔다. 요쿄쿠에서는 제비붓꽃과 붓꽃의
닮음을 말하고 있지만 여기서는 제비붓꽃과 꽃이 물에 비친 모습으로
대치했다. 23세의 작품으로, 당시의 시풍대로 해학적인 패러디와 지식
의 과시가 엿보인다. 하이쿠 지도자가 되기 위해 거쳐야 할 과정이었다.
이 무렵, 삶의 무상함을 느낀 바쇼는 교토의 절에 머물며 불교와 선을
배운 것으로 추측된다. 정확한 기록은 없지만, 이 몇 년 동안의 잠적기
는 바쇼의 삶과 문학 형성에 중요한 의미를 갖는다.

바위철쭉도

물드는 붉음

두견새 눈물

岩 躑躅染むる 涙 やほととぎ 朱

오래 울면 눈물은 피가 된다. '바위틈에 핀 철쭉이 붉은 것은 두견새가
토해 내는 핏빛 울음에 물들었기 때문이리라.' 철쭉을 '두견화杜鵑花'라
고도 하는데, 이는 두견새가 피를 토할 때까지 밤새 울어 그 피로 꽃이
물들었다는 전설에서 유래한 것이다. 두견을 뜻하는 '호토토기스'의
'스'를 발음이 비슷한 '붉을 주朱'로 바꿔 써서, '두견새'를 의미하는 동
시에 '붉은색'을 의미하는 가스리 기법을 썼다. 23세의 하이쿠로, 신선
한 발상과 기교를 중시한 작품이다. 바쇼는 20대에 대표작을 쓴 천재
시인이 아니었다. 생애 마지막까지 끊임없는 추구와 새로운 모색을 통
해 시성詩聖의 자리에 오른 노력파였다.

소나무처럼
잠깐을 기다려도
두견새 천 년

しばし間^まも待つやほととぎす千年^{せんねん}

しばし間ま も待つやほととぎす千 年せんねん

기다림은 시가 된다. 두견새 우는 계절이 왔다. 봄을 알리는 그 첫울음을 이제나저제나 기다리는 것은 쉬운 일이 아니다. '소나무는 천 년'이라는 말처럼 잠깐 동안도 천 년처럼 느껴진다. 당시의 시인들은 봄의 첫 시를 쓰기 위해 두견의 울음을 기다리는 전통이 있었다. '기다리다'를 뜻하는 '마쓰まつ'는 '소나무松'의 '마쓰'와 발음이 같다. 이렇게 한 단어에 둘 이상의 뜻을 중첩시키는 것을 가케코토바掛詞(엇걸기)라고 하는데, 중세의 와카와 하이쿠에 자주 사용된 기법이다.

초겨울 찬비
안타깝게 여기는
소나무의 눈

しぐれ　　　　　　　　　　まつ　ゆき
時雨をやもどかしがりて松の雪

어떤 비는 초록을 무성하게 하지만, 어떤 비는 잎을 지게 한다. 일본 전통시에서 '초겨울 비'는 나뭇잎을 단풍으로 물들이는 비다. 그러나 소나무는 겨울비가 내려도 단풍이 들지 않는다. 그것을 안타깝게 여기고 눈이 소나무를 하얗게 물들인다는 것이다. '소나무'와 '기다리다'의 동일한 발음 '마쓰まつ'를 엇걸어, 초겨울 비 속에 안타깝게 눈을 기다리는 소나무의 의미도 겹쳤다. 소나무에는 겨울비보다 눈이 잘 어울린다는 기존의 미의식을 따른 23세의 작품이다.

서리 맞은 채
울적하게 피었네
가을 들꽃

しもがれ　さ　　しんき　はなのかな
霜枯に咲くは辛気の花野哉

서리를 맞아 시들어 버린 들판에 아직 조그맣게 피어 있는 들꽃은 어
쩐지 마음이 내키지 않아 보인다. 평범하고 상투적인 표현이지만, 울적
하고 답답한 자신의 처지를 투영한 것일까? '마음 내키지 않은 꽃'이라
는 표현은 당시에 유행했던 노래에서 차용했다. 24세 때의 작품.

풀 죽어 숙였네
세상이 거꾸로 된
눈 얹힌 대나무

萎れ伏すや世はさかさまの雪の竹
しお ふ よ ゆき たけ

눈의 무게를 이기지 못하고 대나무가 아래로 구부러져 있다. 하이쿠 앞
에 "아이를 병으로 잃은 사람의 집에서."라고 쓴 것으로 보아 아이를
잃고 슬픔에 잠겨 고개 숙이고 있는 부모를 대나무에 비유했다. 갑자
기 아이를 잃으면 세상이 거꾸로 보이는 것은 당연한 일. 또한 대나무
가 구부러져 마디가 거꾸로 된 것처럼 아이는 죽고 부모는 살아 있는
삶의 부조리도 담았다. 대나무 잎에 얼어붙은 눈이 죽음과 슬픔을 부
각시킨다. 노 악극에서 '눈 얹힌 대나무'는 눈 속에서 얼어 죽은 자식
을 애통해하는 어머니의 이야기로 통한다.

꽃의 얼굴에
주눅이 들었구나
어렴풋한 달

花の顔に晴れうてしてや 朧 月
はな かお は おぼろづき

만발한 벚꽃의 아름다움에 기가 죽었는지 으스름달이 어렴풋이 얼굴
을 가리고 있다. 에도 시대 이전의 전통 시가에서는 '꽃'이 매화를 가리
켰는데 에도 시대부터는 벚꽃의 인기가 높아져 벚꽃을 가리키게 되었
다. 이 하이쿠 속의 꽃도 벚꽃이다. 만개한 벚꽃 앞에 자신이 드러나는
것을 겸연쩍어하는 듯한 달을 의인화했다. 동시에 '얼굴'이 꽃과 달 양
쪽에 걸려 '달 앞에서 주눅 든 꽃'의 의미도 숨어 있다. 24세의 작품.

꽃 아래서도
열 수 없어 슬프다
시의 주머니

花(はな)にあかぬ嘆(なげ)きやこちの歌袋(うたぶくろ)

시의 수맥은 늘 흐르지만 시를 길어 올리지 못할 때가 있다. 이 하이쿠는 이중의 뜻을 엇걸고 있어서 몇 가지 해석이 가능하다. '아카누あかぬ'는 '열리지 않다'와 '싫증 나지 않다'의 뜻이다. '고치こち'는 '내 것'의 뜻이면서 '동풍'의 뜻이다. '꽃이 피었어도 떠오르지 않는 시의 영감, 한탄스럽다. 봄바람조차 시의 주머니를 열지 못하니.' 헤이안 시대의 가인 아리와라노 나리히라在原業平의 와카 '꽃 싫증 나지/ 않아 한탄하는 것/ 자주 있지만/ 오늘 밤과 같은/ 날은 또 없어라'*의 패러디이다.

파도의 꽃은
눈이 물로 돌아와
늦게 피는 꽃

<ruby>波<rt>なみ</rt></ruby>の<ruby>花<rt>はな</rt></ruby>と<ruby>雪<rt>ゆき</rt></ruby>もや<ruby>水<rt>みず</rt></ruby>の<ruby>返<rt>かえ</rt></ruby>り<ruby>花<rt>ばな</rt></ruby>

'겨울 바다에 물보라가 인다. 저것은 본래 물이었던 눈이 물로 돌아와 뒤늦게 피는 꽃이다.' '파도의 꽃波の花'은 계절풍이 강하게 부는 날, 바위에 부딪쳐 파도가 하얗게 포말이 되어 눈처럼 춤추며 해안을 뒤덮는 것을 가리킨다. 흰 벚꽃잎이 날리는 것과 비슷해 '꽃'으로 불린다. 그리고 '돌아온 꽃返り花'은 봄에 피었던 꽃이 여름이나 가을이 되어 제철이 아닌 때 다시 피는 현상이다. '미친 꽃狂い花'으로도 불린다. 물보라는 겨울의 계어이다. 시적 기교가 돋보이는 25세의 작품.

안쪽 깊은 산
밖에서는 모르는
꽃들이 만발

うち山や外様しらずの花盛り
<small>やま　とざま　　　　　はなざか</small>

'산속 절에서 비밀 수행을 하고 있어서 외부인들은 그 비법을 알 수 없다.' 나라 현의 우치야마宇知山 산에 있는 절 에이큐지永久寺는 진언종에 속한 큰 사찰로, 그들의 수행 비법은 절 안에 만발한 꽃과 마찬가지로 밖에서는 엿볼 수 없다. '우치宇知'와 발음이 같은 '안쪽內'을 엇걸었다. 그러나 이 하이쿠는 '밖에서는 모르는'이 앞쪽에도 걸리게 해 그들의 수행법을 비꼬고 있다. '비법 수행을 하는 절 밖에는 지금 그들이 모르는 봄꽃이 만발해 있다.' 꽃의 아름다움을 감상하는 것이 더 진정한 종교 체험이라는 것이다.

여름 장맛비
깊이 재며 내리네
늘 건너는 강

五月雨も瀬踏み尋ねぬ見馴河
_{さみだれ　せぶ　たず　　みなれがわ}

강물 위로 꽂히는 장대 같은 비는 마치 강의 깊이를 재는 것 같다. 초여름 장마로 물이 불어나기 시작한 강을 건너기 위해 얕은 여울을 찾고 있는데 장맛비가 먼저 깊이를 가늠하며 내린다. 늘 보아서 익숙한 강인데도 어느 곳이 얕은지 알 수 없다. 미나레 강見馴河은 나라 현의 작은 강으로, '늘 보아서 익숙한 강'이라는 뜻이다. 헤이안 시대 말기의 승려 지엔慈円의 와카 '여름 장맛비/ 하루 종일 내려서/ 늘 보던 강의/ 늘 보던 여울조차/ 끊임없이 변하네'*를 따라 읊은, 27세의 작품이다.

꽃은 싫어라
사람들의 입보다
바람의 입이

はな　　　　　せけんぐち　　かぜ　くち
花 にいやよ世間 口 より 風 の 口

꽃은 피었다가 지는 것이 이치이나 꽃구경 철이 되면 세상 사람들의 입
은 이 꽃이 예쁘니 저 꽃이 아름다우니 시끄럽다. 그러나 무엇보다 싫
은 것은 바람의 입이다. 꽃을 모두 떨어지게 하기 때문이다. 젊은 여자
에겐 세상 사람들의 짓궂은 입도 싫지만 젊음을 가게 하는 세월이 가
장 싫다. '싫어라ぃゃょ'는 당시의 대중가요에서 자주 쓰던 표현이었다.
이 하이쿠도 '혼자 자는 것은 싫어라/ 새벽의 이별도'라는 가사를 차
용했다. 19세에서 29세 사이에 지은 작품으로 추정된다.

말하는 사람마다

입속의 혀

붉은 단풍잎

人ごとの 口にあるなりした 椛
<small>ひと　　　くち　　　　　　　　　　もみじ</small>

20대의 작품이라서 당시의 시풍을 따른 언어유희 측면이 강하다. '히
토고토'라는 단어 하나로 '남의 일ひと事', '남의 말人言', '한마디 말一
言', '사람마다人毎'등 여러 의미를 담아 '혀'와 '붉은 잎'의 이미지를 겹
쳤다. '붉은 단풍잎에 대해 시를 읊는 모든 사람의 입속에도 붉은 단풍
잎을 닮은 혀가 하나씩 들어 있다'는 뜻도 된다. 또한 다양한 재앙을 가
져오는 붉은 혀의 이미지도 중첩된다. 단풍나무의 붉은 잎에 대한 시는
13세기 초에 편찬된 『신고금와카집新古今和歌集(신코킨와카슈)』에도 실
려 있다.

바라보다가
나도 꺾어지겠네
여랑화꽃은

見るに我も折れるばかりぞ女郎花
_み _わ _お _{おみなえし}

마타리로도 불리는 여랑화는 산과 들에 나는 노란색 꽃의 여러해살이 풀이다. 줄기 끝에서 여러 가는 줄기가 퍼져 꽃이 달리며, 꽃대가 가늘기 때문에 잘 꺾인다. 그런데 '여랑女郎'은 유녀, 창녀의 뜻도 된다. '요염한 마타리 꽃을 보니 나도 꺾일 정도로 매혹적이구나.'의 의미를 담았다. 헤이안 시대의 승려 소조헨조僧正遍昭의 와카 '이름 귀여워/ 꺾어질 뻔했어라/ 여랑화꽃/ 나와 떨어져서/ 다른 이와 말하라'*를 바탕으로 썼다. 에도 시대에는 경제 번영과 함께 상인과 무사의 생활이 나아지면서 이들을 대상으로 한 유녀와 유곽이 성행했다.

구름 사이에
벗이여 기러기 잠시
생이별하네

雲 とへだつ 友 かや 雁 の 生き 別れ
<small>くも とも かり い わか</small>

29세 때, 친구들과의 작별을 슬퍼하며 쓴 하이쿠이다. 자신이 모시던 주군이 요절하자 교토로 나와 기긴 문하에서 시와 고전을 배우고 동시에 선원에서 불교를 공부하던 바쇼는 이해에 고향과 교토를 뒤로 하고 에도를 향해 출발했다. 북쪽으로 날아가는 기러기를 북쪽의 에도를 향해 떠나는 자신의 모습과 겹쳤다. '가리かり'는 '기러기'의 뜻도 되고 '잠시'의 뜻도 되어서, 또 만날 날이 있으리라는 희망을 담았다. 처음 에도에 도착해 어디에 머물렀는지는 여러 설이 있으나 자본주의의 여명기인 당시, 그 중심지에 해당하는 니혼바시日本橋에 나타난 것은 분명하다. 29세에 처음 에도로 갔다가 31세에 고향에 돌아온 뒤 그해 다시 에도로 갔다. 고향에서 에도까지는 320킬로미터.

2

기다리지 않았는데
채소 팔러 오는가
두견새

<ruby>待<rt>ま</rt></ruby>たぬのに <ruby>菜<rt>な</rt></ruby><ruby>売<rt>う</rt></ruby>りに <ruby>来<rt>き</rt></ruby>たか <ruby>時<rt>ほ</rt> 鳥<rt>ととぎす</rt></ruby>

일본의 전통시는 두견새를 헛되이 기다리는 것을 주제로 한 작품이 많다. 첫 두견새 울음을 이제나저제나 기다렸는데 정작 온 것은 채소 사라고 외치는 행상뿐이다. 34세의 작품. 이해에 바쇼는 에도의 간다가와 神田川 하천의 물을 방화용수로 끌어 들이는 상수도 공사에 참여했다. 노역이나 기술자로서가 아니라 인부들의 장부를 정리하는 일이었다. 경제적으로 빈궁한 생활을 해결하고 당국으로부터 무직자로 주목받는 것을 피하기 위해서였다. 바쇼 하이쿠 문학의 두 번째 시기는 에도에 정착해 하이쿠 지도자로서의 입지를 다지고 문하생들을 받아들이기 시작한 32세에서 36세까지의 기간이다.

가을 왔다고
내 귀를 방문하는
베갯머리 바람

秋来にけり 耳を訪ねて 枕 の風
_{あきき} _{みみ} _{たず} _{まくら} _{かぜ}

'입추의 아침이다. 입추는 오히려 늦더위의 정점이라서 아직 가을이 느
껴지지 않지만 가을이 온 증거로 밤이면 가을바람이 베갯머리에 다가
온다.'『고금와카집』에 실린 후지와라노 도시유키藤原敏行의 와카 '가을
왔다고/ 눈에는 분명하게/ 보이지 않아도/ 바람 부는 소리에/ 홀연히
놀랐어라'*에 영감을 받은 6·7·6자의 하이쿠이다. 이렇게 글자 수가
규정보다 많은 것을 지아마리字余り(글자 넘침)라고 한다. '아키키니케리
미미오타즈네테 마쿠라노카제'의 운율이 음악적이다.

나무 자르니
밑동이 보이누나
오늘 밤의 달

き　き　　も と く ち み　　き ょ う　つ き
木を切りて 本 口 見るや今日の月

하이쿠에서 '오늘 밤의 달'은 음력 8월 보름달을 가리킨다. 최근에 자른 큰 나무의 둥근 밑동에 달빛이 비친다. 그 선명한 밑동도 어둠 속에서 보름달처럼 희게 보인다. 또한 자른 나무의 단면처럼 아름다운 보름달이 희고 선명하게 빛난다는 의미도 담았다. 이렇게 17자 안에 여러 의미를 엇갈려 담는 것이 하이쿠의 묘미 중 하나이다. 34세에 쓴 하이쿠이다.

너무 울어

텅 비어 버렸는가

매미 허물은

声にみな泣きしまふてや蝉の殻

매미는 짧은 생과 무상함의 표본이다. 특히 성충이 빠져나간 뒤 나뭇가지에 매달려 있는 매미의 허물은 불교에서 말하는 '공空'의 상징이다. 일본어로 매미 허물을 '우쓰세미空蝉'라고 하는데 이승 사람을 의미하기도 한다. 이 무렵 바쇼는 매미 허물에 대한 다음의 하이쿠도 썼다. 선의 세계에 관심이 깊던 비교적 이른 시기의 작품이다.

　　나무 끝에서

　　덧없이 떨어지네

　　매미의 허물

梢よりあだに落ちけり蝉のから

색 묻어난다
두부 위에 떨어진
엷은 단풍잎

色付くや豆腐に落ちて薄紅葉

에도 생활 초기의 작품으로, 부유한 해산물 도매상 산푸杉風와 함께 읊은 렌가(두 사람 이상이 번갈아 한 행씩 읊으며 이어 가는 시 놀이)의 첫 구이다. 이해에 바쇼는 하이쿠 지도자로 서서히 부각되었다. 이 하이쿠는 몇 가지 해석이 가능하다. 뜰에서 물두부를 먹는데 붉은 단풍잎 하나가 흰 두부 위로 떨어져 가을의 색감을 띤 '단풍 두부紅葉豆腐'가 되었다. 또 다른 해석은, 하이쿠에 있는 '누락拔け'의 기법이다. 어떤 요소를 의도적으로 생략함으로써 독자의 상상력으로 눈치채게 만드는 것이다. 여기서 누락된 것은 '고추'이다. 두부에 붉은 고추를 섞어 두부가 엷은 단풍색을 띠게 되었다는 것이다.

서리를 입고
바람을 깔고 자는
버려진 아이

<ruby>霜<rt>しも</rt></ruby>を<ruby>着<rt>き</rt></ruby>て<ruby>風<rt>かぜ</rt></ruby>を<ruby>敷<rt>し</rt></ruby>き<ruby>寝<rt>ね</rt></ruby>の<ruby>捨子<rt>すてご</rt></ruby><ruby>哉<rt>かな</rt></ruby>

『신고금와카집』에 실린 후지와라노 요시쓰네藤原良経의 와카 '귀뚜라
미 운다/ 서리 내린 밤/ 차가운 바닥/ 옷소매를 깔고/ 혼자 잠드네'*에
영감을 받아 쓴 하이쿠라는 해석이 있다. 따라서 실제로 버려진 아이
를 본 것인가는 의심스럽다. 에도에 올라온 초기의 작품이라서 기존
시를 근거로 작품을 썼을 수도 있지만, 당시에 버려지는 아이가 꽤 있
었을 것으로 추정되고 또한 바쇼가 이런 내용을 허구로 쓰진 않았을
것이라는 해석도 설득력이 있다.

망우초 꺾어
나물밥에 얹으리
한 해 끝 무렵

_{わす　ぐさなめし　つ　　とし　くれ}
忘れ草菜飯に摘まん年の暮

망우초忘憂草는 원추리를 말한다. '근심을 잊는 풀'이라는 뜻이다. 원추
리 꽃의 선명한 색을 보면 근심이 사라진다는 데서 유래했다. 원추리는
4세기에서 8세기 사이에 성립된 일본에서 가장 오래된 시가집 『만엽집
万葉集(만요슈)』에도 '근심을 잊는 풀わすれぐさ'로 등장한다. '한 해가 저
물어 간다. 올해도 여러 가지 일들이 있었다. 모든 시름을 잊기 위해 망
우초라도 꺾어다 나물밥을 만들어 먹어야겠다.' 원추리는 이른 봄의 풀
로, 음력설 무렵이면 벌써 연한 싹이 올라와 나물로 먹을 수 있다. 나물
밥은 봄의 계어이다. 36세의 작품.

야, 아무렇지도 않네
어제는 지나갔다
복어 국

あら 何^{なん}ともなや昨日^{きのう}は過^すぎて河豚汁^{ふくとじる}

'아, 내심 걱정했는데 아무 일도 일어나지 않았으니 기쁘다. 어제 복어 국을 먹고 독이 온몸에 퍼지지 않았을까 밤새 걱정했는데.' 에도 시대에도 복어의 독은 무서웠던 것이다. 맛은 뛰어나지만 목숨을 걸 각오가 서지 않으면 못 먹는 것이 복어이다. '살았다'는 기쁨을 나타내기 위해 첫 구를 규정보다 많은 여덟 글자로 시작했다. 기긴에게서 하이쿠를 배운 벗 소도素堂, 신토쿠信德와 백 구까지 이어지는 렌가를 읊은 『에도 산긴江戸三吟(에도삼음)』의 첫 구이다. 이때까지는 이름이 '바쇼'가 아니라 '도세이桃青'(푸른 복숭아)였다. 복어는 겨울의 계어.

네덜란드 인도
꽃에 이끌려 오네
말 위에 안장

阿蘭陀も　花に来にけり　馬に鞍
おらんだ　　はな　き　　　　うま　くら

에도 막부(쇼군을 중심으로 한 무사 정권)는 해상 무역으로 막대한 부를 쌓는 규슈 지방의 다이묘(큰 영토를 가진 무사)를 견제하기 위해 외국과의 교류를 금지하는 쇄국정책을 폈지만 나가사키에서의 네덜란드와의 무역은 허용했다. 네덜란드의 문물을 연구하는 난학蘭學도 생겼다. 네덜란드 무역상은 약 150명의 일행과 함께 1년에 한 번 에도로 와서 쇼군을 알현하고 진상품을 바쳐야 했다. 그때가 벚꽃 피는 시기와 일치했다. 그래서 마치 네덜란드 인들과 벚꽃이 말을 타고 함께 오는 것처럼 보이고, 에도 사람들도 꽃구경하러 서둘러 말에 안장을 얹는 모습이 시에 담겨 있다.

대합조개가
입을 다물고 있는
무더위

はまぐり　くち　　　　　　　あつ
蛤　 の口しめてゐる暑さかな

혹서酷暑, 맹서猛暑라고도 하는 폭염은 계절에서 시와 인생의 소재를
얻는 하이쿠에 자주 등장한다. 바쇼도 무더위에 대한 하이쿠를 여러
편 썼다. 특히 생애 중반부터 시작된 여러 차례의 장거리 여행 도중에
느낀 무더위에 대한 묘사는 눈에 보이듯 생생하다. 여기서도 시각으로
무더위를 느끼고 있다. 견디기 힘든 더위가 계속되는 한여름, 대합이
입을 다물고 있듯이 자신도 그렇다. 바쇼는 대합조개를 소재로 한 뛰
어난 하이쿠 몇 편을 남겼다(200쪽, 278쪽 참고).

바라볼수록
바라보면 볼수록
인생의 가을

見渡^{みわた}せば詠^{なが}むれば見^みれば須磨^{すま}の秋^{あき}

헤이안 시대의 여류 문인 무라사키 시키부紫式部가 쓴 11세기의 소설
『겐지 이야기源氏物語(겐지모노가타리)』는 주인공 히카루 겐지光源氏의
출생과 시련, 최고의 영화를 누린 삶과 죽음에 이르는 과정을 담은 걸
작이다. 당시의 문학 이념인 모노노아와레物の哀れ─삶의 무상함과 자
연의 아름다움에서 느끼는 애잔한 정취를 잘 표현하고 있다. 무분별한
애정 행각 때문에 겐지는 결국 고베 근처 외딴 해변 스마로 귀양을 떠
난다. '스마'는 '살다'의 의미도 포함한다. 바라보면 바라볼수록 스마 해
변은 외롭고 적막하고 무상하며 인생의 가을에 접어든 느낌을 준다.
36세의 작품. 이 무렵 바쇼는 승려처럼 삭발을 했다.

서리 밟으며
절룩거릴 때까지
배웅했어라

<ruby>霜<rt>しも</rt></ruby>を<ruby>踏<rt>ふ</rt></ruby>んでちんば<ruby>引<rt>ひ</rt></ruby>くまで<ruby>送<rt>おく</rt></ruby>りけり

'아침 서리를 밟으며 그대를 배웅하러 나왔다가, 조금만 더, 조금만 더 하며 함께 간 것이 결국 다리를 절룩거릴 정도로 먼 곳까지 갔다.' 인간에 대한 정이 담겼다. 하이쿠 앞에 적은 것처럼 시인 시유四友와 작별할 때 쓴 작품으로, 가마쿠라에 가는 시유를 배웅하러 나섰다가 결국 가마쿠라까지 가고 말았다. 현재는 전철로 한 시간밖에 걸리지 않는 거리이나 도보로는 꽤 먼 거리이다. 앞의 '바라볼수록' 하이쿠는 바로 이 시유와 함께 읊은 렌가의 첫 구이다. 36세의 작품.

눈 내린 아침
파만이 채소밭의
유일한 표시

今朝の雪根深を園の枝折哉
<small>けさ　　ゆきねぶか　その　しおりかな</small>

'아침에 일어나니 사방이 온통 흰 눈 일색이다. 어디가 어딘지 알 수 없
는데, 겨우 얼굴을 내민 초록색 파만이 채소밭의 표시이다.' 근대 이후
에 시키子規와 교시虚子가 주창한 객관 사생의 하이쿠를 보는 듯하다.
흰색과 초록색의 대비에서 겨울 정경이 풋풋하게 다가온다. 또한 넓은
범위(눈 내린 아침)에서 작은 대상(파)으로 이동하는 바쇼 하이쿠의 특
징이 드러난다. 36세의 작품. 이 무렵 바쇼는 하이쿠 지도자로서 명성
을 얻기 시작해 여러 하이쿠 선집에 작품이 실렸으며 산푸, 란세쓰嵐
雪, 기카쿠其角 등 뛰어난 문하생들을 얻었다.

3

거미여 무슨
음을 무어라 우나
가을바람

蜘蛛 何と音をなにと 鳴く 秋 の 風
_{くも なん ね な あき かぜ}

'풀벌레들마다 제각기 자기 목소리로 우는데, 거미여, 이 가을바람 속에 너도 울지 않을 수 없을 텐데 왜 잠자코 있는가?' 반어법으로 자신의 마음을 토로한 하이쿠이다. '난토何と', '나니토なにと', '나쿠鳴く'처럼 '나' 음을 세 번 반복함으로써 음악적인 효과까지 주었다. 격렬하게 호소하고 싶은 것이 있으나 말할 기회도 없는 고독한 자신의 모습을 울지도 않는 거미에게서 찾고 있다. 바쇼 하이쿠 문학의 세 번째 시기는 에도 시내에서의 삶을 포기하고 변두리 후카가와深川의 작은 오두막으로 옮겨 간 37세부터 방랑 생활에 돌입하기 직전인 40세까지이다. 변화된 삶과 함께 정신적 깊이와 문학성, 독창성이 두드러지기 시작했다.

오두막에서 마시는 차
나뭇잎 긁어다 주는
초겨울 찬 바람

柴の戸に茶を木の葉搔く嵐かな
しば と ちゃ こ は か あらし

문학도의 꿈을 안고 에도로 와서 하이쿠 지도자가 되었지만 그 세계도 돈과 명예욕이 지배하는 속세 그 자체였다. 절망한 바쇼는 9년간의 에도 생활을 접고 번화가의 셋집을 떠나 스미다가와隅田川 강 너머 초막으로 은둔했다. 세상에 대한 결별의 시가 이 하이쿠이다. 속진을 피해 여기 오두막에서 홀로 차를 끓이려 하면 불쏘시개로 쓰라고 세찬 바람이 뜰의 구석으로 나뭇잎을 모아다 준다. 바람에 날리는 잎들이 찻잎처럼 느껴진다. 하이쿠 지도자로서, 또 덴자点者(하이쿠의 평점을 매기는 심사위원)로서 가장 편리한 도심을 버리고 외딴 곳으로 이사한 것은 자살행위와 같았으나, 속세의 안정된 삶과 진실한 삶 중에서 후자를 택한 것이다. 이 무렵부터 시가 달라졌다. 37세의 일이다.

47

마른 가지에
까마귀 앉아 있다
가을 저물녘

枯朶に 烏 のとまりけり 秋の暮
かれえだ からす あき くれ

잎 진 삭정이에 까마귀가 앉아 있고 주위가 어둑어둑하다. 까마귀도
세상도 계절의 흐름 안에 존재한다. 오두막에서 은거를 시작한 첫해의
하이쿠이다. 늦가을에서 초겨울로 넘어가는 황혼 녘 풍경이 수묵화로
그려졌다. 마른 가지에 내려앉는 까마귀, 그것과 함께 내려오는 가을
저녁의 어스름과 적막감. 언외에서 느껴지는 깊은 정취를 강조하는 바
쇼풍蕉風의 시 세계로 전환한 시기의 대표작이다. 겨울 계어 '마른 가
지'와 가을 계어 '가을 저물녘'이 겹쳐져 '자연과 인간 세상에 대한 무
상한 느낌'이 강조된다. 하이쿠 속 까마귀가 한 마리인가 여러 마리인
가에 대한 해석이 분분하다. '아키노쿠레秋の暮'는 '가을 저녁'과 '늦가
을'을 동시에 의미한다. "다른 시인들의 시는 다양한 색깔로 그린 그림
이지만 나의 시는 먹으로 그린 그림이다."라고 바쇼는 말했다.

여름 장맛비
학의 다리가
짧아지네

五月雨に鶴の足 短 くなれり

퍼붓는 비로 수위가 높아져 가는 소택지에 새 한 마리가 서 있다. 새는 점점 차오르는 물을 의지대로 낮출 수 없다. 38세의 작품으로, 세상에서의 명성을 뒤로 하고 오두막으로 은둔해 들어간 이듬해 여름의 하이쿠이다. 짧아진 학의 다리를 묘사하기 위해 가운데 7자를 5자로 줄여서 썼다. 이렇게 정해진 글자 수보다 적게 쓰는 것을 지타라즈字足らず (글자 부족)라고 한다. 음력 5월에 내리기 때문에 일본에서는 여름 장마를 '오월 비五月雨'라고 한다.

의지할 곳은 언제나
잎사귀 하나
벌레의 노숙

よるべをいつ一葉に虫の旅寝して

ひとは　　むし　たびね

가을이 되자 잎 하나가 물 위에 떨어진다. 그 잎사귀에 벌레가 붙어 물
결따라 표류한다. 아직 방랑을 시작하기 전이지만 마음은 이미 길 위
의 삶을 꿈꾸고 있음이 행간에 드러난다. '잎사귀 하나'에 의지하는 생
이라는 것은 모든 의지할 대상을 버렸다는 것, 스스로 선택한 고독이
라는 의미이다. 하이쿠에서 '한 잎一葉'은 잎사귀가 큰 오동잎을 뜻하
며, 초가을의 계어이다. "언제쯤 기댈 곳을 찾으려는가?"라고 물으며 풀
벌레에 비유해 어디에도 의지하지 못하는 자신의 심경을 읊었다.

어리석게도
어둠 속 가시 잡은
반딧불이

ぐ　くら　いばら　　　　　ほたるかな
愚に暗く　茨をつかむ　蛍　哉

어리석음은 어둠과 통한다. 어둠 속에서 반딧불이를 잡는 데 마음을
빼앗겨 움켜잡으면 반딧불이는 이미 사라지고 없고 잡은 것은 가시나
무의 가시이다. 어리석음 때문에 아프다. 누구나 경험하는 실수이다.
'어둠'이 앞뒤로 걸려 '어리석음으로 어두워져'로도 읽힌다. 혹은 반딧
불이가 어리석게 꽃이나 풀잎에 앉지 않고 가시를 붙잡았다는 의미로
도 해석된다. 아직 '바쇼'로 이름을 바꾸기 전의 '도세이'일 때 문하생
곤스이言水, 기카쿠, 로센露沾 등과 함께 만든 문집에 실렸다.

한밤중 몰래
벌레는 달빛 아래
밤을 뚫는다

<ruby>夜<rt>よる</rt></ruby> <ruby>竊<rt>ひそか</rt></ruby> に <ruby>虫<rt>むし</rt></ruby> は <ruby>月下<rt>げっか</rt></ruby> の <ruby>栗<rt>くり</rt></ruby> を <ruby>穿<rt>うが</rt></ruby> つ

고요는 우리를 본질에 가까워지게 한다. 밤벌레가 밤 열매를 갉아 먹는 소리를 들을 수 있는 것은 마음이 고요에 근접했기 때문이다. 생애 전반기를 대표하는 작품 중 하나로, 달구경을 좋아한 바쇼답게 '음력 9월 13일 밤의 달後の月'이라는 제목을 붙였다. 나날이 번화해 가는 도시의 삶을 접고 파초암에서 은둔을 시작한 이듬해에 쓴 하이쿠이기 때문인지, 문학의 언어가 가진 타자와의 대화성이 철저히 배제된, 밤벌레라는 메타포로 묘사된 자신의 세계에 대한 독백적인 묘사가 강하다.

외로움을
물으러 오지 않겠나
오동잎 한 잎

さびしさを 問^{とお}てくれぬか 桐 一葉^{きりひとは}

오동나무는 똑바로 자라 10~25미터까지 크며 꼭대기에서 네 방향으로 보라색 꽃이 핀다. 똑바로 자라는 모습 때문에 하이쿠에서 종종 꼭대기에 자란 꽃을 소재로 삼는다. 아시아 각국에 자라며 한국과 일본에서 가구 제작용으로 오래전부터 심었다. 일본에서는 전통적으로 신성한 나무이며, 오동나무꽃 문양은 왕의 의상에 자수나 염색으로 새겨져 국화 문양 다음으로 고귀하게 여겨져 왔다. 잎사귀도 15~40센티미터 정도로 커서 밤이면 잎 떨어지는 소리가 크게 들린다. 가을이 깊어지자 오동잎 떨어지는 소리가 외로움을 더한다. 이 고독한 거처로 나를 만나러 오지 않겠느냐고 문하생 란세쓰에게 적어 보낸 하이쿠이다.

어디서 겨울비 내렸나
우산 손에 들고
돌아온 승려

いづく時雨 傘を手に提げて帰る僧
<small>しぐれがき て さ かえ そう</small>

'여기는 비가 오지 않는데 저 승려는 흠뻑 젖은 우산을 들고 걸어온다. 어디서 겨울비가 내린 걸까.' 겨울이 다가오는 적막을 은유적으로 표현한 30대 후반의 작품이다. 일본은 일찍이 백제에서 우산이 전해져 불교 의식에 사용되었으며, 헤이안 시대에 제지 기술과 죽세공이 발달하면서 우산이 보급되기 시작했다. 무로마치 시대(1338-1573)에는 종이에 기름을 발라 방수성을 갖췄다. 에도 시대의 우산은 색상과 디자인이 다양하고, 승려나 의사는 동심원 모양의 우산을 사용했다. 바쇼가 즐겨 사용한 지아마리(글자 넘침)의 파격이 여기서도 6·8·5로 드러난다.

눈 내린 아침
홀로 마른 연어를
씹어 먹는다

<ruby>雪<rt>ゆき</rt></ruby>の <ruby>朝<rt>あした</rt></ruby> <ruby>独<rt>ひと</rt></ruby>り <ruby>干鮭<rt>からざけ</rt></ruby>を <ruby>噛<rt>か</rt></ruby>み <ruby>得<rt>え</rt></ruby>タリ

오두막에 들어와 살면서 곤궁해진 삶의 정경이 보인다. "부자는 맛있는 고기를 먹어 튼튼해지고 성공을 꿈꾸는 사람은 푸성귀나 뿌리를 먹고 견딘다. 나는 그저 가난하다."라고 하이쿠 앞에 적었다. 명성과 안정된 삶을 포기한 것은 그만큼 대가가 따랐다. 눈 내린 아침, 다행히 마른 연어가 얻어걸렸다. 곧 펼쳐질 풍성한 시의 세계에 대해 전혀 모르고 있었지만 바쇼는 오직 이 길밖에 없다고 마음먹었다. 그의 그러한 결정이 없었다면 하이쿠라는 문학이 계속 존재했을지 의문이다. 청빈의 사상이 아니라 자신이 뜻한 바에 무사처럼 목숨을 건 것이다. 이 배고픈 시기가 시의 결실을 얻는 힘이 되었다. 38세의 작품.

물풀에 모인
흰 물고기 잡으면
사라지겠지

藻にすだく 白魚 やとらば消えぬべき

뱅어, 빙어라고도 불리는 백어는 몸이 가늘고 길다. 다 커야 겨우 10센
티미터이고 비늘이 없으며 투명하다. 죽으면 하얗게 변하기 때문에 '백
어白魚'라고 부르게 되었다. 에도 시대에는 고급 생선 중 하나로 어부들
이 세력가에게 바치는 진상품이었으며, 파초암이 자리 잡은 스미다가
와 강 하구에서도 많이 잡혔다. 38세의 작품으로, 시단에 유행하는 언
어유희로부터 멀어지고 내면적인 시 세계로 들어간 것이 보인다. 눈앞
에 보이는 것처럼 묘사가 뛰어나다. 맑고 투명하고 아름다운 것들은 손
으로 잡으려고 하면 순식간에 사라져 버린다.

오래된 연못
개구리 뛰어드는
물소리

<ruby>古<rt>ふる</rt></ruby><ruby>池<rt>いけ</rt></ruby>や <ruby>蛙<rt>かわず</rt></ruby> <ruby>飛<rt>とび</rt></ruby>こむ<ruby>水<rt>みず</rt></ruby>の<ruby>音<rt>おと</rt></ruby>

청각적 상상력을 통해 의식의 심층에 와 닿는 의미가 깊다. 파초암에
글벗 소도, 문하생 기카쿠, 란세쓰, 산푸, 교라이去来 등이 모여 개구리
를 주제로 하이쿠 모임을 열었을 때 지은 작품이다. 개구리의 울음소리
에만 주목한 과거의 시들과 달리 '물에 뛰어드는 소리'를 쓴 것이 독창
적이다. 바쇼풍의 시 세계를 확립한 작품으로, 당시에 이미 하이쿠의
대명사로 알려졌다. 오래된 연못에 개구리 한 마리가 뛰어들면서 일순
간 적막이 깨진다. 그 파문이 마음속까지 번진다. 시간, 공간, 사물, 그
리고 계절의 흐름이 17자 안에 존재하면서 읽는 이로 하여금 상상에
빠져들게 한다. 문학평론가 야마모토 겐키치山本健吉는 "하이쿠의 모든
이해는 바쇼의 이 하이쿠에 대한 이해로부터 시작된다."라고 말했다.

나팔꽃 보며
나는야 밥 먹는
사나이

あさがお　われ　めしく　おとこかな
薤　に我は飯喰ふ男　哉

오두막에서

나는야 여뀌 먹는

반딧불이
くさ　と　われ　たでく　ほたるかな
草の戸に我は蓼食ふ蛍　哉

문하생 기카쿠가 이 하이쿠를 지어 바쇼를 방문했다. '여뀌 먹는 벌레
도 제멋蓼食う虫も好き好き'이라는 속담을 인용한 하이쿠로, 너무 써서 아
무도 안 먹는 여뀌를 즐겨 먹는 벌레가 있듯이 제각기 좋아하는 것이
다르다는 뜻이다. 밤마다 방탕한 삶을 사는 기카쿠다운 시였다. 이에
바쇼가 위의 하이쿠로 응수했다. 자기는 아침 일찍 일어나 밥 지어 먹
는 평범한 삶을 살고 있다며 제자에게 반성을 촉구한 것이다.

일어나 일어나
내 친구가 되어 줘
잠자는 나비

起きよ起きよ我が友にせん寝る胡蝶

낮잠을 자다가 나비가 된 꿈을 꾼 장자는 과연 자신이 나비의 꿈을 꾼
것인지, 나비가 지금 장자가 된 꿈을 꾸고 있는 것인지 궁금했다. 이 이
야기에 영감을 받아 바쇼는 길가의 꽃에 앉아 꾸벅꾸벅 졸고 있는 나
비에게 말한다. "혹시 네가 장자의 꿈속 나비라면 중국의 시에 대해 듣
고 싶으니 어서 일어나라." 단순히 친구가 되어 달라는 것이 아니라 꿈
의 내용을 말해 달라고 부탁하고 있다. 길에서 눈에 띈 곤충에게 삶의
의문을 묻는 솔직한 발상이 이 하이쿠의 매력이다.

웃어야 하나 울어야 하나
나의 나팔꽃
시들어 갈 때

笑ふべし泣くべしわが朝顔の凋む時

나팔꽃의 일본 이름은 '아침의 얼굴朝顔'이다. 아침에 활짝 핀 나팔꽃
은 웃는 얼굴이지만 저녁에 질 때의 오므린 주름은 마치 울상을 짓는
것처럼 보인다. 한때의 영광도 때가 되면 시들어 버린다. 규정된 음수
율을 깨고 9·7·5로 써야 할 만큼 '나의'라는 단어를 넣은 이유에 대해
해석이 분분하지만, 몇몇 학자들은 나팔꽃으로 자신의 신체 부위를 상
징한 유머와 자조의 시라는 풀이를 내놓는다. 38세에서 40세 사이의
작품으로 파초암 초기에 쓴 하이쿠이다.

달은 보름 전날
오늘 밤 서른아홉 살
어린아이

'보름달은 이지러짐 없이 원만한 달이고, 사람은 나이 마흔 살이 되어
야 세상일에 미혹되지 않는다. 그런데 오늘의 달은 음력 14일의 달이
고, 나는 나이가 서른아홉 살이어서 아직 어린애에 불과하다.' 내일이
면 달도 만월이 될 것이고 나도 불혹이 되어 성숙기에 이를 것이다. 파
초암에서 교토의 하이쿠 시인 신토쿠, 그리고 벗 소도 등이 참가한 달
구경 하이쿠 모임 때 지은 하이쿠이다. 이때까지 아직 '도세이'라는 이
름을 썼다. 하이쿠에서 달은 '음력 8월 보름달'을 의미한다.

봄의 첫날
생각하면 쓸쓸한
가을의 끝

元日や思へばさびし秋の暮

간지쓰元日는 음력 1월 1일로, 당시에는 봄이 음력 1월에서 3월까지이고 여름은 4월에서 6월까지였다. 새해 첫날은 밝은 기분도 있는 반면에, 분주했던 섣달그믐과는 다르게 갑자기 아주 조용해져서, 사람들은 문을 닫고 거리에는 적막한 기분마저 감돈다. 마치 가을 저물녘 같은 적막함이다. 이런 심정의 배경에는 사흘 전 에도에서 일어난 대화재로 파초암이 완전 소실되어 가이(지금의 야마나시 현) 지방의 야무라谷村로 피신해야만 한 일도 작용한 것으로 추측된다. 이때부터 이름을 '바쇼'로 쓰기 시작했다. 40세의 작품이다.

62

싸락눈 듣네
이 몸은 본디
늙은 떡갈나무

<ruby>霰<rt>あられき</rt></ruby> 聞くやこの身はもとの 古 柏

지난 연말 파초암이 불타 문하생들의 집을 전전했으며 그 사이 고향의 어머니는 세상을 떠났다. 다행히 문하생과 지인들의 도움으로 1년 만에 오두막이 재건되었다. 이 하이쿠는 두 번째 파초암에서 쓴 것이다. '다시 암자가 지어졌으나 밖에서 싸라기눈이 떡갈나무의 마른 잎을 때리는 소리를 듣고 있으니 이곳에 사는 나는 본래의 나와 아무것도 다르지 않다. 시들어도 이듬해 봄까지 나무에서 떨어지지 않는 떡갈나무의 잎처럼, 집을 잃고 어머니를 잃고 싸라기눈을 맞더라도 나는 예전 모습 그대로 변하지 않았다.' 시인으로서의 성공, 문하생들, 새로 지은 집 어느 것도 그에게 위안이 되지 못했다. 이듬해 첫 방랑을 떠났다.

두견새 운다
지금은
시인이 없는 세상

ほととぎす 今は 俳諧師なき世哉

한 줄에 여러 의미를 담은 하이쿠이다. '두견새 울음소리는 너무도 아름다워 어떤 시인도 그것을 묘사할 수 없다. 소리의 아름다움에 압도되어 세상의 시인들은 입을 다문다. 시도 나오지 않는 상태, 이 계절은 세상에 시인이 없는 것이나 마찬가지다.' 두 번째 의미는 '두견새 울음에 견줄 만한 훌륭한 시를 쓸 수 있는 시인은 없다. 두견새 울음에 비하면 누구도 시인이라고 자신을 내세울 수 없다.' 또 다른 의미는 '옛날에는 두견새 울음을 듣고 뛰어난 시를 쓴 시인들이 많았지만 지금은 그런 시를 지을 수 있는 시인이 없다. 나 자신을 포함해 진정한 시인은 이제 없다.'

4

들판의 해골 되리라
마음먹으니
몸에 스미는 바람

野ざらしを 心 に風のしむ身かな

도중에 쓰러져 들판의 백골이 될지라도 여행을 포기하지 않으리라. 그
렇게 각오를 다지니 찬 바람이 뼛속에 스민다. 41세의 가을, 최초의 방
랑을 떠나며 쓴 하이쿠로, 이 시에서 제목을 딴 여행기 『노자라시 기행
野ざらし紀行』 서문에 실려 있다. '노자라시'는 들판에 버려진 해골이라
는 뜻이다. 여덟 달에 걸친 이 여행으로 바쇼의 삶과 문학에 일대 변화
가 일어났다. 바쇼가 느낀 허무의 밑바닥에는 죽음이 있었으며, 죽음
의 자각이 그로 하여금 더 깊은 세계를 추구하게 만들었다. 바쇼는 여
행에서 얻는 신선한 자극과 영감을 통해서만 자신이 원하는 문학을 할
수 있다고 믿었으며 그것을 생애 끝까지 추구했다. 역사에 남는 뛰어난
하이쿠들을 탄생시킨 바쇼 하이쿠 문학의 네 번째 시기가 이때이며, 여
행을 통해 일본 전역의 문인들과의 만남도 이루어졌다.

길가에 핀

무궁화는 말에게

뜯어 먹히고

　　　　　　　　　　　みち　　　　　むくげ　　うま
　　　　　　　　　道 のべの木槿は 馬 にくはれけり

말에게 뜯어 먹힌 길가에 핀 무궁화가 시가 될 수 있는가? 그렇다, 여
행길에 나선 바쇼에게는 충분히 시가 될 수 있고, 대표작 중 하나가 될
수 있다. 말 위에 앉은 바쇼는 앞쪽에 핀 무궁화의 희고 붉은 색을 바
라보고 있었다. 그 순간 전혀 예상치 않았던 말의 긴 목이 불쑥 시야에
침입하면서 그 꽃을 먹어 치우고 말았다. 바쇼는 놀라서 정신을 차렸
다. 눈앞의 무궁화꽃이 사라진 것이다. 무궁화꽃에 대한 시적 감상이
아니라 말에게 뜯어 먹히는 이 순간의 사건, 그것이 시다. 지루하면 좋
은 시가 아니다.

난초 향 난다
나비의 날개에다
향을 스민 듯

蘭の香や 蝶 の 翅 に 薫 物す
(らん か ちょう つばさ たきもの)

『노자라시 기행』 중 이세신궁(미에 현 이세에 있는 신궁. 일본 3대 신궁의 하나) 참배를 마치고 찻집에 들렀는데 '나비てふ'라는 이름의 여인이 자신의 이름을 넣어 하이쿠를 지어 달라고 간청하며 흰 천을 내밀었다. 이때 써 준 작품이다. 매춘도 하는 찻집으로, 유녀 출신인 이 여인은 하이쿠에 재능을 보여 주인의 아내가 되었다. 이 집의 전처 '학つる'도 같은 유녀 출신으로, 신궁 참배길이던 소인宗因(바쇼에게 영향을 준 에도 시대 전기의 하이쿠 시인)에게 간청해 하이쿠를 받은 적이 있었다. 후처도 전처를 흉내 내 하이쿠를 부탁한 것이다. 자신이 흠모하는 시인과 인연이 있는 찻집에 바쇼가 일부러 들른 듯하다. 난초는 가을의 계어.

손에 잡으면 사라질
눈물 뜨거운
가을의 서리

て　と　き　　なみだ　あつ　あき　しも
手に取らば消えん 涙 ぞ熱き秋の霜

『노자라시 기행』 중 고향에 들르니 어머니는 이미 돌아가시고 어머니
가 기거하시던 북쪽 방 앞의 원추리도 서리를 맞아 흔적조차 남아 있
지 않았다. 모든 것이 옛날과 달라 형제자매의 머리는 하얘지고 미간에
는 주름이 잡혔다. 그저 "우리가 이렇게 살아 있으니 더 무엇을 바라겠
는가."라고 서로 말할 뿐 더 말을 잇지 못했다. 형이 부적 주머니를 열
어 "어머니의 흰머리에 절하거라. 너의 눈썹도 많이 하얘졌구나."라고
말해 한참을 울었다. 뜨거운 눈물에 어머니의 백발이 녹아서 사라질
것만 같았다. 복받치는 슬픔과 격정을 8·7·5의 파격으로 읊었다.

이슬 방울방울
시험 삼아 속세의 먼지
씻고 싶어라

露 とくとく 試 みに 浮世すすがばや
つゆ　　　　こころ　　　うきよ

『노자라시 기행』 중 바쇼는 나라 현 요시노吉野 산에 있는 사이교西行
의 암자터를 방문했다. "사이교의 초암이 있던 자취는 절의 본당 안쪽
에서 오른쪽으로 2백 걸음 정도 헤치고 들어가자 나무꾼들이 다니는
좁은 길에, 험준한 계곡을 마주하고 있었다. 사이교가 '한 방울 한 방
울/ 바위의 이끼 타고/ 떨어지는 맑은 물/ 다 퍼낼 일도 없는/ 작은 움
막이어라'*라고 읊은 그 맑은 물은 지금도 변함없이 방울방울 떨어지
고 있다."라고 『노자라시 기행』에 적었다. 사이교는 12세기의 승려 시인
으로 전국을 방랑하며 시를 썼다. 바쇼는 사이교의 생애와 문학을 마
음 깊이 흠모했다.

죽지도 않은
객지 잠의 끝
가을 저물녘

死にもせぬ 旅寝の果よ 秋の暮
<small>し　　　　　たびね　　はて　　あき　くれ</small>

'가을도 저물어 가는 지금, 다행히 길에서 죽지 않고 긴 여정을 거쳐 이 곳까지 더듬어 왔다.' 『노자라시 기행』이 중반을 넘어 일본 열도의 중앙쯤에 위치한 동서 교통의 요충지 오가키에 도착한 바쇼는 해운업을 하는 문하생 보쿠인木因의 집에 묵었다. 이때 "떠나올 때 들판의 해골이 될 각오를 하고 출발했건만."이라고 쓰고 위의 하이쿠를 지었다. 객사하지 않고 긴 여정 끝에 살아남은 안도의 마음과, 그런 자신의 몸에 다가온 가을의 적막감을 담았다.

날 밝을 녘
흰 물고기의 흰 빛
한 치의 빛남

明けぼのや　白　魚しろきこと　一　寸

'날이 밝기 시작한 이세의 해변에 작은 물고기가 한 치 크기의 생을 마치고 옆으로 희게 누워 있는 것은 거룩하고 아름답게 보이는구나.' 『노자라시 기행』이 중반을 넘길 무렵의 작품으로, "객지 잠에도 질렸기에 아직 날이 어슴푸레한데 일어나 해변으로 나갔더니."라고 하이쿠 앞에 적었다. 백어(뱅어)는 무색투명하지만 죽으면 흰색으로 불투명해진다. 따라서 이 하이쿠의 백어는 죽은 것으로 봐야 한다. 또한 백어는 겨울의 계어이므로, 바쇼는 겨울 새벽의 해안으로 나갔다가 죽은 물고기를 목격한 것임을 알 수 있다.

달과 꽃을
아는 이들이야말로
진정한 주인들

つきはな これ　　　　　　　　　たち
月　華 の 是 やまことのあるじ 達

『노자라시 기행』 중 아이치 현 아쓰타에 사는 문하생 도도東藤의 그림에 써 넣은 하이쿠이다. 앞글에 "선배 시인들인 모리타케守武, 소칸宗鑑, 데이토쿠貞德는 하늘이 내린 재능을 받아 가슴에 품은 시를 후세에 전했다."라고 적었다. 시를 좋아하는 사람은 많지만 하이쿠의 창시자인 이 세 사람이야말로 달과 꽃의 참된 이해자라는 것이다. 도도가 그린 것이 이 3인의 초상화였다. 이런 배경을 알지 못해도 달과 꽃으로 상징되는 세상의 사물들을 시인의 눈으로 바라보는 것은 중요한 일이다. 바쇼는 또 말했다. "보이는 것 모두 꽃 아닌 것 없으며, 생각하는 것 모두 달 아닌 것이 없다. 보는 것에서 꽃을 느끼지 않으면 야만인과 다를 바 없고, 마음에 꽃을 생각하지 않으면 새나 짐승과 마찬가지이다."

73

겨울 찬 바람
이 몸은 돌팔이 의사
닮아 가누나

こがらし　み　ちくさい　に　　かな
木枯の身は竹齋に似たる哉

『노자라시 기행』 중 아이치 현 서북부의 나고야로 들어가는 길에 읊었
다. 하이쿠 앞에 '교쿠狂句'라고 달았다. 교쿠는 센류川柳를 가리키는 말
로, 하이쿠와 똑같이 5·7·5의 17자로 된 정형시이지만 계절 감각 대신
사회의 모순이나 인물에 대한 풍자가 주제이다. 돌팔이 의사는 도미야
마 도야富山道冶가 쓴 에도 초기의 소설 『치쿠사이竹齋』의 주인공으로,
시인이며 돌팔이 의사인 치쿠사이는 환자를 즐겁게 하기 위해 재미있
는 시를 읊으며 돌아다닌다. 바쇼 자신에 대한 자조적인 표현이 아니라
오히려 나고야의 문하생들 앞에서 당당하게 자신을 밝힌 하이쿠이다.

바다 저물어
야생 오리 울음
어렴풋이 희다

海 くれて 鴨 のこゑほのかに 白 し

5·7·5의 정형 음수율이 아닌 5·5·7의 형태로 읊었다. '흰 울음소리'
라 하지 않고 '어렴풋이 희다'를 끝에 배치함으로써 바다가 점점 어두
워지는 분위기 속에 물새의 울음소리가 녹아 들어가는 느낌을 준다.
청둥오리는 겨울 계어이므로 겨울 바다의 풍경이다. 어둠이 밀려오면
바다는 하늘보다 더 흰 빛을 띤다. 저물녘의 바다(시각)가 희미한 오리
의 울음(청각)으로 이어지고 그 소리는 다시 희끄무레한 바다(시각)와
섞인다. '우미쿠레테 카모노코에 호노카니시로시'의 연속되는 'ㅋ'음이
오리의 울음을 연상시킨다. 『노자라시 기행』 중 나고야에서 지었다.

봄이 왔다
이름도 없는 산에
옅은 봄 안개

<ruby>春<rt>はる</rt></ruby>なれや<ruby>名<rt>な</rt></ruby>もなき<ruby>山<rt>やま</rt></ruby>の<ruby>薄 霞<rt>うすがすみ</rt></ruby>

'아, 봄이구나. 이른 새벽 길을 떠나면서 아직 겨울이라고 생각했는데,
늘 지나치는 평범한 산에 아침 안개가 붓으로 엷게 칠한 듯 걸려 있다.
어쩐지 마음이 끌리는 것은 봄기운 때문이리라.' 『노자라시 기행』 중
나고야에서 나라로 가기 위해 산길을 넘어야 했다. 바다를 따라 이어진
산들은 습기를 모아 부드러운 안개로 골짜기를 채웠다. 똑같이 안개를
의미하지만 '가스미霞'는 봄의 계어이고, '기리霧'는 가을의 계어이다.
'옅은 안개' 대신 '아침 안개'라고 쓴 책도 있다. 나라에서 바쇼는 승려
들의 물 나르기 행사를 구경한 후 교토로 이동했다. 42세의 작품.

저 떡갈나무
꽃에는 관심 없는
의연한 모습

樫の木の花にかまはぬ姿かな

『노자라시 기행』 중 교토의 나루타키鳴滝 온천에 있는 슈후秋風의 별
장에서 보름 정도 머물 때 썼다. 슈후는 교토의 부호 출신으로, 기타무
라 기긴 문하에서 바쇼와 함께 시를 배운 풍류객이었다. 그의 별장에
문인들이 드나들며 이 시기 관서 문단의 중심이 되었다. 그러나 방탕한
생활로 재산을 잃고 실의에 빠져 에도에서 사망했다. 이 하이쿠는 별
장에 들렀을 때 첫인사로 읊은 시로, 세상사에 얽매이지 않고 유유히
지내는 슈후를 칭찬한 것이다. '저 떡갈나무는 이 집 주인을 닮아 화려
함을 과시하는 꽃들을 상관하지 않고 의연하게 서 있구나'의 뜻이다.

77

산길 오는데
왠지 마음 끌리는
제비꽃

山路來て 何やらゆかしすみれ 草

『노자라시 기행』이 끝나 갈 무렵, 교토에서 오쓰로 가는 산길을 걷다가 보라색 제비꽃을 발견했다. 조용히 봄을 알리며 피어 있는 모습에 어딘지 마음이 끌렸다. 제비꽃은 들에 핀 것으로만 기존 시에서 읊어왔기 때문에 잘못된 하이쿠라는 논쟁이 일었지만, 그런 전통시의 관념을 깬 신선함, 그리고 산길에서 제비꽃을 발견한 기쁨이 담겨 있다. 이 여행 중 왕복 두 번을 묵은 문하생 하야시 도요林桐葉에게 어려서 죽은 사요佐与라는 이름의 딸이 있었다. 길가의 제비꽃을 보고 건강했을 때의 그녀의 모습을 떠올리며 가련한 사요를 회상한 작품이라는 해석도 있다. 42세에 쓴, 바쇼의 대표작 중 하나.

두 사람의 생

그 사이에 피어난

벚꽃이어라

命 二つ の 中 に 生きたる 桜 哉

둘이서 함께 보았던 눈부신 벚꽃 아래서 긴 세월 후 다시 만난 감회,
살아 있음의 경이로움을 노래하고 있다. 『노자라시 기행』 도중 고향 친
구 도호土芳를 19년 만에 해후하고 지은 하이쿠이다. 타지에 있던 도
호는 바쇼가 고향에 들렀다는 소식을 듣고 달려왔으나 바쇼는 이미 떠
난 뒤였다. 그래서 숨 가쁘게 뒤쫓아 가 고향 근처 만개한 벚나무 아래
서 만났다. 바쇼가 에도로 떠날 때 도호는 소년이었는데 어른이 되어
마주한 것이다. 이후 도호는 바쇼의 문하생으로 입문해 시인이 되었다.

나비 날 뿐
들판을 가득 채운
눈부신 햇살

ちょう　と　　　　　　のなか　ひかげ
蝶 の飛ぶばかり野中の日影かな

봄의 하이쿠이다. 아지랑이 어른거리는 봄, 가리는 것도 없는 넓은 들
판에 햇빛이 쏟아진다. 그곳을 지나가는 것은 나비뿐이어서 해의 그늘
이라고는 나비의 그림자밖에 없다. '히카게日影'는 햇빛日光의 고어이면
서 '해의 그늘日陰'과 발음이 같다. 『노자라시 기행』 중 나고야의 나루
미鳴海 부근에서 지은 하이쿠이다. '들판의 해골이 되리라'던 비장감과
달리 여행 막바지에 접어들어 대단한 여행을 마쳤다는 안도감에 심경
의 변화가 일었다. 밝은 빛으로 가득한, 바쇼로서는 드문 작품이다.

80

흰 양귀비에
날개를 떼어 주는
나비의 유품

しらげし はね てふ かたみかな
白芥子に 羽もぐ 蝶の 形見哉

양귀비는 꽃잎이 한 장씩 진다. 그래서 마치 나비의 날개가 떨어지는 듯한 착각을 불러일으킨다. 흰 양귀비꽃에 앉아 있던 나비가 날자 꽃잎이 떨어진다. 나비가 석별의 정을 이기지 못해 자기 몸의 날개를 떼어 유품으로 주는 것 같다. 나고야의 곡물 상인이었으나 사기죄를 지어 바닷가 마을로 추방당한 문하생 도코쿠杜国는 바쇼와 매우 가까운 관계였다. 그 관계가 특별했고, 심지어 추방된 도코쿠를 위로하기 위해 『오이노코부미笈の小文(여행 상자 속 짧은 글)』 여행을 떠날 정도여서 동성애설까지 날 정도였다. 헤어지면서 바쇼는 도코쿠를 흰 양귀비꽃으로, 자신을 나비로 분장한 이 작별의 시를 지었다. 도코쿠는 34세에 죽었다.

모란 꽃술 속에서
뒷걸음질 쳐 나오는
꿀벌의 아쉬움

ぼたんしべ わけい はち なごりかな
牡 丹 蕊 ふかく 分 出づる 蜂 の 名 残 哉

삶을 이런 마음으로 마칠 수 있으면 좋을 것이다. 더 누리고 싶지만 작별해야 하는 순간이다. 『노자라시 기행』의 마지막, 바쇼는 가는 길에 묵었던 도요의 집에서 다시 묵고 에도로 향했다. 문을 나서기 전, 도요 가족의 따뜻한 대접에 감사하는 마음을 하이쿠로 대신했다. 자신의 지금 마음이 모란꽃 깊은 꽃술 속에서 마음껏 꿀을 빨다가 헤쳐 나와야 하는 벌의 심정과 같음을 읊었다. '모란'이 계어이므로 초여름의 일임을 알 수 있다. 바쇼의 하이쿠로는 드물게 금색 꽃술이 두드러지며, 분에 넘치는 환대에 감사하는 마음을 표시하기 위해 8·8·5의 넘치는 글자 수로 읊은 대표작 중 하나이다.

여름에 입은 옷
아직까지 이를 다
잡지 못하고

なつごろも　　　　しらみ　と　　つ
夏 衣 いまだ 虱 を取り尽くさず

긴 방랑을 마치고 파초암으로 돌아와 쓴 하이쿠이다. '들판의 해골 되
리라/ 마음먹으니/ 몸에 스미는 바람'으로 가을에 시작된 『노자라시
기행』은 이렇게 여름옷을 입고 무사히 막을 내렸다. 옷에 남은 이만이
아니라 여행 중에 느꼈던 것들을 털어 내지도 못하고, 또한 여행 동안
쓴 글과 하이쿠를 정리하지 못한 채 여행 후 휴식하며 여러 날을 보내
고 있음을 암시한다. 여행기의 마지막을 장식하는 탁월한 하이쿠로 평
가받는다.

구름이 이따금
달구경하는 사람들에게
쉴 틈을 주네

<ruby>雲<rt>くも</rt></ruby> <ruby>折折<rt>おりおり</rt></ruby> <ruby>人<rt>ひと</rt></ruby>を <ruby>休<rt>やす</rt></ruby>むる <ruby>月見<rt>つきみ</rt></ruby> <ruby>哉<rt>かな</rt></ruby>

'오늘 밤의 달은 청명하기 그지없어서 계속 바라보고 있으면 마음을 빼앗기게 된다. 그래서 가끔씩은 구름이 들어와 달을 숨겨야 나 자신으로 돌아올 수 있다.' 하이쿠 앞에 "사이교의 시상을 근거로 하여."라고 설명을 달았다. 사이교의 와카 '어중간하게/ 이따금씩 구름이/ 걸려야만이/ 달을 즐길 수 있고/ 장식할 수 있으리'*에 영감을 받아 쓴 것으로 추측된다. 바쇼와 문하생들의 하이쿠 문집 『봄날春の日(하루노히)』에 실린 작품.

곧 운 좋은 사람의
숫자에 들겠구나
노년의 세밑

めでた ひと かず い おい く
目出度き人の数にも入らむ老の暮れ

연말에 쓴 하이쿠이다. 이제 42세에 불과한 자신을 노인으로 여기고
있다. "얻어서 먹고, 빌어서 먹고, 굶어 죽지도 않고 그럭저럭 한 해의
끝날을 맞아."라고 하이쿠 앞에 적었다. 바쇼는 더 이상 하이쿠 심사관
이 아니었으며 전적으로 문하생들의 후원에 의지해 살아가고 있었다.
그는 이렇게 말했다고 한다. "하이쿠 심사관이 되기 전에 먼저 걸인이
되어야 한다." 에도 시대의 평균 수명은 50세였으므로 42세까지 살아
남은 것은 운 좋은 일이었다. 당시에는 42세를 액운을 당하는 해로 여
겨 조심해야만 했다. 그러나 바쇼는 여행을 계속했다.

자세히 보니
냉이꽃 피어 있다
울타리 옆

よく見れば 薺 花咲く垣根かな

자세히 보지 않으면 눈에 띄지 않는 존재가 많다. 봄에 넉 장으로 된
희고 작은 꽃을 피우는 냉이도 그중 하나다. 중국 시인 정명도程明道의
'만물을 고요히 관하면 다 스스로 깨닫는다萬物靜觀皆自得'에 영감을
얻어 쓴 작품이다. 하이쿠에 잘 쓰지 않는 '자세히 보면'이라는 설명을
넣은 것에 바쇼의 사상이 담겨 있다. 매일 지나치는 작은 사물도 자세
히 보면 그 속에서 작용하는 자연의 의지를 발견하게 된다. 그 꽃은 누
가 보든 보지 않든 필 때가 되면 열심히 핀다. 그것에 바쇼는 감동한다.
43세에 쓴 대표작 중 하나.

오래된 둥지
그저 적막할밖에
이웃이 없어

古巣ただあはれなるべき隣かな

후카가와의 파초암 근처에 은둔하며 바쇼와 자주 어울린 승려 소하宗波가 교토로 공부하러 떠날 때 지은 작별의 하이쿠이다. 소하는 소라曾良와 함께 바쇼의 『가시마 참배鹿島詣』에 동행했었다. 인기척 없는 이웃집은 새가 떠난 빈 둥지 같아서 마음이 뻥 뚫린 것 같다. 마치 새끼 새가 자신의 삶을 찾아 둥지를 떠난 어미 새의 기분이 들어 바쇼는 나고야의 문하생 치소쿠知足에게 소하를 잘 보살펴 달라는 부탁 편지까지 썼다. 소하는 늘 병약했으며, 이듬해 바쇼가 고향을 방문했을 때 찾아왔으나 병이 더 깊어진 상태였다. '오래된 둥지'는 봄의 계어.

땅에 떨어져
뿌리에 다가가니
꽃의 작별

地にたふれ根により花の別れかな

'죽은 자는 흙으로 돌아갔다. 꽃이 져서 그 뿌리로 돌아간다고 하지만 우리도 이렇게 영영 이별을 하였다.' 지는 꽃을 애석하게 여겨 뿌리 옆에 엎드려 꽃과 작별하듯이 사람과도 작별해야만 하는 애통함을 읊었다. 가깝게 교류한 것으로 추측되는 승려 단다우坦堂의 죽음을 추도한 하이쿠이다. 옛 노래 '꽃은 뿌리로/ 새는 옛 둥지로/ 돌아가는데/ 봄이 돌아가는 곳/ 아는 사람 없어라'*에서 영감을 받아, 죽은 사람을 지는 꽃에 비유하며 석별의 정을 나타내었다.

동쪽과 서쪽
느낌은 하나
가을바람

東　西あはれさひとつ秋の風
ひがしにし　　　　　　　　　　　あき　かぜ

의사 출신 문하생 교라이는 진실한 성품으로 바쇼의 신뢰를 받았다.
누이동생 지네조千子女와 함께 『이세 기행伊勢紀行』을 다녀온 뒤 기행
문의 발문을 바쇼에게 부탁했다. 이 하이쿠는 그 발문으로 써 준 것이
다. '가을바람이 천지에 불어오면 동쪽이든 서쪽이든 그 바람에서 느
끼는 정취는 같다.' 가치관을 공유하는 사람끼리는 멀리 있어도 느끼는
것이 같다. '느낌'으로 번역한 원문의 '아와레あはれ'는 '공감의 시선으
로 대상을 볼 때 느껴지는 마음'이다. 계절 변화에서 느끼는 적막감, 쓸
쓸함, 애틋함 같은 정취이다. 방랑 시인 사이교도 '마음을 비운 몸에도
정취(아와레)는 느껴지네'라고 읊었다. 일본인의 미의식에 매우 중요한
요소이다.

둥근 보름달
연못 둘레 도느라
밤이 새도록

名<ruby>月<rt>めいげつ</rt></ruby>や<ruby>池<rt>いけ</rt></ruby>をめぐりて<ruby>夜<rt>よ</rt></ruby>もすがら

달도 동쪽에서 서쪽으로 연못을 돌고 시인도 그 달을 보느라 몰아의
상태에서 연못 주위를 거닐고 있다. 달 표면도 대낮처럼 밝고, 둥근 연
못의 수면도 달빛을 반사해 눈이 부시다. 어느덧 날이 밝았다. 세상에
대해 초연하고 현실의 삶을 잊은 듯하지만, 연못 깊은 곳에는 슬픔의
달이 잠겼다. 이 연못은 파초암에 있던 '개구리 뛰어드는' 그 연못이다.
음력 8월 보름날 밤, 파초암에서 기카쿠를 포함해 여러 명이 달구경 하
이쿠 모임을 열었다. 43세, 몸과 마음이 충만하고 삶이 정점에 이른 시
기의 작품이다. 시의 내용도 그렇지만 운율이 특히 아름답다. '메이게
쓰야 이케오메구리테 요모스가라.'

맹인이라고
사람들이 여기는
달 바라보기

座頭(ざとう)かと人(ひと)に見(み)られて月見哉(つきみかな)

‘달을 바라보고 있는 내 모습을 보고 사람들은 나를 맹인이 틀림없다고 여긴다. 이상한 일이다.’ 아마도 바쇼는 군중들로부터 떨어진 곳에서 홀로 달을 보며 명상에 잠겼을 것이다. 게다가 승려 복장을 하고 있었다. 당시는 맹인들이 종종 승려 복장을 했다. 바쇼를 맹인이라 여기는 그 사람들도 달구경을 하러 그곳에 왔을 것이다. 똑같은 것을 보고 있어도 어떻게 보는가에 따라 다르다. 맹인은 달을 볼 수 없다. 그리고 바쇼는 달에 눈이 멀어서 다른 것을 볼 수 없다.

가진 것 하나
나의 생은 가벼운
조롱박

ひと　わ　よ　かろ　ひさごかな
もの一つ我が世は軽き瓢哉

파초암에는 눈에 띄는 그릇이 없었지만, 단 하나 쌀 담는 조롱박이 있었다. 그것은 가벼운 느낌을 주고, 바쇼가 추구하는 간소한 삶과도 잘 맞았다. 여기서 '가진 것'으로 번역한 '모노もの'는 '불변의 것, 운명, 정해진 규칙'의 의미도 포함하고 있다. '나의 삶은 가벼운 조롱박에 비교할 수 있지만 그것도 하나의 운명이다.' 글벗인 소도에게 조롱박에 이름을 붙여 달라고 부탁했더니 소도는 네 개의 '산山'을 넣은 한시를 보내 왔다. 그것을 따서 '네 개의 산이 담긴 조롱박四山の瓢'이라고 이름을 붙였다. 소도는 바쇼와 은둔사상을 공유한 당대의 문인이었다.

물은 차갑고
갈매기도 쉬이
잠들지 못하네

水寒く寝入りかねたる鴎かな
みずさむ　ねい　　　　　　　　かもめ

도쿄 만으로 흘러 들어가는 스미다가와 강 부근에 바쇼의 오두막이
있었다. 깊은 겨울밤, 그 강의 차가운 물 위에 떠서 잠들지 못하고 이따
금 구슬프게 우는 바다 갈매기에 자신의 모습을 중첩시키고 있다. 그
때 술 한 병이 도착했다. 이 술을 마시면 몸이 따뜻해져서 잠을 잘 수
있을 것이다. 하이쿠 앞에 썼듯이 겐키元起라는 이름의 승려가 보낸 술
에 대한 답례로 쓴 하이쿠이다. 바쇼는 술에 대한 하이쿠를 20편 정도
썼으나 애주가는 아니었다.

첫눈 내리네
다행히 오두막에
있는 동안에

初 雪や 幸 ひ 庵 にまかりある
<small>はつゆき　さいわ　あん</small>

첫눈 내린 날 쓴 3부작 중 하나로, 앞글에 이렇게 적었다. "오두막에 내
리는 첫눈을 보겠다고, 다른 곳에 있다가도 하늘만 흐려지면 서둘러
돌아오기를 몇 번이나 거듭했는데, 음력 12월 18일, 첫눈을 본 기쁨."
몹시 기다리던 첫눈 내리는 날, 때마침 자신의 오두막에 있어서 다행이
라고 기뻐하고 있다. 스스로를 '미치광이風狂'라 부른 바쇼의 또 다른
면이 엿보인다. 또한 강변에 위치한 파초암은 몹시 추워 주로 여름에 머
물고 겨울에는 문하생들의 집에서 지냈음을 암시한다. 43세의 작품.

첫눈 내리네
수선화 잎사귀가
휘어질 만큼

はつゆき　すいせん　は
初雪や水仙の葉のたわむまで

파초암에 있던 날, 기다리던 첫눈이 내렸다. 알맞게 내린 첫눈의 양을 말해 주듯이 수선화 잎새가 적당히 구부러졌다. 내리는 눈의 풍경이 아니라 쌓인 눈의 정도를 읊어, 원문은 '휘어질 만큼만'의 의미에 가깝다. 앞의 하이쿠와 같은 날 쓴, 중반기의 신선한 작품이다. 시적 감각을 내세움 없이 평범한 언어로 묘사하고 있어서 오히려 대상과 자신의 관계에 대한 신뢰가 느껴진다. 수선화는 눈 속에서도 노란 꽃을 피우기에 '설중화雪中花'라고 불린다.

불을 피우게
좋은 걸 보여 줄 테니
눈 뭉치

君 火を焚けよきもの見せん 雪 まろげ

'눈길을 걸어 잘 왔네. 그대는 불을 피워 차를 끓이지 않겠나? 대접으로 마당에서 눈을 뭉쳐 보여 주겠네.' 첫눈 내리는 저녁, 파초암 근처에 임시 거처를 마련하고 스승을 돌봐 주는 문하생 소라가 찾아오자 바쇼는 기뻐하며 특별한 선물을 할 것처럼 말한다. "눈 뭉치를 만들어 보여 주지!" 혼자 사는 스승과 제자의 마음의 교류가 느껴진다. 바쇼의 고향 이가우에노는 뼛속까지 춥지만 눈이 거의 오지 않는 분지 형태라서 바쇼에게 눈은 동심의 세계를 상징했다.

물 항아리 터져
한밤중 빙결에
잠을 깸이여

<ruby>瓶<rt>かめ</rt></ruby><ruby>割<rt>わ</rt></ruby>るる <ruby>夜<rt>よる</rt></ruby>の <ruby>氷<rt>こおり</rt></ruby> の <ruby>寝覚<rt>ねざめ</rt></ruby>かな

한밤중에 부엌의 물 항아리 금 가는 소리에 잠이 깨었다. 항아리에 넣어 둔 물이 얼어 얼음의 장력으로 갈라진 것이다. 겨울의 추위와 정적을 실감하며 쉬이 잠들지 못한다. 파초암 생활이 햇수로 7년. 겨울을 나기에는 부적합할 만큼 혹독한 추위와 깊은 적막감이 주위를 덮고 있었다. 그러나 이 '쓸쓸한 느낌'을 바쇼는 자신이 추구하는 시의 주제로 삼았다. 제목은 '추운 밤寒夜'. 원문에서는 '빙결' 다음에 의도적으로 소유격 '의の'를 넣음으로써 물 항아리의 얼음이 잠에서 깨어난다는 중층의 의미를 담았다.

술을 마시면
더욱더 잠 못 드는
눈 내리는 밤

酒飲めばいとど寝られぬ夜の雪

밤에 내리는 눈은 적막한 분위기를 만들고, 적막함은 '혼자'라는 사실을 더 자각하게 한다. 이 하이쿠에는 다음의 앞글이 붙어 있다. "아, 성가신 늙은이여라. 평소에는 사람이 찾아오는 것도 번거로워 만나지 않고 부르지도 않겠다고 여러 차례 스스로 맹세하는데, 달 밝은 밤이나 눈 내린 아침만은 친구가 그리워지는 것을 어쩔 수 없다. 아무 말 없이 혼자 술을 마시고 마음속으로 묻고 마음속으로 대답한다. 오두막 문을 밀어젖히고 내리는 눈을 바라보거나, 잔을 한 손에 들고 붓을 들었다가 또 내려놓는다. 미치광이 같은 늙은이." 43세의 겨울, 파초암에서의 진솔한 고백이다. 중간의 '더욱더いとど'를 앞뒤로 걸어 '술을 더 마시게 되고, 더 잠이 안 오고, 눈은 더 내리고'를 의도하고 있다.

달과 눈을
뽐내면서 살아온
한 해의 끝

月 雪 とのさばりけらし 年 の 暮
つきゆき   とし くれ

'연말이 되어 돌이켜 보니 올 한 해를 달이다, 눈이다 하고 풍류를 뽐내면서 보냈다. 세상 사람들은 생계를 유지하느라 쉴 틈 없이 바쁜데 나 혼자 시인이라고 거들먹거리며 살았다.' 세상일에 얽매이지 않는다고 자처하면서 하이쿠 모임에나 어울리며 결국은 세상 사람들의 노고에 의지해 살아왔다. 시를 쓰는 사람으로서 세상에 진 빚에 대한 반성이다. 이러한 반성이 더 치열한 추구를 하게 만들었다. "높이 깨닫고 세상으로 돌아가라高悟歸俗."라고 바쇼는 문하생들에게 가르쳤다. 43세의 작품.

주인 없는 집
매화조차 남의 집
담장 너머에

る す　　　き　うめ　　　　　　かきほ
留守に来て梅さへよその垣穂かな

"어느 사람의 숨어 사는 집을 방문했더니 주인은 절에 참배하러 가서 늙은 남자 혼자 암자를 지키고 있었다. 울타리에 매화가 피어 있어서 '이것이야말로 주인의 얼굴을 보는 듯하구나.' 하고 말했더니 그 남자가 '그 꽃은 남의 집 울타리에 핀 것이오.'라고 말하는 것을 듣고."라고 하이쿠 앞에 적었다. 주인이 부재중인 것을 모르고 무심코 들렀는데 울타리에 만개한 매화를 보고 집주인을 보는 듯해 반가워했더니 그 매화조차 다른 집 나무라는 것이다. 44세의 봄에 쓴 작품이다.

잊지 말게나
덤불 속 피어 있는
매화꽃을

忘^{わす}るなよ 藪^{やぶ}の 中^{なか}なる 梅^{うめ}の 花^{はな}

'그대는 지금 멀리 여행을 떠나지만, 꼭 다시 이 오두막을 방문해 주시오. 거친 덤불 속에 조용히 피어 있는 매화이지만 부디 잊지 말기 바라오.' 행각을 떠난다고 인사하러 온 승려에게 준 작별의 하이쿠이다. "몇 해 전 객지 잠 자며 다닐 때 길에서 행각승을 알게 되었는데, 이 봄 북쪽 길을 보러 떠난다고 내 오두막을 찾았다."라고 하이쿠 앞에 적었다. 자신을 덤불 속 외롭게 핀 매화에 의탁한 봄의 심경과, 이 하이쿠를 품에 넣고 방랑을 떠나는 승려의 마음까지 전해진다. 초고에는 첫 구가 '다시 찾게나また も 訪え'였다.

유별나구나
향기도 없는 풀에
머무는 나비

物好きや匂はぬ草にとまる蝶
ものず　　にお　くさ　　　ちょう

원문의 '모노즈키物好き'는 유별난 것을 좋아함을 말한다. '온갖 꽃이
만발한 봄, 나비 한 마리가 향기도 꿀도 없는 잡초에 내려앉았다. 저 나
비처럼 나도 쓸모없는 하이쿠에 매달려 있다.' 세속을 등지고 하이쿠라
는 무용지물에 열중하는 자신에 대한 고뇌를 우회적으로 읊었다. 향기
없는 풀에 앉아 있는 나비도 유별난 취향이고, 그 나비에 관심을 갖는
자신도 유별난 취향이라는 이중적 의미가 담긴, 외로움이 감도는 하이
쿠이다. 여기서도 시각과 후각이 공존한다. 40대 초반의 작품.

작은 새끼 게
발등 기어오르는
맑은 물

さざれ蟹 足這ひ上る清水哉
<small>がにあしは のぼ しみずかな</small>

여름날, 여행 중에 잠시 골짜기 맑은 물에 발을 담그고 있으면 작은 민
물게가 발등으로 기어오른다. 혹은 들일을 마친 농부가 작은 시냇물에
발을 담그고 쉬고 있는데 게가 기어오르는 정경을 읊은 것일 수도 있
다. '사자레가니さざれ蟹'는 골짜기의 맑은 물에 사는 크기 2센티미터
안팎의 갈색 민물게. 이 게의 등장으로 물이 더 맑고 찬 느낌을 준다.
'발등 기어오르는'을 앞뒤로 걸어 새끼 게도 발등에 기어오르고 물도
찰랑찰랑 발등을 기어오르는 기법을 써서 하이쿠에 깊이를 주었다. 기
카쿠가 엮은 하이쿠 선집 『속 미나시구리続虚栗(조쿠미나시구리)』에 실린
44세의 작품.

103

두견새 울고
울다가 또 날다가
분주하다

ほととぎす鳴く鳴く飛ぶぞ 忙 はし

뻐꾸기, 소쩍새, 두견새는 종종 혼동해 사용하지만 조류학적으로는 다른 새이다. 뻐꾸기는 두견과에 속하는 푸른빛 감도는 잿빛 새이고 주로 단독으로 생활한다. 소쩍새는 올빼밋과에 속하며 크기가 뻐꾸기보다 작고 몸은 잿빛이 감도는 붉은 갈색이다. 낮에 잠을 자고 저녁부터 활동한다. 우리말로 접동새인 두견새는 머리와 윗면이 암회색이고 아래 가슴과 배는 흰색으로 드문드문 검은색 가로띠가 있다. 낮에 울며, 우는 소리도 확연히 다르다. 모두 여름을 알리는 새이다.

취해 잠들리
패랭이꽃 피어난
바위에 누워

酔うて寝ん撫子咲ける石の上
よ　　ね　　なでしこさ　　　いし　うえ

'술에 취해 서늘한 바위 위에서 패랭이꽃과 함께 잠들고 싶어라.' 바위 위에 핀 야생 패랭이꽃은 술 취해 아무렇게나 잠든 사람을 닮았다. 바위 많은 산지에서 잘 자라는 패랭이꽃은 석죽石竹이라고도 부른다. 설화에 따르면, 밤마다 사람들을 괴롭히는 돌의 영石靈이 있어서 힘센 장사가 그 돌을 향해 힘껏 활을 쏘았는데 화살이 바위에 박혀 빠지지 않았다. 그 후 돌에서 대나무처럼 마디가 있는 고운 꽃이 피어 '석죽'이라 불리게 되었다. 패랭이꽃의 일본어 '나데시코'는 '어루만지고 싶은 귀여운 여성'이라는 의미도 갖는다. 가을에 피는 일곱 가지 꽃 중 하나로 가을의 계어이다.

여름 장맛비
한밤중에 물통 테
터지는 소리

五月雨や桶の輪切るる夜の声
さみだれ　おけ　わ　き　　よる　こえ

원문을 직역하면 '여름 장맛비/ 물통 테 터지는/ 밤의 소리'이다. 앞의
하이쿠를 쓴 이듬해 여름에 쓴 작품으로 추정된다. 바쇼는 청각적으로
쓴다. 그리고 바쇼의 하이쿠 자체가 음악적이다(사미다레야 오케노와키루
루 요루노코에). 그럼에도 바쇼의 하이쿠에는 깊은 고요와 적막이 있다.
장맛비 내리는 밤, 자려고 누워 있는데 나무 물통에 빗물이 넘쳐 그 중
량에 물통을 두른 대나무 테두리가 터진 것이다. 줄기차게 비가 내린
시간의 경과와 은둔지의 적요가 그 소리 하나에 압축되어 있다. 또한
원문에서는 '밤의 소리'를 뒤에 배치함으로써 비에 젖는 대지와 검은
하늘, 그곳에 사는 만물의 침묵이 '밤의 소리'에 응축해 있다.

나팔꽃은
솜씨 없이 그려도
애틋하다

<ruby>朝<rt>あさ</rt></ruby><ruby>顔<rt>がお</rt></ruby> は <ruby>下<rt>へた</rt></ruby>手の書くさへあはれなり

'나팔꽃 그림은 누가 그려도 잘 그린다. 솜씨 없는 사람이 그려도 애틋함을 불러일으킨다.' 기카쿠, 산푸와 함께 바쇼의 최고참 문하생인 란세쓰의 나팔꽃 그림에 적어 준 하이쿠이다. 동시에 그림 실력이 형편없음을 은근히 내비쳤다. 사제 간의 스스럼없음이 드러난다. 그러나 란세쓰는 바쇼가 『오쿠노호소미치奥の細道(깊은 곳으로 가는 좁은 길)』 여행을 떠날 무렵부터 관계가 멀어져 결국 바쇼의 임종을 지키지 못했다. 하지만 부음을 듣고 곧바로 바쇼의 무덤에 달려가 무릎 꿇고 애통해했다. 재능 있는 사람들의 사제 관계였기 때문에 때로 갈등이 있었지만 강한 신뢰가 바탕에 자리하고 있었다.

절에서 자니
참된 얼굴이 되는
달구경

<small>てら ね　　　がお　　つきみ</small>
寺に寝てまこと顔なる月見かな

참된 얼굴, 즉 '본래면목'은 어떤 개념과 감정도 덧붙이지 않은 자신의 본래 존재를 일컫는다. 절에서는 달을 보는 사람뿐 아니라 달도 참된 얼굴이 된다. 파초암 근처에 임제종에 속하는 절 린센안臨川庵이 있어서 바쇼보다 세 살 위인 승려 붓초佛頂가 살고 있었다. 바쇼는 울적할 때면 붓초를 찾아가 선과 노장 철학 등을 배웠다. 붓초가 이바라키 현 가시마에 있는 본사 곤폰지根本寺로 돌아가자 바쇼는 그를 만나기 위해 문하생 소라, 소하와 함께 여행을 떠났다. 이것이 『가시마 참배』 여행이다. 근처 쓰쿠바 산筑波山에서의 달구경도 일정에 포함되었다. 44세의 작품.

객지 잠 자면
내 시를 이해하리
가을바람

たびね　わ　く　し　　あき　かぜ
旅寝して我が句を知れや秋の風

'많은 날들을 여행지에서 자며 몸에 깊이 스미는 가을바람의 맛을 알
았다. 그렇게 해서 탄생한 시들을 이해하려면 직접 객지 잠을 자 봐야
하리라.' 그림 실력이 뛰어난 무사이며 바쇼에게 하이쿠를 배운 조쿠시
濁子가 그림을 그리고, 바쇼가 발문을 쓴『노자라시 기행 화첩野ざらし紀
行画巻』에 실린 하이쿠이다. 자신의 시가 취미 생활이 아니며 삶과 하나
된 것임을 말하고 있다. '가을바람'은 발문을 쓴 계절이 가을임을 나타
내면서 동시에 여행이 지닌 적막감도 암시한다.『노자라시 기행』의 첫
하이쿠 '들판의 해골 되리라/ 마음먹으니/ 몸에 스미는 바람'을 떠올리
게 하는 하이쿠이다.

고개 쳐드는
국화 모습 어렴풋
비 내린 뒤에

_お _{きく} _{みず}
起きあがる 菊 ほのかなり 水 のあと

가을비가 한바탕 퍼부은 뒤 가냘픈 국화가 자신을 일으켜 세운다. 아
직 물기가 어려 있어서 아련하게 보인다. 비 온 뒤 안개 속에서 국화가
희미하게 보이는 풍경을 읊었다는 해석도 있다. 혹은, 비 온 뒤 바닥에
고인 물에 희미하게 비친 국화의 모습을 시적으로 묘사한 것이라는 해
석도 있다. 시의 해석은 읽는 사람의 몫이며, 그것을 통해 독자는 시의
창작에 동참한다. 파초암은 해수면과 지대가 같아 종종 비에 침수되었
다. 폭우에 쓰러졌던 국화가 서서히 회복되는 시간의 흐름, 그 국화를
응시하는 바쇼의 숨결도 느껴지는 대표작 중 하나이다. 44세의 작품.

야위었지만
어쩔 수 없이 국화는
꽃을 맺었네

痩せながらわりなき菊の蕾かな

꽃 피울 여력도 없어 보일 만큼 야윈 국화가 때가 되자 많은 꽃망울을 맺었다. 생명 가진 것의 법칙이긴 하지만 왠지 비애도 느껴진다. 원문의 '와리나키わりなき', 즉 '이성을 초월한 힘에 의해 움직이기 때문에 어쩔 수 없다'는 단어에 의미가 응축되어 있다. 야윈 국화의 이미지는 방랑과 병으로 몸이 야윈 바쇼 자신의 모습이다. 세 번째 방랑『오이노코부미』를 떠나기 직전에 지은 하이쿠이다. 고독 속에 피어난 미묘한 아름다움을 시적으로 묘사한 것이라는 해석도 있다.

소리 투명해
북두칠성에 울리는
다듬이질

声澄みて 北斗にひびく 砧 かな

옛날에는 빨래한 옷이나 옷감을 다듬잇돌에 올려놓고 방망이로 두들겨 반듯하게 펴는 소리가 어디서나 들렸다. 투명한 가을 밤하늘에 별들이 가득하다. 어디선가 두드리는 다듬이질 소리가 북두칠성까지 울린다. 소리도 투명하고 별들도 투명하다. 청각이 시각으로 이어지고 있다. 바쇼가 하이쿠에서 공감각적인 묘사를 자주 사용한 것에 대해 선의 영향을 꼽는다. 선에서는 개념이나 상징이 아니라 구체적인 경험을 통해 새로운 관점(해탈)에 도달하는 것을 목표로 하기 때문이다. 44세의 하이쿠이다.

무엇이든지
손짓해 부르다 만
참억새풀

何ごとも 招き果てたる 薄 哉

억새풀 이삭이 흔들리는 모습은 무엇인가를 자꾸 손짓해 부르는 듯하
다. 지금 억새풀은 가을바람에 손짓하다가 스스로 힘이 다해 꺾어졌
고, 들판은 정적으로 돌아갔다. 파초암에서 바쇼의 보살핌을 받다가
죽은 늙은 승려 도쿠카이毒海를 추모한 하이쿠이다. 가까이에서 간호
하던 사람을 장례 지낸 후의 슬픔과 공허감이 느껴진다. 선승이라는
것 외에는 도쿠카이에 대한 자료는 전해지지 않는다. 하이쿠 앞에 쓴
글에 '죽은' 대신 '몸이 돌아간'으로 표현해 윤회 사상이 느껴진다.

113

여행자라고
이름 불리고 싶어라
초겨울 비

旅人と我名よばれん初しぐれ

'첫 겨울비 내리는데 오늘부터 나는 다시 여행자로 불릴 것이다.' 44세
의 음력 10월, 바쇼는 세 번째 여행을 떠났다. 에도의 오두막을 출발해
동쪽 해안을 따라 남쪽으로 내려가 고향에 들렀다가 나고야, 나라, 오
사카를 거쳐 교토까지 가는 6개월의 방랑이었다. 이 하이쿠는 문하생
기카쿠의 집에서 열린 문하생들의 송별회 때 지은 것으로 여행기 『오이
노코부미』 앞부분에 실려 있다. 세상에서의 명성과 상관없이 자신이
여행자로 운명 지어진 사람임을 자각하고 그것에 생을 맡기려는 의지
가 느껴진다.

교토까지는
아직 절반의 하늘
눈 머금은 구름

きょう　　　なかぞら　ゆき　くも
京 まではまだ半 空や雪の雲

에도를 출발해 목적지 교토로 가는 『오이노코부미』 여행의 중간 지점
인 나루미에서 쓴 작품이다. 바쇼도 중간 지점에 있고 눈 머금은 구름
도 하늘 중간에 드리워져 있다. 동시대 인물인 가인 아스카이 마사아
키飛鳥井雅章가 교토를 떠나오던 중 나루미에 이르러 '오늘도 더욱/ 교
토도 멀어져 간/ 나루미 포구/ 아득히 먼 바다를/ 그 사이에 두고서'*
라고 읊은 것을 기억하고 역방향으로 여행하고 있던 바쇼가 하이쿠로
화답한 것이다. 자신이 추구하는 세계의 절반쯤 왔다는 중층의 의미도
담았다.

별의 마을
어둠을 보라는가
우는 물떼새

<ruby>星<rt>ほしざき</rt>崎<rt></rt></ruby>の<ruby>闇<rt>やみ</rt></ruby>を<ruby>見<rt>み</rt></ruby>よとや<ruby>啼<rt>な</rt></ruby>く<ruby>千鳥<rt>ちどり</rt></ruby>

'별과 인연이 있는 마을에서 어둠의 정취를 느껴 보라고 말하려는가.
물떼새들이 바닷가 어둠 깊은 곳에서 울고 있다.' '별의 곳'이라는 뜻의
호시자키星崎는 나고야 남쪽 해안 마을로 예로부터 물떼새로 유명해
바닷가 이름도 '우는 바다'라는 뜻의 '나루미'이다. 이곳 나루미에서 여
관을 하는 문하생 야스노부安信가 연 하이쿠 모임에 초대받아 지은
작품이다. 별이 뜨지 않은 어두운 밤을 애석해하는 초대자 야스노부에
게 건넨 인사의 시이나, 실제로는 떠들썩한 모임 저 바깥 어둠 속에서
우는 물떼새에 이끌리는 바쇼 자신의 마음속 적막감이 다가온다.

겨울날의 해
말 위에 얼어붙은
그림자 하나

<ruby>冬<rt>ふゆ</rt></ruby>の<ruby>日<rt>ひ</rt></ruby>や<ruby>馬上<rt>ばじょう</rt></ruby>に<ruby>氷<rt>にお</rt></ruby>る<ruby>影法師<rt>かげぼうし</rt></ruby>

'논 사이로 오솔길이 나 있는데 바다에서 불어오는 바람이 매섭다.' 추운 겨울의 희미한 햇빛 속에 살을 에는 찬 바람을 맞으며 말 위에 웅크리고 앉은 자신의 모습이 얼어붙은 그림자와 같다. '말 위馬上'를 뜻하는 발음 '바쇼'와 자신의 이름을 연결시킨 것이 분명하므로, 말 위에 탄 사람은 바쇼 자신이다. 그러나 말 위에 탄 사람이 추위에 얼어붙은 것인지, 사람의 추운 그림자가 말 등에 얼어붙은 것인지는 독자의 해석에 달린 일이다. 초고는 '웅크리고 가네/ 말 위에 얼어붙은/ 그림자 하나'였다가 '겨울 논/ 말 위에 웅크린/ 그림자 하나', '추운 논/ 말 위에 웅크린/ 그림자 하나'로도 수정한 걸 보면 좀처럼 만족하지 못한 듯하다.

날이 추워도

둘이서 자는 밤은

든든하여라

さむ　　　　ふたりね　よ　　たの
寒けれど二人寝る夜ぞ頼もしき

나루미에서 다음 마을 아쓰타로 간 바쇼는 갑자기 오던 길을 100킬로
미터나 되돌아가 사랑하는 문하생 도코쿠가 귀양 가 있는 아쓰미 반도
의 끝 호비保美 마을로 향했다. 여행에는 도코쿠의 후견인 역할을 한
문하생 에쓰진越人이 동행했다. 도중의 여관에서 하룻밤 묵으며 쓴 하
이쿠이다. 추운 겨울밤 낯선 여인숙의 정경, 제자와 같이 자는 안도감,
홀로 지내는 도코쿠를 생각하는 마음까지 담았다. 막상 도코쿠를 만
나 함께 잘 때는 도코쿠의 코 고는 소리가 시끄러워 2,3일은 잠을 이루
지 못했다.

걱정한 대로
황폐하기 그지없는
서리의 움막

さればこそ荒れたきままの霜の宿

부유하던 도코쿠가 1년 반 전 귀양의 몸이 되어 빈털터리로 전락했다는 말을 들어 어느 정도 예상은 하고 있었지만, 이토록 형편없는 곳에서 살고 있으리라고는 생각지 못했다. 서리에 썩어 가는 추운 움막에서 살고 있는 문하생의 비참한 상황을 보고 느낀 비통함이 가득하다. 그러나 절망에 빠져 있는 도코쿠의 마음을 북돋아 주기 위해 다음의 하이쿠도 지었다.

꿈속보다도
현실의 매야말로
든든하여라

夢よりも現の鷹ぞ頼もしき

먼저 축하하라
마음속 매화를
한겨울 칩거

まづ祝へ梅を 心 の冬籠り
いわ うめ こころ ふゆごも

호비 마을에 있던 도코쿠는 부근의 하타케 마을畠村로 옮겼다. '하타
케'는 밭이라는 뜻으로, 죄인의 유배지였다. 호비에 있을 때보다 처지
가 더 전락한 것이다. 그러나 바쇼는 제자에게 마음속 매화를 먼저 축
하하라고 위로한다. '후유고모리冬籠り'는 겨울 동안 추위를 피해 집에
머무는 일을 말한다. '한겨울 칩거'라는 말로 제자의 귀양살이를 위로
하며, 봄이면 맨 먼저 피는 매화 볼 날이 멀지 않았으니 그날을 마음에
세우고 묵묵히 기다리라고 위로하고 있다.

약을 먹는다
그렇지 않더라도
서리 내린 베개

<ruby>薬<rt>くすり</rt></ruby> <ruby>飲<rt>の</rt></ruby>むさらでも <ruby>霜<rt>しも</rt></ruby>の <ruby>枕<rt>まくら</rt></ruby>かな

'가뜩이나 서린 내린 밤의 추위가 몸에 스미는 계절인데, 병으로 누워 약을 먹고 있으니 추위가 더 느껴진다.'『오이노코부미』여행 중 아쓰타에 사는 문하생 기토起倒의 집에 묵을 때 바쇼는 심한 위경련으로 고생해 기토가 약을 지어 주었다. '서리 내린 베개'는 한기가 스미는 객지 잠을 의미하는데 특히 겨울 여행을 가리킨다. 바쇼의 위통, 위경련은 지병이었다.『오쿠노호소미치』여행의 이즈카 온천飯塚温泉 편에서도 "천장에서는 비가 새고 벼룩과 모기가 물어 잠들 수가 없다. 지병까지 도져 기절할 지경이다."라고 적었다.

121

재미있게도
눈으로 변하겠지
겨울비

<ruby>面<rt>おもしろ</rt></ruby>白し <ruby>雪<rt>ゆき</rt></ruby>にやならん <ruby>冬<rt>ふゆ</rt></ruby>の <ruby>雨<rt>あめ</rt></ruby>

'겨울비가 내리고 있지만 기온이 점점 내려간다. 이대로라면 눈으로 바뀔 것 같다. 차가운 빗속에 흰 것이 드문드문 섞여 있다. 왠지 즐겁고 가슴 설레겠구나, 겨울비가 눈으로 바뀌는 순간은.' 『오이노코부미』 여행 중 나루미의 대장장이이며 하이쿠 시인인 우지쿠모守氏雲의 집에서 열린 하이쿠 모임에 초대받았을 때 눈을 기대하는 집주인에게 준 인사의 시다. 지금 비가 내리는 것은 집주인의 따뜻한 환대 덕분에 눈이 녹았기 때문이라는 칭찬의 의미도 담았다.

자, 그럼 안녕
눈 구경하러 가네
넘어지는 곳까지

いざさらば 雪見^{ゆきみ}にころぶ 所^{ところ} まで

'밖에는 하얗게 눈이 내리고 있다. 자, 이제 나는 눈 구경하러 나가겠네. 눈에 발이 미끄러져 넘어질지도 모르지만.' 마음 들뜬 눈 구경에의 기대감을 즐겁게 읊었다. 나고야에 당도한 바쇼는 문하생 세키도夕道가 운영하는 서점 풍월당風月堂에서 열린 눈 구경 모임에 초대받아 '자, 가지/ 눈 구경하러/ 넘어지는 곳까지'라고 읊었다. 위의 하이쿠는 그 수정작으로, 실제로는 작별의 시다. 시인 하기와라 사쿠타로萩原朔太郎가 말했듯이, 소리 내어 읽으면 바쇼의 하이쿠에는 음악이 있다. '이자사라바 유키미니코로부 토코로마데.'

향기를 따라
매화 찾다 보았네
곳간 처마 끝

か　さぐ　うめ　くらみ　のきばかな
香を探る梅に蔵見る軒端哉

보센防川은 하이쿠 모음집 『광야曠野(아라노)』에 두 편의 하이쿠가 실린 부유한 상인이다. 그가 주최한 하이쿠 모임에 기후, 오가키, 미노 등지의 풍류객들이 참가해 렌가를 읊었다. 집주인 보센의 부유함을 매화 향을 빌려 치켜세우는 인사의 시다. 어디선가 매화 향이 나서 나무를 찾아 고개를 돌리다가 커다란 곳간 처마 끝에 시선이 멎었다는 것이다. 때로는 아첨을 할 수밖에 없는 것이 당시의 직업적인 하이쿠 지도자의 숙명이었지만, 그런 상황에서도 문학적으로 뛰어난 시를 지은 바쇼의 역량이 돋보이는 작품이다. '매화 찾다探梅'는 늦겨울의 계어.

객지 잠 자며 보네
덧없는 세상의
연말 대청소

たびね　　み　　うきよ　すすはら
旅寝して見しや浮世の 煤 払ひ

『오이노코부미』에 '12월 10일이 지나서 나고야를 출발해 고향으로 향했다.'라고 쓴 뒤 이 하이쿠를 적었다. '스스하라이煤払い'는 연말에 천장의 그을음과 마루 밑 먼지까지 털어 내어 집을 깨끗이 하는 대청소를 가리킨다. 바쇼는 계속 여행 중이다. 새해를 맞이하기 위해 분주히 움직이는 세상 사람들과 단지 방관자로서 무연하게 그들을 바라보는 여행자의 모습이 대비되면서 고독과 초연함이 동시에 전해 온다. '대청소'는 겨울의 계어이다.

고향에 와서
탯줄을 보고 우는
한 해 저물녘

ふるさと　へそ　お　な　とし　くれ
旧 里 や 臍 の 緒 に 泣 く 年 の 暮

고향에 온 바쇼가 울고 있다. 감정을 자제한 단순하고 평이한 표현이
오히려 가슴에 와 닿는다. 오랜만에 고향의 생가에 돌아와 자신의 탯
줄을 손에 들고 어렸을 때의 일들과 돌아가신 부모님을 생각하며 회한
에 잠긴 모습이 그려진다. 다른 때도 아닌 한 해의 끝 무렵이다. 탯줄은
인생의 출발점이므로, 자기 생의 출발점을 보고 어떤 회한에 젖은 것이
다. 당시에는 탯줄을 소중하게 보관하는 풍습이 있었다. 44세 때의 작
품이다. 초로에 접어들면 고향, 즉 자신이 온 곳이 생각난다. 젊었을 때
의 문학적인 기상이 사라진 이 무렵의 시들은 바쇼의 심정을 솔직하게
토로하고 있다.

손으로
코 푸는 소리
매화는 한창

<ruby>手<rt>て</rt></ruby><ruby>鼻<rt>ばな</rt></ruby>かむ<ruby>音<rt>おと</rt></ruby>さへ<ruby>梅<rt>うめ</rt></ruby>の<ruby>盛<rt>さか</rt></ruby>り<ruby>哉<rt>かな</rt></ruby>

꽃이 한창인 매화나무 옆에서 한 남자가 손으로 코를 풀고, 그 손을 매화나무에 닦는다. 전통시에서는 고상하고 우아한 이미지의 대명사인 매화를 속된 것과 연결시켜 하이쿠의 본령인 해학을 노래하고 우아함으로 속됨을 끌어올리고 있다. 손으로 코를 푸는 품위 없는 것이 시의 세계에 들어오는 것, 그러면서 속되게 떨어지지 않는 것이 바쇼 하이쿠의 진수이다. '코'와 '꽃'의 발음이 똑같이 '하나'인 것을 이용했다. 45세의 봄, 『오이노코부미』 여행 중 고향에서 음력 새해를 맞이했다.

무슨 나무의
꽃인지는 몰라도
향기가 나네

なに　き　はな　し　にほ　かな
何 の 木 の 花 とは知らず 匂 ひ 哉

45세의 2월에 바쇼는 미에 현 이세의 하이쿠 시인들과 함께 이세신궁
을 참배했다. 사이교의 시 '무슨 일이/ 있으신지는/ 알지 못해도/ 분에
넘치는 감사함에/ 눈물이 흐르네'*를 바탕으로 했다고 한다. 바쇼가 참
배한, 곡물의 신을 모신 외궁外宮은 오래된 삼나무가 울창하게 둘러쳐
져 있어서 그윽한 기분이 감돈다. 바쇼는 승려의 모습을 하고 있었기
때문에 당시의 규칙대로 신전 앞에는 가지 못하고 경내에 머물며 이
하이쿠를 지었다. 실제로 꽃이 피어 있었던 것은 아니고 경내에 넘치는
신성한 기운을 묘사했다.

이 산사의
슬픔을 알려 주시오
마 캐는 노인

この 山 のかなしさ告げよ野老掘

보다이 산菩提山에 있는 이세신궁 소속의 절을 방문했을 때 썼다. 그 절은 나라 시대(8세기)의 고승 교키行基가 창건했지만 바쇼가 갔을 당시 이미 황폐해지고 주위 풍경도 변해 있었다. 초라해서 슬프기까지 한 상태를 목격하고 이 하이쿠를 읊었다. 원문의 '도코로마野老'는 산마의 일종으로, 여기서는 '노인'과 발음이 같은 것을 이용했다. 현재 이 절은 옛 위치를 알리는 비석만이 우거진 삼림 속에 서 있다. 한때는 대가람이었으나 폐허가 된 절의 무상함을 '마 캐는 노인'과 연결시킨 감각이 뛰어나다. 땅속에 자라는 뿌리는 절의 흥망성쇠를 알고 있을 것이다.

매화나무에
겨우살이하는 나무
꽃이 피었네

<ruby>梅<rt>うめ</rt></ruby>の<ruby>木<rt>き</rt></ruby>に<ruby>猶<rt>なお</rt></ruby><ruby>宿<rt>やど</rt></ruby>り<ruby>木<rt>ぎ</rt></ruby>や<ruby>梅<rt>うめ</rt></ruby>の<ruby>花<rt>はな</rt></ruby>

이세의 하이쿠 시인 세쓰도雪堂가 주최한 하이쿠 모임에 초대받아 읊은 인사의 시다. 세쓰도의 아버지는 바쇼가 아는 사람으로, 이세신궁의 고급 신관이며 이름난 하이쿠 시인이었다. 이 사람이 주관한 이세신궁의 하이쿠 모임은 이후 3백 년 동안이나 이어졌다. '훌륭한 매화 노목에 더 어린 매화나무가 기생해서 향기로운 꽃을 피운 것처럼 그렇게 그대도 고인이 된 아버지로부터 시의 재능을 물려받아 훌륭히 꽃을 피우고 있구나.'의 의미이다. 45세의 작품.

무엇보다도
이름을 먼저 묻는
갈대의 새잎

物 の 名 を 先 づ 問 ふ 蘆 の 若 葉 かな
もの　な　ま　と　あし　わかば

'나니와의 갈대는 이세의 해변싸리'(같은 것도 지방에 따라 이름이 다르다)
라는 속담을 염두에 둔 하이쿠이다. '때마침 갈대가 새잎을 내는 계절
입니다. 사물의 명칭도 지역마다 다르다는데 이 지방에서 부르는 갈대
의 이름은 무엇인가요? 다행히 박학다식한 당신을 만났으니 무엇보다
먼저 이름에 대해 듣고 싶습니다.' 이세신궁 외궁의 신관 류쇼샤龍尙舍
를 만나 읊은 찬사의 시다. 류쇼샤는 이세의 중진급 하이쿠 시인이면
서 박식한 사람으로 소문나 있었다.

꽃을 집 삼아
시작부터 끝까지
스무 날가량

花を宿に始め終りや二十日ほど

『오이노코부미』 여행 도중 고향의 문하생 다이소苔蘇의 별장에서 도코
쿠와 함께 머물 때 읊은, 집주인의 융숭한 대접에 대한 답례의 하이쿠
이다. 꽃은 벚꽃을 가리킨다. 꽃이 피기 시작하면서부터 완전히 질 때
까지 20일 정도를 문자 그대로 꽃 속에서 보낸 즐거움을 읊었다. 『사화
와카집詞花和歌集(시카와카슈)』에 실린 12세기의 가인 후지와라노 다다
미치藤原忠通의 와카 '피는 날부터/ 다 저 버린 날까지/ 바라본 사이/
꽃과 함께해 온/ 스무 날 지났어라'*를 바탕으로 썼다. 그러나 다다미
치의 와카 속 꽃은 모란이다.

이 나날들을
꽃에 감사드리는
마지막 작별

このほどを 花 に 礼 いふ 別 れ 哉

はな　れい　　わか　かな

앞의 하이쿠와 마찬가지로 다이소의 별장에서 머문 뒤에 쓴 작별과 답
례의 시다. '지난 여러 날 동안 신세 많이 졌습니다. 이제 또 여행을 계
속합니다.' 떠나면서 감사의 말을 집주인에게 하지 않고 그 집에 만발
했던 벚나무를 향해 고개 숙여 인사하고 있다. "떠나는 날에"라고 제
목을 달았다. 바쇼는 이곳을 떠나 도코쿠와 함께 요시노 산으로 향했
다. 도코쿠는 귀양 중이었으므로 이 여행은 법을 어기는 일이었다. 나
라 현 중부에 위치한 요시노 산은 3만 그루의 벚나무가 산기슭부터 꽃
이 피기 시작해 한 달 동안 산 중턱과 꼭대기, 깊은 산속까지 차례로
만개한다. 오늘날에도 중요한 관광 명소이다.

요시노에서
벗꽃을 보여 주마
편백나무 삿갓

吉野にて 桜 見せうぞ 檜 笠
よしの　　　さくらみ　　　ひのきがさ
吉野にて 桜 見せうぞ 檜 笠

'자, 이제 요시노 벗꽃 구경하러 떠난다. 나의 동반자인, 낡고 빛바랜 삿
갓이여, 곧 세상에서 가장 아름답고 화려한 벗꽃의 장관을 보여 주마.'
요시노를 향해 출발할 즈음 삿갓 안쪽에 '낙서 삼아' 적은 하이쿠이다.
귀양살이로 고통받는 문하생 도코쿠에게 벗꽃 구경을 시켜 주겠다는
의미도 담았다. "천지간에 정처 없이 다니는 두 사람."이라는 앞글을 달
았다. 보통은 대나무나 갈대를 엮어 만드는데 바쇼의 삿갓은 얇은 편
백나무로 만든 것임을 알 수 있다. 편백나무는 잘 썩지 않아 오래가고,
향이 좋다. 요시노 산은 헤이안 시대부터 벗꽃의 명소였지만 당시에는
그 부근 일대(기이산 영지)가 중요한 불교 참배길이었다.

얼마나 많은 일
생각나게 하는
벚꽃이런가

さまざまの 事 思 ひ出す 桜 かな

정확한 기록은 없으나 19세(13세부터라는 설이 있음)에 바쇼는 고향의 사무라이 대장의 집에서 허드렛일을 하며 그 가문의 상속자 도도 요시타다의 총애를 받았다. 요시타다는 하이쿠를 매우 즐겼으므로 바쇼도 하이쿠의 세계를 접하게 되었다. 그런데 4년 후 요시타다가 25세의 나이로 갑자기 죽자 바쇼는 실의 속에 고향을 떠났다. 그로부터 22년의 세월이 흐른 뒤, 고향에 들른 바쇼는 옛 주군 요시타다의 유복자 도도 단간藤堂探丸이 주최한 벚꽃 모임에 초대받았다. 이 하이쿠는 그때 읊은 것이다. 단간은 바쇼의 하이쿠에 심취해 그의 귀향을 고대하고 있었다. 바쇼 문중의 하이쿠 문집『원숭이 도롱이猿蓑(사루미노)』와『광야(아라노)』등에 단간의 하이쿠가 실렸다.

봄날 밤
기도하는 이 그윽한
법당 한구석

はる　よ　こも　ど　　　どう　すみ
春の夜や篭り人ゆかし堂の隅

'봄날 밤, 불빛도 어슴푸레한 법당 한쪽에서 묵묵히 기도하는 사람이 있다. 어쩐지 마음이 끌린다.' 요시노에 도착하기 하루 전 하쓰세에 있는 절 하세데라長谷寺에서 하룻밤 묵었다. 이 절의 본존불 십일면관음은 일본에서도 손꼽히는 불상으로, 기도를 들어준다고 해서 헤이안 시대부터 유명했다. 하쓰세야마 산은 모란의 명소여서 4월 말 5월 초가 되면 150종이 넘는 7천 그루의 모란이 만개하기 때문에 '꽃의 절'로 불려 왔다. 바쇼가 방문했을 때는 모란이 피기 전이라서 모란에 대한 하이쿠가 없는 것이 아쉽다. 『겐지 이야기』를 비롯해 여러 고전문학에도 이 절에서 기도하는 여인의 모습이 등장한다. 바쇼의 대표작 중 하나.

처음 핀 벚꽃
때마침 오늘은
좋은 날

初桜 折りしも今日はよき日なり
^{はつざくら} ^お ^{きょう} ^ひ

『오이노코부미』 여행 중 들른 고향 이가우에노의 야쿠시지薬師寺 절에
서 열린 문하생들의 최초 월례 하이쿠 모임에 초대받아 읊은 인사의
시다. '앞으로 매달 열릴 첫 하이쿠 모임에 우리가 모였다. 때마침 이곳
에 첫 벚꽃이 드문드문 피었고 날씨도 화창하니, 실로 좋은 시기의 좋
은 날이다.' '첫 벚꽃'이라는 단어를 써서, 이 첫 모임이 앞으로 발전해
나가기를 바라는 마음을 담았다.

목청 좋으면
노래라도 부를걸
꽃이 지는데

_{こえ} _{うた} _{さくらち}
声 よくば謡 はうものを 桜 散る

'벚꽃잎이 하얗게 날리고 있다. 만일 내 목소리가 좋다면 이곳에서 노래라도 한 곡 부를 텐데. 꽃이 지고 있어도 아름다운 날이다.' 일본 최고의 벚꽃 명소, 요시노에 도착했다. 산 전체를 벚꽃이 뒤덮고 있기 때문에 바람에 벚꽃잎이 날리면 마치 산 전체가 날리는 듯하다. 고뇌도 깊지 않고, 여행과 시와 글벗들로 충만한 날들이 이어지고 있다. 그 충만함 속에 자연이 투명하게 비친다. 바쇼에게 40대는 인생의 황금기였고, 그와 그의 문하생들로 대표되는 하이쿠 문학의 황금기였다.

꽃그늘 아래

노래 가사 같아라

여행지의 잠

はな　かげうたい　に　　たびねかな
花 の 陰 謠 に 似たる 旅寝哉

나라 현을 행각하던 중 요시노의 히라오무라平尾村 마을을 지나다가
농부의 집에서 하룻밤을 묵었다. 집주인은 친절하고 정이 많았다. 벚꽃
핀 그곳에서 자려고 하니 노 악극의 주인공 된 기분이었다. 요시노는
미나모토 요시쓰네源義経의 비극이 얽힌 장소이다. 일본인의 마음속에
서 비극적 영웅상으로 사랑받는 요시쓰네는 헤이안 시대 말기의 무사
로, 아버지의 복수를 위해 어려서부터 무예를 닦아 숱한 전투에서 승
리함으로써 이복형 요리모토頼朝가 일본의 지배권을 차지하는 데 큰
공을 세웠다. 그러나 이복형의 시기를 받아 피신해 다니다가 요시노에
서 사랑하는 여인 시즈카고젠静御前과 마지막으로 만난 뒤 자결했다.

벚꽃 놀이
놀라워라 날마다
오륙십 리

さくらが きどく ひび ごりろくり
桜 狩り奇特や日日に五里六里

'꽃을 찾아 매일 이렇게 50리, 60리 길을 걸어서 돌아다니니 나 스스
로 생각해도 놀랍고 기특하다.' 벚꽃에 홀린 자신을 풍자한 하이쿠이
다. 처음에는 벚꽃 놀이가 날마다 놀라운 것처럼 말하다가 먼 거리를
걷는 자신을 놀라워하는 쪽으로 시의 방향을 틀었다. 바쇼의 하이쿠에
서 자주 보이는 기법이다. 봄의 하루가 그만큼 길다는 의미도 담았다.
바쇼가 이때 다닌 기이 반도紀伊半島는 지형이 뒤얽혀 복잡하고 벚나무
도 수종이 다양해서 꽃 피는 계절이 다른 곳보다 길다.

봄비 내리네
나무 타고 흐르는
맑은 약수 물

春雨の木下につたふ清水かな

하이쿠 앞에 "석간수石澗水"라고 적었다. 이끼 낀 바위 사이에 흐르는 맑은 물은 봄비가 나무 끝을 적신 뒤 줄기를 타고 흘러내린 물방울들이 모인 것이다. 요시노 골짜기에서 읊은 하이쿠이다. 자신이 존경하는 방랑 시인 사이교도 이곳에서 맑은 물에 대해 읊었는데, '저것이 바로 그 물이다'라고 체험한 것이다. 사이교와 연결되고 싶은 마음을 담아, 그의 삶과 사상에 공명하고 있다. 문하생 도호는 바쇼의 사상을 적은 『삼책자三册子(산조시. 세 권의 책)』에서 "봄비는 멎지 않고 언제까지나 계속해서 내린다."라고 썼다.

얼었다 녹아
붓으로 전부 길어 올리는
맑은 물

凍て解けて筆に汲み干す清水 哉
<small>い と ふで く ほ しみずかな</small>

겨우 봄이 와서 방울방울 떨어지는 샘도 얼음이 풀렸다. 그러나 그 수
량은 아주 적어서 글씨를 쓰기 위해 붓에 스미게 하면 다 없어져 버릴
정도로 얼마 되지 않는다. 사이교 대사의 와카 '한 방울 한 방울/ 바위
이끼를 타고/ 떨어지는 맑은 물/ 다 퍼낼 일도 없는/ 작은 움막이어라'*
에서 영감을 받은 하이쿠이다. 요시노 산에서 읊었다. '얼었다 녹다凍て
解く'는 봄의 계어.

더 보고 싶어라
꽃에 사라져 가는
신의 얼굴을

なお　　　　はな　あけゆくかみ　かお
猶 みたし 花 に 明 行 神 の 顔

오사카와 나라의 경계선에 유명한 가쓰라기 산葛城山이 있는데, 이 산
의 신은 좋은 일이든 나쁜 일이든 한마디로 이야기한다고 해서 '히토
코토누시一言主'(한마디 말의 신령)로 불린다. 이 신은 얼굴이 몹시 추해,
그 옛날 산에 다리를 놓을 때도 용모가 부끄러워 밤에만 도와주고 숨
었다는 전설이 있다. 벚꽃 만개한 가쓰라기 산을 지나며 바쇼는 꽃에
밝아 오는 새벽빛 속에 사라져 가는 그 신의 얼굴을 보고 싶다고 읊는
다. 온 산 가득한 벚꽃이 이토록 아름다우니 당신도 분명 아름다울 것
이라고.

부처님 오신
바로 이날 태어난
새끼 사슴

灌 仏の日に生まれあふ鹿の子かな

석가탄신일에는 표주박으로 물을 떠서 부처님을 목욕시키는 관불灌仏
의식을 행한다. 일본 불교의 중심지인 나라의 절들에서 이 의식을 행하
는 날, 때마침 근처 가스가야마春日山 산에서 사슴이 새끼를 낳았다.
불가사의한 인연으로 갓 태어난 사슴의 생이 시작되었다. 나라에는 현
재 1,200마리의 사슴이 노니는 사슴 공원이 있다. 요시노를 떠나 나라
에 도착해 목격한 것을 쓴 하이쿠라서 현장감이 살아 있다.

사슴뿔 먼저
한 마디 자라 둘로
나뉘는 이별

しか つの ひとふし
鹿の角 まづ一節のわかれかな

'지금은 사슴뿔이 두 갈래로 나뉘는 시기, 우리도 그 사슴뿔처럼 두 개의 길로 갈라져 가누나.' 문하생들과 헤어지며 쓴 작별의 하이쿠이다. 사슴뿔은 늦봄에서 초여름에 걸쳐 먼저 첫 마디가 나온 뒤 거기서 두 갈래로 나뉜다. 뿔은 앞으로도 계속 분기해 나가기 때문에 이별은 또 있을 것이다. 또 다른 이별들이 있다는 것은 그 전에 다시 만나리라는 것을 전제로 한 것. 이러한 의미가 행간에 담겼다. "옛 친구들과 나라에서 헤어지며."라는 앞글을 붙였다. 옛 친구들은 고향에서 온 문하생 엔스이猿雖, 다쿠타이卓袋 등 여러 명이다. '사슴뿔'은 초여름의 계어.

종소리 멎고
꽃향기는 울리네
저녁 무렵

かねき　　　はな　か　つ　ゆうべかな
鐘消えて花の香は撞く夕哉

원문은 '종소리 멎고/ 꽃향기는 코를 치는'의 의미에 가깝다. 봄날 저
녁, 절의 종소리가 울리다가 멎자 꽃향기가 종소리의 여운처럼 퍼진다.
40대의 작품이지만 자신의 시풍에서 벗어나 당시의 언어유희를 따른
느낌이 없지 않다. 하나의 감각 자극이 다른 영역의 감각을 불러일으키
는 공감각 시작법이 여기서도 나타난다. 여기서는 사라지는 종소리(청
각)가 꽃향기(후각)와 섞이고 황혼 녘(시각)으로 이어진다. 바쇼의 하이
쿠뿐만 아니라 동양의 시문학에서 자주 시도되는 기법이다.

제비붓꽃을
이야기하는 것도
여행의 하나

<ruby>杜若<rt>かきつばた</rt></ruby> 語<ruby>る<rt>かた</rt></ruby>も 旅<ruby><rt>たび</rt></ruby>のひとつ 哉<ruby><rt>かな</rt></ruby>

헤이안 시대의 이름난 가인 아리와라노 나리히라는 당시의 수도 교토에서 동쪽 지방으로 가던 중 아름답게 핀 제비붓꽃을 보고는 두고 온 아내를 그리워하며 '늘 입는 옷처럼/ 친숙한 아내를 두고/ 멀리 떠나와/ 여행하는 마음아'*라고 노래 불렀다. 각 구의 첫 음절을 읽으면 '제비붓꽃かきつばた'이 된다. 나리히라가 제비붓꽃을 노래한 그 장소에 바쇼도『오이노코부미』여행 중에 들러 이 하이쿠를 읊었다.

두견새 울음
사라져 간 쪽
섬 하나

.

ほととぎす消え行く方や島一つ
<small>き ゆ かた しまひと</small>

'두견새가 울며 날아가는 쪽을 눈으로 좇아가면, 새가 시야에서 사라진 먼 앞바다에 섬이 하나 꿈처럼 떠 있다.'『오이노코부미』에 적힌 설명에 따르면 고베 서쪽 해발 237미터의 뎃카이 산鉄拐山에서 바다를 조망한 풍경이다.『백인일수百人一首(햐쿠닌잇슈. 중세 일본에서 한 사람에 한 편씩 100명의 시인들의 와카를 모은 시집)』에 실린 고토쿠다이시노 사다이진後徳大寺左大臣의 시를 떠오르게 한다.

두견새 울음/ 들려오는 방향을/ 바라다보니

다만 새벽녘의 달/ 그곳에 남아 있네

ほととぎす鳴きつる方を眺むれば ただ有明の月ぞ残れる
<small>な かた なが ありあけ つき のこ</small>

148

문어 항아리
덧없는 꿈을 꾸는
여름밤의 달

蛸 壺 やはかなき 夢 を 夏 の 月

일본 내해內海의 아카시 포구에서 읊은 하이쿠이다. 아카시는 문어로
유명한 곳. 밤에 토기 항아리처럼 생긴 것을 바닷속에 담가 놓으면 문
어가 굴인 줄 알고 들어가 잠을 잔다. 여름 달이 어슴푸레하게 비추는
바다 밑, 날이 밝으면 붙잡히는 신세인 줄도 모르고 문어가 항아리 안
에서 짧은 여름밤의 꿈을 꾸고 있다. 해학적으로 생긴 문어와 내일의
운명을 알지 못하는 비애가 녹아든 대표작 중 하나이다. 물속 항아리
가 어슴푸레한 여름 달의 이미지와 겹친다. 문어뿐 아니라 인간 존재
자체가 문어 항아리 속 문어와 같음을 암시한다.

부는 바람 속
물고기 날아가는
액막이 행사

<ruby>吹<rt>ふ</rt></ruby>く <ruby>風<rt>かぜ</rt></ruby>の <ruby>中<rt>なか</rt></ruby>を <ruby>魚<rt>うお</rt></ruby> <ruby>飛<rt>と</rt></ruby>ぶ <ruby>御祓<rt>みそぎ</rt></ruby>かな

'미소기禊ぎ'는 음력 6월 마지막 날에 여러 신사에서 행하는 액막이 행사로, 띠로 만든 둥근 원 속을 참배객들이 통과하게 하여 액막이를 했다. 신사에 들어가기 전 사람들은 강의 물로 입을 헹구고 손을 씻거나 연기를 몸에 쐬어 정화했다. 사람들이 물로 몸을 정화하듯이 물고기는 공기로 몸을 정화하는 의식을 행한다는 의미를 담았다. 액막이 행사를 하고 있다고 강물 속의 물고기도 뛰고 바람도 기분 좋게 분다. 사생적인 느낌을 주는 하이쿠로 45세 여름의 작품으로 추정된다.

두 손으로 뜨면
벌써 이가 시린
샘물

掬ぶよりはや歯にひびく 泉 かな

한여름 산길에서 맑은 샘물을 발견하고 두 손으로 움켜 떠 마시려 하
자 입에 넣기도 전에 벌써 그 냉기가 전해져서 이가 시린 기분이 든다.
5·7·5가 아닌 7·5·5의 운율로 끊어서 읽으면 '두 손으로 떠 마시면
벌써 이가 시리다'의 뜻이 된다. 바쇼가 시린 이 증상(지각과민증)과 치
주염으로 고생했다는 사실과 연관시켜 해석되기도 한다. 실제로 바쇼
는 40대 후반에 이미 몇 개의 치아를 잃었다. 바쇼는 종종 하이쿠에서
후각, 청각, 시각 등의 신체 감각에 도전한다.

눈 속에 남은
요시노를 세타의
반딧불이가

目に残る吉野を瀬田の 螢 哉

『오이노코부미』 여행을 마치고 돌아오는 길에 시가 현 오쓰의 세타瀨田
를 지나며 지은 하이쿠이다. '벚꽃은 요시노, 반딧불이는 세타, 산은 후
지'라는 말이 있을 만큼 세타는 넓은 지역에 걸쳐 매우 많은 반딧불이
로 유명하다. '벚꽃'을 빼고 '요시노'만 언급한 것은, 요시노를 말하면
당연히 벚꽃을 떠올리는 이유도 있지만 '벚꽃'을 표기하면 여름이라는
계절과 충돌하기 때문이다. 아직 눈 속에 남아 있는 요시노의 아름다
운 벚꽃 잔상을 보호하려는 듯 지금 세타의 반딧불이가 무리를 이루
어 날고 있다.

풀잎에서
떨어지자마자 날아가는
반딧불이

　　　　　　　　　　くさ　は　お　　　　と　ほたるかな
　　　　　　　　　　草 の 葉 を 落 つるより 飛 ぶ 蛍　哉

풀잎에서 빛나던 반딧불이가 밑으로 미끄러졌다고 생각한 순간 날아
오른다. 그 순간을 포착해 읊었다. 세타를 지나며 쓴 하이쿠로 추정된
다. 이때 쓴 다음의 하이쿠도 있다.

　　이 반딧불이

　　논마다 비친 달에

　　견주고 싶네
　　　　ほたる た ごと　つき
　　この 螢 田毎の月 にくらべみん

앞의 하이쿠는 과거에 본 벚꽃을 현재의 반딧불이에 비교했지만, 여기
선 현재의 반딧불이를 미래에 볼 논에 비친 수많은 달에 비교하고 있
다. 눈앞에서 군무를 추는 반딧불이들을 보며 자신이 향해 가고 있는
오바스테야마姨捨山 산기슭의 논들에 비친 수천 개의 달을 상상한다.

연약한 아이에
비유할 꽃도 없는
여름 들판

もろき 人 にたとへん 花 も 夏 野 哉

기후 지방의 문하생 라쿠고落梧가 어린 자식을 잃어, 그 아이의 죽음을 추모한 하이쿠이다. 어린아이의 죽음을 맞아 연약한 아이에게 어울리는 꽃 한 송이라도 바치고 싶지만 지금은 여름의 계절, 들에는 꽃이 없고 잡초만 우거져 있다. 잡초 무성한 여름 들판 자체가 죽음의 땅이다. 마땅히 찾을 수 없는 것은 꽃이 아니라 위로의 말이다. 또한 여름 꽃처럼 아이의 삶도 쉽게 끝날 수 있음을 암시했다. '없다'와 '여름'을 발음이 같은 '나쓰なつ'에 엇걸었다.

그 어떤 것을
골라도 닮지 않은
초사흘 달

何事の見立てにも似ず三日の月

초승달은 예로부터 다양한 형태에 비유되어 왔다. 나룻배라든가, 검이
라든가, 빗이라든가, 미인의 눈썹이라든가. 그러나 지금 진짜 초승달을
마음 깊이 느끼며 바라보고 있으니 그 어떤 것도 그것의 아름다움에
필적할 수 없음을 깨닫는다. 초고는 '세상의 온갖/ 비유에도 닮지 않
은/ 초사흘의 달'이었다. 그러나 하이쿠 자체는 새로운 묘사에 실패하
고 관념적인 설명이 되어 버린 느낌이 없지 않다.『오이노코부미』여행
후 나고야의 엔도지円頓寺 절에서 지은 하이쿠로, 45세의 작품.

저 먹구름은
번개를 기다리는
소식

あの雲は稲妻を待つたより哉

비를 내리는 번개는 풍성한 벼농사의 조짐으로 여겨지기 때문에 일본
어에서는 '벼의 아내'라는 뜻의 '이나즈마稲妻'로 불린다. 이 이름 때문
에 하이쿠에 은유적인 소재로 곧잘 등장한다. 벼 이삭이 번개를 맞고
단단해진다는 속설 때문에 '벼의 아내'라고 불리게 되었다는 설도 있
다. 언외에 '남자를 기다리는 여자'라는 뜻을 숨긴 바쇼의 언어유희이
다. 『오이노코부미』 여행을 마치고 달구경을 하기 위해 『사라시나 기행』
을 떠나기 직전 미가와 지방에서 지은 하이쿠로 추정된다. 바쇼 문중
의 하이쿠 문집 『광야(아라노)』에 수록.

죽은 사람의
소매 좁은 옷도 지금
볕에 널리고

亡き人の小袖も今や土用干し

문하생 교라이의 예쁘고 재능 있는 여동생 지네조가 결혼 1년 만에 갑자기 죽었다는 소식을 듣고 쓴 애도의 하이쿠이다. 볕에 널린 옷이라는 담담한 일상이 오히려 생의 비애를 더 깊게 만든다. 겨울 동안 곰팡이나 좀이 슬지 않게 하기 위해, 입추 전 18일 동안 옷과 책을 꺼내 햇볕에 너는 것을 도요보시土用干し라고 한다. '때마침 옷을 너는 시기이니 죽은 사람의 유품인 고소데(통소매로 된 일본의 전통 의상)도 지금쯤 다른 물건들과 함께 볕에 널려 있겠지.'라는 의미이다.

157

온갖 풀꽃들
제각기 꽃 피우는
공덕이어라

草 いろいろおのおのはなの手柄かな

'여러 종류의 풀들이 나름의 노력을 집중해 각기 다른 꽃을 피우듯이,
나에게는 다양한 문하생들이 있어서 각자 모두 독특한 작품을 쓰고
있다.' 자연의 놀라운 힘에 새삼 감동하면서 동시에 문하생들의 특별한
다양함을 칭찬하고 있다. 『사라시나 기행』을 떠날 때 문하생들이 바쇼
에게 선물한 송별 하이쿠 모음집을 받고 감사의 마음을 담은 작별의
시다. 이 하이쿠는 1983년 레이건 미 대통령이 일본을 방문해 중의원
본회의장에서 연설할 때 인용했다.

한들한들
더 이슬 같아라
마타리꽃은

ひょろひょろと 猶 露けしや 女郎花
（なおつゆ）（おみなえし）

줄기가 기다란 마타리꽃(여랑화)이 금방이라도 꺾어질 듯한 모습으로 불안하게 서 있다. 꽃마다 이슬을 잔뜩 머금어 더 위태로워 보인다. 꽃에 감정을 이입시키고 있다. 『만엽집(만요슈)』에 실린 작자 미상의 시 '손에 잡으면/ 소매마저 향기 나는/ 마타리꽃/ 이 흰 이슬에/ 져 버리려 하는 아쉬움'*을 떠오르게 한다. 달구경을 떠난 『사라시나 기행』에서 지은 하이쿠이다. 마타리는 가을의 계어.

여행에 지쳐
오늘이 며칠인가
가을바람

旅に飽きてけふ幾日やら秋の風

『오이노코부미』 여행에서 돌아오는 길, 다시 나고야의 나루미에 들렀을 때 썼다. 가을에 출발해 겨울을 나고 봄과 여름을 길에서 보낸 긴 여행. 그리고 다시 가을이 되었다. 여행에 지쳐 날짜도 잊고 있었던가. 바람 소리에 문득 깨닫고 보니 오늘이 입추이다. 바쇼는 인생 자체를 하나의 여행으로 보는 사상을 가지고 있었다. 하이쿠뿐 아니라 모든 문학에서 가을바람은 고독과 적막을 상징한다. 그 고독은 인간 존재가 지닌 근원적인 고독, 잠시 잊고 있다가도 가을바람과 함께 상기되는 고독이다.

떠나보내는
뒷모습 쓸쓸하다
가을바람

見送りのうしろや寂し秋の風
みおく *さみ* *あき* *かぜ*

나고야에 머물던 중 사업차 교토로 떠나는 문하생 야스이野水와 작별할 때 쓴 하이쿠이다. '떠나가는'이라고 썼으면 평범했을 것이다. '떠나보내는'이라고 함으로써 떠나가는 사람과 떠나보내는 사람 모두의 쓸쓸함이 전해진다. 떠나는 사람보다 떠나보내는 사람의 외로움이 더 크다. 야스이는 부유한 포목상으로 20대 후반에 바쇼에게 심취해 『노자라시 기행』중인 바쇼가 나고야에 왔을 때 자신의 집을 제공하고 그곳에서 하이쿠 문집 『겨울 해冬の日(후유노히)』탄생에 참가했다. 후에는 다도에 전념했다.

몸에 스미는
무의 매운맛
가을바람

身にしみて 大 根からし 秋の風
み　　　　*だいこん*　　　*あき かぜ*

『오이노코부미』 여행을 마치고 교토에서 에도로 돌아오는 석 달 동안의 여정을 바쇼는 『사라시나 기행』으로 썼다. 그 여행 도중 한가위 보름달을 보러 나가노 현 사라시나의 오바스테야마 산에 올랐다. 『사라시나 기행』은 짧은 기행문이지만 몇 편의 뛰어난 하이쿠를 담고 있다. 이 하이쿠도 그중 한 편이다. 내륙 나가센도中山道의 험한 고갯길들에 부는 매서운 바람을, 그곳의 척박한 땅에서 자라 더욱 매운맛이 나는 무에 비유한 수작이다.

가을 깊어져
나비도 핥고 있네
국화의 이슬

秋を経て 蝶 もなめるや 菊の露

마지막이 다가오면 목이 마르다. 중국 하남성 장강 상류에 있는 '국수
菊水'라는 이름의 강에는 강둑에 군생하는 국화의 이슬이 강으로 떨어
져 물이 몹시 달며, 그 물을 마신 마을 사람들이 장수했다는 전설이 있
다. 봄에 태어나 늦가을인 지금까지 날고 있는 늙은 나비는 국화의 이
슬을 핥으며 긴 목숨을 유지하고 있는 것인가. 불로장수의 고사를 알
고 읽으면 오히려 관념적으로 다가오는 작품이다. 나비는 알지도 모른
다. 이 이슬 맛이 다른 계절의 이슬 맛과 다르다는 것을. 45세의 작품.

나무다리 위
목숨을 휘감는
담쟁이덩굴

かけはし　いのち　　　つたかずら
桟　や　命　をからむ 蔦 葛

삶의 널다리를 건너는 일도 마찬가지다. '눈이 아찔한 낭떠러지에 걸린 널다리를 건너려면 덩굴 식물을 붙잡고 목숨을 지탱해야 한다. 나의 목숨과 덩굴 식물의 목숨이 얽혀 겨우 앞으로 나아간다.' 문하생 에쓰진과 8월 보름달을 보러 오바스테야마 산에 오르다가 유명한 널다리를 만나 읊은 하이쿠이다. 방랑 시인 사이교도 낙엽 뒤덮인 '오래되어 낡은 널다리'를 만났다. 건너기가 두려워 망설이는데 다리 이름이 '생각의 다리'라는 말을 듣고 다음의 시를 썼다.

　　밟기 두렵게/ 붉은 잎들의 비단/ 떨어져 깔려

　　사람도 다니지 않는/ 생각의 다리

もみぢ　にしきち　　　ひと　かよ　　　　　　はし
ふままうき紅葉の 錦 散りしきて人 も 通 はぬおもはくの 橋

164

달빛 비치네
네 개의 문 네 개의 종파
단지 하나

月^{つきかげ}影や四^し門^{もん}四^し宗^{しゅう} もただ一^{ひと}つ

휘영청 밝은 대보름달이 모든 종파의 절을 차별 없이 비춘다. 나가노의 유명한 절 젠코지善光寺에서 지은 하이쿠이다. 일본 3대 사찰의 하나인 이 절은 7세기 초에 창건되었으며 어떤 종파에도 속하지 않은 무종파의 절, 즉 모든 종파가 공존하는 서민 신앙의 본거지이다. 동서남북으로 네 개의 문이 있으며, 문의 현판마다 각각의 종파를 대표하는 절의 이름이 걸려 있다. 일본에서 가장 오래된 불상이 있는 이 절은 일본인들이 평생에 한 번은 가고 싶다고 여기는 곳이다. 달빛은 어떤 종파에 속한 절이든, 어떤 종교의 문이든 고르게 비춘다. 대보름달은 깨달음을 상징한다.

무엇을 먹나
작은 집은 가을의
버드나무 밑

<ruby>喰<rt>く</rt></ruby>うて<ruby>小家<rt>こいえ</rt></ruby>は<ruby>秋<rt>あき</rt></ruby>の<ruby>柳<rt>やなぎ</rt></ruby><ruby>陰<rt>かげ</rt></ruby>

なに喰うて小家は秋の柳陰

가을바람에 잎이 지기 시작한 버드나무 아래 가난한 집 한 채가 잊혀
진 집처럼 서 있다. 이 적막한 계절에 저 집 식구들은 무엇으로 생계를
잇고 무엇을 하며 하루를 보내고 있을까? 초라한 집을 업신여기는 것
이 아니라 추위를 몰아오는 바람 속에서 목숨을 연명해야만 하는 인간
의 숙명을 묻고 있다. 바쇼가 가을에 이웃의 삶에 대해 사색하며 쓴 여
러 편의 하이쿠 중 한 편이다. 쓰인 연대가 불분명하나 시풍으로 보아
40대 후반의 작품으로 추정된다.

빌려서 잘까
허수아비의 소매
한밤의 서리

借りて寝ん案山子の袖や夜半の霜

'입동이 지나자 한밤중에 서리가 내려 갑자기 추워졌다. 객지를 방랑 중이어서 따뜻한 이불도 없다. 밭에서 허수아비의 소매라도 빌린다면 잠들 수 있으련만.' 많은 문하생이 있고 명성도 높아서 충분히 안락한 삶을 누릴 수 있음에도 불구하고 방랑을 계속하고 있다. 허수아비는 가을의 계어이고, 서리는 겨울의 계어이다. 이렇게 한 편의 하이쿠에 두 개의 계어를 넣는 것을 겹침계어季重なり(기가사나리)라 하는데, 어느 것 하나가 명확히 주가 되는 경우가 아니면 혼동을 피하기 위해 잘 사용하지 않는다.

도롱이벌레

소리 들으러 오라

풀로 엮은 집

みのむし ね き こ くさ いお
蓑 虫の音を聞きに来よ草の庵

'도롱이'는 어깨와 허리에 걸치던, 긴 풀이나 짚을 엮어 만든 재래식 우의로 농촌에서 들일을 할 때나 외출 시에 썼다. 도롱이벌레는 도롱이 모양의 집을 만드는데, 초가집과 모양이 비슷하다. 11세기 여성 작가 세이 쇼나곤清少納言이 쓴 수필 『마쿠라노소시枕草子(베갯머리 책)』에서는 도롱이벌레가 '아버지, 아버지' 하고 청승맞게 운다고 썼다. 가을 풀벌레 소리 들으러 파초암으로 오라고 문우들을 초청하는 하이쿠이다. 『오이노코부미』 여행을 마치고 고향에 들렀을 때 바쇼는 그곳에 사는 문하생 도호에게 그림 한 점을 선물했는데, 그림에 이 하이쿠가 적혀 있어서 도호는 스승의 허락을 받고 자신의 집 이름을 '도롱이벌레의 집蓑虫庵'(미노무시안)으로 바꾸었다.

말을 하면
입술이 시리다
가을바람

物言へば　唇　寒し秋の風
ものい　　くちびるさむ　あき　かぜ

"남의 단점을 말하지 말고, 자신의 장점을 말하지 말라."라고 하이쿠 앞에 적혀 있기 때문에 도덕적인 명언으로 해석되어 왔다. 남의 험담을 한 뒤에는 쓸데없는 말을 했다는 생각 때문에 한기가 엄습한다는 것이다. 그러나 그 글은 이 하이쿠가 실린 『파초암 소문고芭蕉庵小文庫』에 추가된 것으로, 책은 바쇼 사후에 간행되었다. 따라서 책을 편집한 문하생 후미쿠니史邦의 사견이 가해진 것으로 추정된다. 갑자기 추워진 늦가을 아침, 실제로 말을 하려고 입을 열면 찬 바람이 선뜩 와 닿고, 말하는 사이에 입언저리가 곱아 계절이 깊어져 가고 있음을 느끼게 된다.

한겨울 칩거
다시 기대려 하네
이 기둥

ふゆごも　またよりそ　　　はしら
冬 籠り 又 寄添はんこの 柱

'한겨울에는 돌아다니는 것을 멈추고 집의 기둥에 등을 기대고 칩거하면서 나 자신을 들여다보리라.' 존재의 중심을 받치는 기둥은 홀로 있음이다. 바쇼의 인간적 매력이 느껴지는 하이쿠로, 바쇼와 문하생들의 하이쿠 선집 『광야(아라노)』에 실려 있다. 반복되는 칩거와 은둔이 있었기에 바쇼는 그 힘으로 세상을 편력할 수 있었다. 끝없는 추구와 돌아봄을 통해 내면의 기둥을 우뚝 세웠으며, 그 기둥에 많은 문하생들이 기대었다.

둘이서 본 눈
올해에도 그렇게
내렸을까

ふたりみ ゆき ことし ふ
二人見し 雪は今年も降りけるか

둘이서 본 그 눈이 그립다. 작년 겨울, 이라코伊良湖 호수에서 둘이서 본 그 눈은 올해에도 내렸을까? 유배당한 애제자 도코쿠를 만나러 갈 때 동행했던 문하생 에쓰진을 생각하며 지은 하이쿠이다. 그리운 도코쿠에 대한 상념도 섞여 있다. "에쓰진은 이틀 일하면 이틀을 놀고, 사흘 일하면 사흘을 논다. 생계 수단으로 땔나무를 모으며, 시중에 숨어 살면서 술을 좋아하고, 취하면 옛 이야기를 노래 부른다. 나의 벗이다." 라고 하이쿠 앞에 적었다. 십대제자에 속하는 에쓰진은 달구경 가는 『사라시나 기행』에도 동행했다.

재 속의 불도
사그라드네 눈물
끓는 소리

うずみび　き　　なみだ　に　　おと
埋 火も消ゆや 涙 の烹ゆる音

뜨거운 불 앞에서 뜨겁게 눈물 흘릴 때가 있다. '죽은 사람이 그리워
눈물이 멎지 않아, 그 눈물이 화로 속 불에 떨어져 바지직 끓는 소리가
난다.' 기후에서 포목상을 하는 문하생 라쿠고의 별장에서 쓴 추모의
하이쿠이지만 누구의 죽음을 애도한 것인지는 불분명하다. 강렬한 비
탄의 감정을 드러내고 있으나 슬픔보다는 오히려 포근한 느낌마저 든
다는 평을 듣는다. 바쇼는 라쿠고가 보내 준 종이 한 묶음을 받고 감
사의 편지를 써 보냈다. 이것이 그다음 『오쿠노호소미치』 여행의 출발
날짜를 확정 짓는 계기가 되었다. 라쿠고는 이 하이쿠에 대해 "남자아
이를 잃은 어떤 사람의 마음을 생각하며."라고 첨언했다.

의심하지 말라
파도의 꽃도
해변의 봄

うしお はな うら はる
うたがふな 潮 の花も浦の春

이세신궁에서 가까운 후타미 해안에는 부부암夫婦岩(메오토이와)이라고 이름 붙인 바위 두 개가 나란히 있다. 굵은 동아줄로 단단히 묶인 높이 9미터와 4미터의 바위는 예로부터 신성시해 온 장소로 지금도 많은 참배객이 찾는다. 일본 건국신화에서 아버지 신과 어머니 신에 해당하는 이자나기·이자나미 남매 신과 관련된 유적으로, 원만한 부부의 인연을 상징한다. 이 하이쿠는 이 부부암을 그린 그림에 적어 넣은 것이다. '이 바위에 부서지는 물보라도 새봄을 축하하니, 이곳의 신성함을 의심하지 말라.' 현재 이 하이쿠를 새긴 바위가 후타미 포구에 세워져 있다.

무엇을 하러
연말에 장에 가나
이 까마귀

何 にこの師走の市 にゆく 鳥

많은 사람이 가지만 자신은 어울리지 않는다고 느껴지는 장소가 있다. 인파와 물건들로 북적거리는 연말 시장에 까마귀가 가고 있다. 무엇 때문에 그 붐비는 곳에 가려고 하는가? 까마귀의 의인화를 통해, 다른 사람들처럼 연말에 시장 가고 있는 자신에게 놀란 속내를 내비쳤다. 바쇼는 종종 검은색 승복을 입었으며 스스로를 까마귀라고 불렀다. 이해에 오쓰의 제제膳所 마을에서 새해를 맞았다. 고독과 은둔을 사랑하면서도 떠들썩한 세밑의 시장에 마음이 솔깃해지는 자신을 한탄하고 있다. 세상이 분주할 때라도 관계없는 자신은 가만히 있는 것이 좋다며 자신을 돌아본다.

5

즐거워라

금년 봄도 객지에서

보게 될 하늘

おもしろや今年の春も旅の空

문하생 교라이에게 적어 보내 여행의 출발을 암시했다. '하늘'이라는
뜻의 '소라空'는 여행에 동행하게 될 문하생 소라를 암시한다. 실제로
두 달 뒤 여행을 떠나며 이렇게 썼다. "지난가을, 강변의 허물어진 집의
오래된 거미줄을 걷어 낸 후 한 해가 저물고 입춘을 맞아 봄 안개 자욱
한 하늘이 되자 길을 떠나고픈 생각에 소조로 신(사람의 마음을 유혹하
는 신)이 들린 듯 마음이 미칠 것 같아 아무것도 손에 잡히지 않았다."
일본 기행 문학의 꽃이 될 바쇼의 기념비적인 여행은 이렇게 시작되었
다. 바쇼 하이쿠 문학의 다섯 번째 시기는 1689년 음력 3월 하순에 소
라와 함께 에도를 향해 출발해 8월 하순까지 약 150일 동안 2,400킬
로미터를 걸은 『오쿠노호소미치』 여행이다. 이 기행문에는 여행의 풍경,
도중에 느낀 심경과 함께 뛰어난 하이쿠들이 실려 있다.

가는 봄이여
새는 울고 물고기
눈에는 눈물

行く春や鳥啼魚の目は泪

사랑하는 이들과 헤어지려 하니 새도 슬피 울고 물고기도 눈물짓는다. 46세의 봄, 바쇼는 간토, 오슈, 호쿠리쿠 등 일본 동북 지방을 지나 중서부 내륙까지 도는 도보 여행을 출발했다. 이 하이쿠는 떠나는 날 스미다가와 강의 다리까지 배웅 나온 문하생들에게 준 작별의 시로, 기행문 『오쿠노호소미치』 서문에 실려 있다. "전송 나온 사람들은 길 한가운데 서서 내 뒷모습이 보이지 않을 때까지 배웅해 주었다." 자신을 하늘을 나는 새에 비유하고, 뒤에 남은 문하생들을 물고기에 비유했다.

종 치지 않는
마을 무엇을 하나
봄날 저녁

かねつ　さと　なに　はる　くれ
鐘撞かぬ里は何をか春の暮

'저녁 종도 치지 않는 이 마을은 아무 소리도 없이 적막하게 어두워져
가고 있다. 이들은 무엇을 버팀목으로 살아가는 걸까?' 『신고금와카집
(신코킨와카슈)』에 실린 승려 시인 노인能因의 와카 '봄날 해 질 녘/ 산골
마을에/ 당도해 보니/ 저녁 무렵 종소리에/ 꽃이 모두 졌어라'*가 배경
에 깔려 있다. 『오쿠노호소미치』 여행 중 도치기 현 가누마에서 지은
하이쿠이다. 여행에 동행한 소라는 따로 『소라의 여행 일기曾良旅日記(소
라타비닛키)』를 썼는데, 이 하이쿠는 그 속에 실려 있다.

여름풀이여
무사들이 가졌던
꿈의 자취

なつくさ つわもの ゆめ あと
夏草や 兵 どもが夢の跡

일본 동북 지방 이와테 현의 히라이즈미는 3천여 개가 넘는 국보와 중
요 문화재들이 있어 유네스코 세계문화유산에 등재된 곳이다. 헤이안
시대 말기에 3대에 걸쳐 권세를 누린 후지와라藤原 가문이 조성한 건
축물, 아름다운 정원, 정토 사상이 깃든 불교 유적들이 산재해 있다.
도호쿠(동북 지방)의 호족으로 중앙 정부로부터 독립해, 당시 수도였던
교토로부터 멀리 떨어진 곳에서 귀족 문화의 꽃을 피운 그들의 부귀영
화도, 비극적인 최후를 맞은 영웅 요시쓰네의 활약도 "이제 와서 보면
꿈과 같아서 그저 여름풀만 무성할 뿐."이라고 바쇼는 적었다.

반딧불이 빛
낮에는 사라지는
기둥들

<ruby>蛍<rt>ほたるび</rt></ruby> <ruby>火<rt></rt></ruby>の<ruby>昼<rt>ひる</rt></ruby>は<ruby>消<rt>き</rt></ruby>えつつ <ruby>柱<rt>はしら</rt></ruby> かな

히라이즈미의 주손지中尊寺는 9세기에 세운 절로, 법당 곤지키도金色堂
는 일본 국보 건조물 1호이다. 불상뿐 아니라 벽, 기둥, 천장, 바닥, 문
모두 금박을 입히고 기둥은 야광 조개로 섬세하게 나전칠기 장식해, 불
당 전체가 하나의 공예품이다. 창건 당시의 모습을 그대로 간직한 유일
한 건축물로 히라이즈미 황금 문화의 상징이다. 반딧불이의 빛이 낮에
는 눈에 띄지 않는 것처럼 불당의 기둥들도 찬란함을 잃는다고 바쇼는
읊는다. 황금빛으로 빛나는 기둥들을 본 것이 아니라 그것들을 남겼지
만 사라져 간 삶들의 무상함을 본 것이다. 바쇼는 이 하이쿠를 자신의
여행기에서 삭제해, 동행한 소라의 여행 일기에만 실려 있다.

시원함을
나의 집으로 삼아
편안히 앉았네

涼しさを我が宿にしてねまるなり

잇꽃의 고장 오바나자와에서 '부자이지만 그 마음이 더 아름다운' 잇
꽃 유통업자 세이후淸風의 집에 머물 때 감사 인사로 써 준 하이쿠이
다. 세이후는 바쇼와는 구면으로, 종종 에도를 드나들어 세상 물정에
정통했다. 바쇼에게서 높은 평가를 받은 문하생 중 한 명이다. 바쇼는
이 집에서 며칠 묵으며 긴 여행의 피로를 풀었다. '편안하고 즐겁게 앉
다'는 뜻의 '네마루ねまる'라는 동북 지방의 방언을 사용함으로써 집주
인에 대한 친근감을 표시했다.

고요함이여
바위에 스며드는
매미의 울음

閑かさや岩にしみ入る蝉の声

고요가 깊으면 현실의 소음까지도 초월한다. 『오쿠노호소미치』 여행 중 동북 지방 야마가타에 있는 절 릿샤쿠지立石寺에 들렀을 때 지은, 바쇼 하이쿠의 대표작이다. 바쇼 자신이 움직이지 않는 바위가 되어 마음속 고요에 매미 소리가 스며들고 있다. 올더스 헉슬리는 "바쇼는 시를 극 도로 압축시켜 바위들 사이의 공간을 채우는 '음악적인 텅 빈 고요'라 고도 할 수 있는 절대 고요를 묘사한다. 또한 무심히 반복되는 곤충의 울음소리에 담긴 일종의 절대성을 묘사하고 있다."라고 풀이했다.

여름 장맛비
다 모아서 빠르다
모가미 강

五月雨をあつめて早し最上川
<small>さみだれ　　　　　　　　　はや　もがみがわ</small>

장맛비로 불어난 부근의 크고 작은 강들의 물이 한데 합쳐져서 거대한 강물이 되어 흐르고 있다. 보는 사람도 떠내려갈 것만 같다. 『오쿠노호소미치』 여행 중에 야마가타 현에서 배를 타고 강을 내려갈 때의 작품이다. 날씨가 좋아지기를 기다리면서 쓴 초고는 '시원하다すずし'였으나 배를 탄 후에는 탁류가 소용돌이치는 모습에서 '빠르다はやし'로 수정했다. "모가미 강은 동북 지방의 산속 깊은 곳에서 발원해 도중에 무섭고 위험한 장소들이 있다……. 물이 넘실대어 배는 금방이라도 뒤집힐 듯 위태롭다."라고 하이쿠 앞에 적었다.

뜨거운 해를
바다에 넣었구나
모가미 강

あつ   ひ うみ   もがみがわ
暑き日を海にいれたり最上川

지금 바야흐로 새빨간 태양이 바다로 빠져 들어간다. 이 무더운 해를
바다에 바친 강은 다시 시원함을 가져다준다. 급류인 모가미 강은 많
은 수량을 바다로 흘려보내는데, 그 급류에 밀려 마치 뜨거운 태양이
가라앉는 것처럼 보인다. 쓰루오카에서 배를 타고 사카타 항구에 도착
해 의사 후교쿠不玉의 집에서 묵었을 때 쓴 하이쿠이다. 후교쿠는 이때
바쇼의 문하생으로 입문했다. 조금 다르게 쓴 하이쿠도 있다.

시원하다

바다로 들어간

모가미 강
すず   うみ い   もがみがわ
涼しさや海に入れたる最上川

184

결국 누구의
살을 어루만지리
붉은 잇꽃은

行末は誰が肌ふれむ紅の花

홍화꽃이라는 이름으로 더 익숙한 잇꽃은 붉은색을 띠는 꽃으로, 그 꽃물로 붉은빛 물감을 만든다. 이 붉은빛 염료를 '잇'이라 한다. 잇은 연지를 만드는 데 쓰이기 때문에 '연지꽃'이라고도 불린다. 또한 천과 종이의 염색에도 사용되었다. '이 잇꽃의 꽃부리에서 얻은 잇은 연지가 되어, 혹은 속옷을 염색한 물감이 되어 장차 여인의 살결을 어루만지 리.' 모가미 강 연안에 있는 잇꽃의 고장 오바나자와에서 지은 하이쿠 이지만, 바쇼의 하이쿠가 아니라는 주장도 있다.

가지 모양이
날마다 달라지는
부용꽃

枝ぶりの日ごとに変る芙蓉かな

부용꽃은 여러해살이풀로 2미터 남짓 가지가 자라 가지 끝에서 꽃을 피운다. 무궁화와 접시꽃을 닮은 꽃은 7월에서 9월까지 피는데, 아침에 피어 저녁에 시든다. 따라서 꽃이 매번 여기저기 자리를 옮겨 피기 때문에 매일 새로워 보인다. 부용꽃을 그린 그림에 적어 넣은 하이쿠이다. 꽃의 위치가 변하는 것을 마치 가지의 모양이 달라지는 것처럼 묘사함으로써 그림에 움직임을 주었다. 일설에는 자신이 그린 미인화에 적어 넣은 하이쿠라고도 하지만 그림은 남아 있지 않다. 부용꽃은 헤이안 시대부터 미인에 비유되어 왔으며, 우아하고 참한 얼굴을 '부용의 얼굴'이라고 한다.

올해 첫 참외
네 조각으로 자를까
둥글게 자를까

はつまくわよ　　た　　わ　き
初真桑四つにや断たん輪に切らん

『오쿠노호소미치』 여행 중 기사카타에서 다시 바닷가 마을 사카타로
돌아와 부유한 상인 오미야 사부로베에近江屋三郎兵衛의 집에서 시원한
저녁 풍류를 즐기는 하이쿠 모임이 열렸을 때 접대로 나온 첫물 참외
를 보고 지은 하이쿠이다. 하이쿠 앞에 "시 짓지 않는 자는 먹지 말 것."
이라고 적었다. 당나라 시인 이백이 시 짓기 모임을 열었을 때 시를 짓
지 못하는 자에게는 벌주 석 잔을 마시게 한 것을 흉내 낸 것이다. 이
곳 야마가타 현은 수박과 참외의 대표적 산지이다. 46세의 작품.

한 지붕 아래
유녀와 함께 잤네
싸리꽃과 달

<ruby>一<rt>ひとつ</rt></ruby><ruby>家<rt>や</rt></ruby>に<ruby>遊<rt>ゆう</rt></ruby><ruby>女<rt>じょ</rt></ruby>も<ruby>寝<rt>ね</rt></ruby>たり<ruby>萩<rt>はぎ</rt></ruby>と<ruby>月<rt>つき</rt></ruby>

험한 고개를 넘어 이치부리에서 하룻밤 자는데 장지문을 사이에 둔 옆방에서 젊은 여자들의 말소리가 들렸다. 이세신궁에 참배하러 가는 유녀들이다. '흰 파도 밀려오는 바닷가 마을에서 몸 파는 신세가 된' 자신들의 팔자를 한탄하는 그녀들의 이야기를 들으며 잠들었다. 이튿날 두 유녀는 도중에 만날지 모르는 강도를 걱정해 승려의 모습을 한 바쇼 일행과 동행하길 원했으나 바쇼는 "우리는 여기저기 머무는 일이 많아 함께 가기 어렵소. 이세신궁의 보살핌으로 무사히 도착할 것이오."라는 말을 남기고 떠났다. 그렇게 헤어지니 가여운 마음이 사라지지 않았다.

무덤도 움직여라
나의 울음소리는
가을바람

つか　うご　わ　な　こえ　あき　かぜ
塚 も 動 け我が泣く声は秋の風

'무덤 속에 누운 이여, 그대의 죽음을 슬퍼하는 나의 울음소리가 세찬 가을바람이 되어 영혼에까지 전해져서 무덤이라도 움직여라.' 중부지방의 가나자와에 도착한 바쇼는 작년 겨울 요절한 문하생 잇쇼一笑의 이야기를 들었다. 잇쇼는 바쇼를 만나기를 간절히 바랐으나 갑자기 병으로 죽었다. 잇쇼의 형이 마련한 추모 하이쿠 모임에서 바쇼는 이 하이쿠를 읊었다. 문하생의 죽음에 대한 애통함만이 아니라 장래가 촉망되던 시인의 영혼에 대한 진혼이 담겨 있다.

붉디붉은 해는
무정하지만
가을바람

あかあかと日はつれなくも秋の風

입추가 지났건만 저녁의 붉은 해는 여전히 무정하게 내리쬐고 늦더위
가 견디기 힘들다. 그러나 저녁 바람에서만은 분명 가을 기운이 느껴진
다.『고금와카집(고킨와카슈)』에 실린 후지와라노 도시유키의 와카 '가
을 왔다고/ 눈에는 분명하게/ 보이지 않아도/ 바람 부는 소리에/ 홀연
히 놀랐어라'(33쪽 참고)에 영감을 받은 하이쿠로 여겨진다.『오쿠노호소
미치』여행 중 가가 지방의 문하생 호쿠시北枝의 집에서 읊은 것으로
추정된다.

젖어서 가는

사람도 운치 있는

빗속의 싸리

濡れて行くや 人 もをかしき 雨 の 萩
ぬ　　　　ゆ　　　　　ひと　　　　　　　　　　　　　あめ　　はぎ

'비에 젖는 싸리꽃도 운치 있고, 그 꽃들 속을 비에 젖으며 가는 사람
도 운치 있다.' 동해 쪽에 면한 일본 중부의 이시카와 현 고마쓰의 하
이쿠 시인 간세이歡生의 집에서 열린 하이쿠 모임 때 읊은 인사의 시다.
'작은 소나무'라는 뜻의 이 마을에서 다음의 하이쿠도 지었다.

　　귀여운 이름

　　작은 소나무에 부는

　　싸리꽃 억새꽃

　　しほらしき名や小松 吹 萩すすき
　　　　　　　な　　こ まつふくはぎ

'소나무에 부는' 뒤에 '가을바람'을 생략했다.

참혹하다
투구 밑에서 우는
귀뚜라미

むざんやな 甲 の下のきりぎりす

사이토 사네모리齋藤実盛는 헤이안 시대 말기의 무사이다. 그는 일흔세 살의 나이에도 늙음을 감추기 위해 흰머리를 검게 염색하고 전투에 나갔다. 그의 목을 자른 후에야 사람들은 속임수를 알아차렸다. 그의 투구가 소장된 고마쓰 지방의 다다 신사多太神社에 들러 지은 하이쿠이다. "과연 평범한 무사가 가질 만한 물건은 아닌 듯, 차양에서부터 투구 양쪽의 바람받이까지 국화 당초무늬가 새겨져 있고 그곳에 금을 박아 넣었으며, 머리 부분에는 용머리 장식이 있고 그 위에 투구 뿔이 달려 있다."라고 바쇼는 기행문에 적었다. 인간의 머리가 들어 있어야 할 곳이 비어 있고 그곳에서 귀뚜라미가 운다. 무사의 영혼일까?

바위산의
바위보다 하얗다
가을바람

石山の石より白し秋の風

'산 여기저기에 하얗게 노출된 기이한 바위들은 하얗고 마른 느낌인데,
때마침 골짜기에 부는 서리 묻은 바람은 더 하얗고 허전하다.' 풍수 사
상에서 가을과 가을바람은 흰색이고 겨울은 검은색이다. '돌 많은 산'
은 나타데라那谷寺 절이 있는 고마쓰 지방의 바위산 하쿠 산白山을 가
리킨다. 단풍과 설경의 명소로도 유명한 이 절에는 수백 년의 수령을
자랑하는 단풍나무, 삼나무, 동백나무와 기이한 모양의 바위들이 많다.
가을바람 부는 절의 적막감을 감각적으로 묘사한 작품이다.

흰 이슬의
외로운 맛을
잊지 말라

しらつゆ さび あじ わす
白露の淋しき味を忘るるな

시의 길을 걷는다는 것은 흰 이슬의 맛을 음미하는 일이다. 고독하고,
때로는 무사와 같은 비장한 마음으로 걷는 길이다. 그 길은 여럿이 함
께 어울려 걷는 길이 아니다. 흰 이슬은 가을의 이슬로, 『만엽집(만요
슈)』에도 '흰 이슬'을 읊은 시가 많다. 『오쿠노호소미치』 여행 당시 바쇼
는 이미 하이쿠 시인으로 명성이 높았으므로 가는 곳마다 환대가 벌어
졌다. 바쇼는 가능한 한 그것을 피해 다녔지만 한번은 가나자와에서
본인의 의도와 관계없이 성대한 잔치에 참석하는 상황이 되었다. 다음
날 아침 그곳 사람들에게 감사의 말을 하며 이 하이쿠를 선물했다.

뜨거운 목욕물
추억하며 오늘 밤은
살이 춥겠네

<ruby>湯<rt>ゆ</rt></ruby>の<ruby>名残<rt>なご</rt></ruby>り<ruby>今宵<rt>こよい</rt></ruby>は<ruby>肌<rt>はだ</rt></ruby>の<ruby>寒<rt>さむ</rt></ruby>からん

'추운 계절, 산속에서 뜨거운 물에 몇 번이나 몸을 담글 수 있었던 것
은 그대의 환대 덕분이었다. 이제 다시 길을 떠나 오늘 밤 어디서 자게
될지 모르지만 분명히 내 피부가 추워하리라.' 이시카와 현에 있는 야
마나카山中 온천에서의 마지막 날, 길을 나서며 여인숙 주인의 아들에
게 가보 삼아 적어 준 작별의 하이쿠이다. 당시 아버지를 여읜 14세 소
년이던 아들은 이때 바쇼에게 도요挑妖라는 호를 받았다. 『오쿠노호소
미치』 기행문에 포함시키진 않았지만 바쇼는 다음의 하이쿠도 지었다.

온천 떠나며

여러 번 돌아보네

가을 안개 속

<ruby>湯<rt>ゆ</rt></ruby>の<ruby>名残<rt>なご</rt></ruby>り<ruby>幾度<rt>いくたび</rt></ruby><ruby>見<rt>み</rt></ruby>るや<ruby>霧<rt>きり</rt></ruby>のもと

오늘부터는

동행 글자 지우리

삿갓의 이슬

<ruby>今日<rt>きょう</rt></ruby>よりや<ruby>書付消<rt>かきつけけ</rt></ruby>さん<ruby>笠<rt>かさ</rt></ruby>の<ruby>露<rt>つゆ</rt></ruby>

삿갓 안쪽에 '동행하는 두 사람同行二人'이라고 적어 놓았었는데, 오늘부터 혼자가 되었다. 아쉬움과 함께 삿갓에 내린 이슬로 그것을 지우리. 소라가 야마나카 온천에서 복통이 심해져 이세 지방에 있는 친척집으로 먼저 가게 되었다. 소라는 떠나면서 다음의 하이쿠를 썼다.

걷고 걷다가

쓰러져 죽더라도

싸리꽃 들판

<ruby>行行<rt>ゆきゆき</rt></ruby>て<ruby>倒<rt>たお</rt></ruby>れ<ruby>伏<rt>ふす</rt></ruby>とも<ruby>萩<rt>はぎ</rt></ruby>の<ruby>原<rt>はら</rt></ruby>

이에 바쇼는 "먼저 떠나는 자의 슬픔, 뒤에 남겨진 자의 괴로움은 일행과 떨어진 민댕기물떼새가 구름 속을 헤매는 것과 같다."라고 쓰고 위의 하이쿠를 읊었다.

작별의 시 적은
부채 찢어 나누는
이 아쉬움

ものかい おうぎひき なごりかな
物書で 扇 引さく余波哉

『오쿠노호소미치』 여행 중인 바쇼를 가나자와에서 만나 문하생이 된 호쿠시는 "바로 저 앞까지만 배웅하겠다." 하며 며칠을 동행했다. 마침내 헤어질 때가 되어 바쇼가 이 작별의 하이쿠를 선물했다. '헤어짐에 있어서 그대에게 주는 시를 부채에 써 봤지만 아무래도 마음에 들지 않아 찢었다. 이제 가을이니 부채도 필요 없고 그대와도 헤어져야 하리.' 부채에 시를 쓰고 두 부분으로 갈라 서로 간직할 만큼 두 사람은 첫 만남에 마음이 통했다. 칼 가는 것이 직업이었던 호쿠시는 시적 재능이 뛰어나 십대제자 안에 들었다. 바쇼의 말을 받아 적은『산중문답 山中問答』을 남겨 바쇼를 이해하는 중요한 자료가 되었다(여기서의 '산중'은 이시카와 현의 야마나카 온천을 가리킨다).

물보라 사이
분홍 조개에 섞인
싸리 꽃잎들

波(なみ)の間(ま)や小貝(こがい)にまじる萩(はぎ)の塵(ちり)

『오쿠노호소미치』에 따르면 음력 8월 보름에 비가 내려 보이지 않던 달이 이튿날 밤 환하게 떠오르자 바쇼는 그 고장의 명물 분홍 꽃조개를 주우러 쓰루가 북서쪽에 있는 이로 해변種の浜으로 배를 달렸다. 바닷길 70리(28킬로미터). 하이쿠 시인이며 화물선 주인인 덴야 고로에몬天屋五郎右衛門이 도시락과 술을 준비하고 하인들을 많이 배에 태웠다. 배는 뒤에서 불어오는 바람을 타고 잠깐 사이에 나는 듯 도착했다. 이로 해변에는 몇 채 안 되는 어부들의 오두막과 쓸쓸한 절이 있었다. 그 절에서 차를 마시고 술을 데워 마시니 황혼 녘의 적막감이 가슴에 밀려왔다.

먹물 옷 입고
분홍 조개 줍는다
색깔 있는 달

<ruby>衣</ruby>(ころも) <ruby>着</ruby>(き)て小貝 拾(こがいひろ)はん 種(たね)の月(つき)

앞의 하이쿠와 같은 날 썼다. '이로 해변'은 말 그대로 '색깔의 해변'이
다. 이곳에서 사이교가 읊은 와카 '밀물 물들이는/ 작은 분홍 꽃조개/
주워 모으니/ 색깔의 해변이라/ 부르는 것이겠지'*를 떠올리며 읊은 하
이쿠이다. '이 해변에 찾아왔던, 내가 흠모하는 사이교처럼 나도 지금
먹물로 물들인 옷을 입고 이 해안에서 손톱만 한 분홍 꽃조개를 주우
리. 이 먹물 옷이 색으로 물들 때까지. 색깔의 해변을 비추는 둥근 달
아래서.'

대합조개
속살과 껍질이 갈라져
떠나는 가을

はまぐり　　　　　わか　ゆ　あき
蛤 のふたみに別れ行く秋ぞ

'가는 봄이여/ 새는 울고 물고기/ 눈에는 눈물'로 시작한 『오쿠노호소
미치』 여행은 또다시 작별의 시로 끝난다. 종착지 기후 현 오가키에 도
착하자 여행 중 헤어진 소라를 비롯한 문하생들이 달려와 '마치 죽었
다 살아난 사람을 만난 듯' 무사 귀환을 기뻐했다. 그러나 '여행의 피로
도 가시기 전에' 다시 길을 떠난다. 대합조개는 껍질과 속살이 단단히
붙어 있어 잘 떨어지지 않는다. 그만큼 정든 사람들과 헤어지기 어려운
심경을 읊었다. 여러 개의 언어유희로 중층적 의미를 담은 작품이다.
'하마はま'는 '대합'과 '해안'의 뜻이고, '후타미二見'는 바쇼가 참배하러
가는 이세신궁이 있는 해안 '후타미'와 '두 몸'의 의미, '와카레別れ'는
'갈라지다'와 '헤어지다'의 뜻이다. 후타미 지방의 특산물이 대합조개
이다. '하마구리노 후타미니와카레 유쿠아키조'의 운율이 살아 있다.

빨리 피어라
축제날 다가오니
국화꽃이여

はや   さ   くにち ちか   きく   はな
早く咲け九日も近し菊の花

음력 9월 9일은 24절기 중에서 중양절重陽節로, 양수인 9가 두 번 겹
치는 날이라고 해서 1년 중 양기운이 가장 충만하다고 믿었다. 이날 남
자들은 시를 짓고 가정에서는 국화전을 만들어 먹었다. 이날을 전후해
국화 축제를 연다.『오쿠노호소미치』여행 후 오가키 번의 무사 사료左
柳의 집에서 열린 하이쿠 모임에 초대받아 읊은 작품이다. 바쇼는 9월
6일에 오가키를 출발해 이세신궁을 참배하고 고향 이가우에노로 향했
다. 그 여정을 위한 마음의 준비를 국화꽃에 의지해 말하고 있다.

벼루인가 하고

주워 보는 오목한

돌 속의 이슬

すずり　　　　　ひろ　　　　　　　　　　いし　　つゆ
硯 かと 拾 ふやくぼき 石 の 露

후타미 해안에서 사이교를 그리워하며 지은 하이쿠이다. 해변에 오목한 돌 하나가 이슬을 담고 떨어져 있다. 혹시 이 돌은 사이교가 사용한 벼루가 아닌가 하는 생각이 들어 주워 본다. 그 옛날, 사이교 시인이 후타미의 움막에서 은거하고 있을 때 해변에서 오목한 자연석을 발견하고 그것을 벼루로 사용했다는 일화가 있기 때문이다. 『오쿠노호소미치』 여행을 오가키에서 마친 후 바쇼는 이세 지방의 후타미로 향했다. 그때 지은 하이쿠이다. 문하생 산푸에게 보낸 친필 편지에 적혀 있다.

첫 겨울비
원숭이도 도롱이를
쓰고 싶은 듯

初 時雨 猿 も 小養 をほしげなり

"5백 리 여행길을 지나 더운 여름도 끝나고 슬픈 가을도 저물다. 고향
에서 겨울을 맞이해 산속 집에서 첫 겨울비를 맞다."라고 하이쿠 앞에
적었다. 음력 8월 하순, 여행을 마친 바쇼는 9월 중순에 고향으로 가는
산길에서 겨울비를 만나 이 하이쿠를 지었다. '시구레時雨'는 늦가을에
서 초겨울에 걸쳐 내리다 말다 하는 비. 도롱이는 짚으로 엮어 허리나
어깨에 두르는 비옷이다. 이 하이쿠에서 제목을 딴 바쇼 문중의 대표
하이쿠 문집 『원숭이 도롱이(사루미노)』의 서두에 실린 대표작이다.

나비가 못 되었구나
가을이 가는데
이 애벌레는

こちょう　　　　　　　　あきふ　　なむしかな
胡　蝶　にもならで秋経る菜虫　哉

'다른 배추벌레들은 화려한 나비가 되어 하늘을 날아다니고 있는데 이 배추벌레는 서리 내리는 가을이 되어서도 여전히 유충인 채로 있구나.' 『오쿠노호소미치』 여행의 종착지 오가키에 도착한 직후, 문하생 조코如行의 집에서 휴식을 취하며 지은 하이쿠이다. '나무시菜虫'는 배추흰나비의 유충인 초록색 벌레를 가리킨다. 긴 여행을 마쳤지만 자신은 아직 탈바꿈해서 날개 달린 성충이 못 되고 때 묻은 먹물 옷을 입고 있다. 나비가 되지 못한 애벌레에서 자신의 모습을 보고 있다.

비구니 시인의
이야기를 듣는
눈 쌓인 마을

しょうしょう　あま　はなし　しが　ゆき
少　将 の尼 の 話 や志賀の雪

쇼쇼少将라는 이름의 비구니는 13세기 가마쿠라 시대의 시인으로, 고호리카와 왕後堀河天皇의 둘째 아내였으나 만년에 삭발하고 승려가 되어 시가 현의 작은 마을에 은거했다. 눈 내린 날, 그 마을 근처를 찾은 바쇼는 그곳에 사는 문하생 지게쓰智月에게서 쇼쇼 비구니에 대한 이야기를 듣고 이 하이쿠를 지었다. 바쇼의 문하생 중 가장 뛰어난 여성 시인인 지게쓰는 남편과 사별한 뒤 비구니가 되었다. 열두세 살 연하인 바쇼와 가까이 지내, 바쇼가 교토 지역에 머물 때 경제적 지원을 아끼지 않았다. 과거와 현재의 두 비구니 시인의 이야기가 하이쿠 속에 겹쳐 있다.

무엇보다도
나비의 현실
애처로워라

何 よりも 蝶 の 現 ぞあはれなる
なに　　　ちょう　うつつ

긴 여행을 무사히 마친 스승을 환영하며 교토 지역의 문하생 교쿠스이
曲水, 오토쿠니乙州, 마사히데正秀, 에쓰진 등이 바쇼를 중심으로 하이
쿠 모임을 열었다. 교쿠스이가 '순례자 죽은 길에/ 가득한 아지랑이'*라
고 읊자 바쇼가 이를 받아 이 하이쿠를 읊었다. '나비 한 마리 내려와
죽은 자의 등에 내려앉는다. 순례의 끝을 나비가 보고 있고, 순례자는
꿈에서 나비를 본다.' 이 하이쿠 모임에서 읊은 작품들은 그해에 『조롱
박ひさご(히사고)』이라는 제목으로 간행되었다. 이 하이쿠 모임으로 『오
쿠노호소미치』 여행은 대단원의 막을 내렸다.

6

씨앗이라고
얕보지 마시오
매운 고추

　　　　　　　　　たね　おも　　　　　　　　とうがらし
　　この 種 と 思 ひこなさじ 唐 辛 子

'조그마한 씨앗이라고 깔보지 마시오. 매우 작지만 밭에 뿌리면 가을
에 빨간 열매를 맺어 사람의 혀를 얼얼하게 쏘는 힘을 가지고 있으니.'
바로 고추의 씨앗이다. 바쇼 하이쿠의 강점은 소재의 다양성이다. 현실
의 삶에서 눈에 보이는 거의 모든 사물들이 고르게 등장한다. 여행을
마친 후 고향 이가우에노에서 휴식을 취할 때의 작품이다. 고추는 가
을의 계어이지만 고추씨는 봄의 계어이다. 바쇼 하이쿠 문학의 여섯 번
째 시기는 『오쿠노호소미치』 여행을 마친 이듬해인 47세부터 에도로
돌아간 49세까지로, 하이쿠와 정신이 완숙의 경지에 이르렀다.

나무 아래는
국이고 생선회고
온통 벚꽃잎

木のもとに汁も膾も桜かな

'벚나무 아래서 꽃놀이를 하고 있으면 꽃잎들이 떨어져 국그릇이고 생선회고 꽃잎 천지가 된다. 봄의 절정이다.' 여기서 '국이고 생선회고'는 '하나에서 열까지 모든 것'이란 의미의 관용구이다. 문하생 도호가 바쇼 만년의 하이쿠 이론을 정리한 『삼책자』에 따르면 이 하이쿠는 바쇼가 스스로 가루미軽み('가벼움'의 의미로, 평범한 일상에서 소재를 찾아 시를 쓰는 것)의 시라고 평한 최초의 하이쿠이다. 시의 소재와는 거리가 멀게 취급되던 일상의 것에서 시를 발견한 것이다. 고향의 문하생 후바쿠風麥의 집에서 열린 벚꽃 놀이 하이쿠 모임에서 읊었다. 바쇼는 표박漂泊(고향을 떠나 정처 없이 떠돌아다님)의 시인이었지만 고향과의 유대가 강해 기회 있을 때마다 찾아가 그곳 문인들과 어울렸다.

209

나비의 날개
몇 번이나 넘는가
담장의 지붕

蝶の羽のいくたび越ゆる塀の屋根

화창한 봄날, 한 마리의 나비가 몇 번이나 담 위를 넘어갔다가 넘어온다. '몇 번이나'라고 한 것을 보면 아마도 같은 나비일 것이다. 가까스로 담장을 스치며 넘나드는 것을 묘사하기 위해 '나비'라 하지 않고 '나비의 날개'라고 했다. 한가롭게 흐르는 봄날의 시간도 담았다. 고향 이가 우에노의 문하생 사보쿠﨟木의 집에서 지은 하이쿠이다. 사실 담은 인간에게나 의미가 있을 뿐 나비는 담을 의식하지 않는다. 자유로운 나비는 바쇼 자신이며, 그를 초대한 집주인은 담 안에 있다.

마을 전체가
모두 꽃을 지키는
이들의 후손

ひとさと　　　　はなもり　しそん
一里はみな花守の子孫かや

헤이안 시대 이치조 왕一条天皇의 후궁 아키코彰子가 어느 절에 있는 겹
벚꽃을 자신의 정원으로 옮겨 심으려고 하자 승려들이 강하게 이의를
제기했다. 무뚝뚝하기로 소문난 승려들에게도 아름다움을 감상하는
마음이 있는 것에 깊은 인상을 받은 왕비는 뜻을 거두고 승려들에게
작은 영지를 주어 벚나무들로 울타리를 만들고, 이후 개화기가 되면
사람들을 시켜 지키게 했다. 그 후 이곳은 '꽃나무 울타리의 장원花垣の
庄'(하나가키노쇼)으로 불리게 되었다. 바쇼의 고향에서 멀지 않은 곳이
었다. 그 마을 사람들을 만나 보면 모두가 그 꽃 지킴이들의 자손이다.
평화로운 마음을 지닌 그곳 사람들에게 준 인사의 하이쿠이다.

사방으로부터

꽃 날려 들어가는

호수의 물결

<ruby>四方<rt>しほう</rt></ruby>より <ruby>花<rt>はな</rt></ruby><ruby>吹<rt>ふ</rt></ruby>き<ruby>入<rt>い</rt></ruby>れて<ruby>鳰<rt>にお</rt></ruby>の<ruby>波<rt>なみ</rt></ruby>

'봄빛 가득한 호수 둘레에는 지금 산도 호숫가도 벚꽃이 한창이다. 바람이 불면 사방에서 날려 들어가는 꽃잎들로 현란할 정도이다.' 오쓰에 사는 문하생 샤도酒堂의 집에 머물 때 지은 인사의 시다. 이 호수는 그 집에서 바라다보이는, 일본에서 가장 큰 비와코琵琶湖 호수이다. 원문의 '논병아리의 물결鳰の波'은 비와코 호수의 다른 이름 '논병아리의 바다'를 염두에 둔 것이다. 논병아리가 많이 날아오는 장소이기 때문이다. 그러나 '바다'라고 하지 않고 '물결'이라고 함으로써 물결 사이에 섞이는 꽃잎들과 논병아리의 그림자를 느끼게 했다. 47세의 작품.

비구니 혼자
사는 움막 차갑다
흰 철쭉 피고

独り尼 藁屋すげなし 白躑躅
<small>ひと あまわらや しろつつじ</small>

외딴 곳에 홀로 사는 비구니의 작은 초가집 앞에 순백의 철쭉이 피었
다. 비구니의 냉담한 태도와 흰 철쭉의 차가움까지 겹쳐 왠지 다가가지
못하게 만드는 분위기이다. 47세의 봄, 교토 부근에서 지은 하이쿠인데
시의 배경은 불분명하다. 그 비구니에게 무엇인가 사연이 있을 것이다.
대상에 대한 작자의 주저하는 마음이 그대로 드러나 의미가 명확하지
않은 하이쿠가 되었다. 비구니는 바쇼를 남성이나 낯선 자로 본 듯하
고, 바쇼는 그녀를 여성이 아닌 외로운 인간으로 보고 있다.

여름풀을

호화롭게 장식하라

뱀의 허물

なつくさ　ふうき　かざ　へび　きぬ
夏 草 に 富貴を飾れ蛇の衣

'평범하게 우거진 여름풀들 속에서는 뱀 허물이 호화로운 장식으로 보일지도 모르니, 뱀이여, 껍질을 벗어던져라.'『오쿠노호소미치』여행을 마친 바쇼는 이듬해 여름부터 가을까지 넉 달여를 문하생 교쿠스이가 제공한 교토 근처 오쓰의 오두막 환주암幻住庵(겐주안)에서 지냈다. 문하생 오토쿠니에게 보낸 편지에도 썼듯이 환주암에는 뱀과 지네의 출몰이 잦았다. '여름풀을 호화롭게 장식하라'까지 읽으면 꽃이나 씨앗이 등장할 것 같은데 뱀의 허물을 이야기함으로써 뜻밖의 효과를 안겨주는 기법을 썼다. 같은 시기에 다음의 하이쿠도 썼다.

뱀 먹는다고

들으면 무섭다

꿩 울음소리

へびく　　き　　　　　　きじ　こえ
蛇食ふと聞けばおそろし雉子の声

자신의 불을
나무마다 켄 반딧불이
꽃의 여인숙

_{おの ひ きぎ ほたる はな やど}
己が火を木木に 蛍 や花の宿

'반딧불이는 이 나무 저 나무에 꽃처럼 불을 켜고 그 꽃의 여인숙에
묵는다.' 문하생 시코支考가 썼듯이 5·7·5의 글자 수를 맞추기 위해
도치법을 사용했다. 나뭇가지에 자신의 불을 꽃 삼아 켜고 앉아 그 꽃
의 여인숙에서 밤을 보내는 반딧불이의 아름다움을 곧바로 묘사하지
않고 어순을 비튼 것이 오히려 흠이 되었다. 13세기 헤이케 가문의 흥
망성쇠를 그린 소설 『헤이케 이야기平家物語(헤이케 모노가타리)』의 무사
다다노리忠度가 죽으면서 남긴 시 '가다가 저물어/ 나무 그늘 아래서/
잠을 청하면/ 꽃이여 오늘 저녁/ 나를 재워 주겠지'*에 영감을 받은 것
으로 추측된다.

교토에 있어도
교토가 그리워라
두견새 울음

<ruby>京<rt>きょう</rt></ruby> にても <ruby>京<rt>きょう</rt></ruby> なつかしや <ruby>時鳥<rt>ほととぎす</rt></ruby>

오쓰에 있는 환주암에 머물다가 잠시 교토로 올라왔을 때 지은 하이쿠로 문하생 쇼슌小春에게 보낸 편지에 적었다. 낯익은 장소에 있지만 두견새 소리를 들으면 그 옛날 이곳에서 두견새에 대한 시를 읊던 시인들의 시대가 그립다. 현실의 세계를 보면서 그 안쪽에 있는 이상적인 세계를 그리워하고 있다. 하이쿠에서 '서울京'은 교토를 의미한다. 헤이안 시대부터 수도였던 교토는 에도 시대에 정치의 중심이 에도(현 도쿄)로 옮겨 갔지만 여전히 수도인 것에는 변함이 없었다. 메이지유신 이후 도쿄로 수도를 옮기는 것이 검토되었으나 교토 귀족들의 반발로 무산되었다. 현재까지도 도쿄 천도가 법령에 의해 명시되어 있지는 않다.

나를 닮지 말라
둘로 쪼갠
참외일지라도

われ に わ まくわうり
我 に似るなふたつに割れし真桑 瓜

'반으로 쪼갠 참외는 완전히 똑같아 보이지만 나는 나이고, 그대는 그
대이다. 시를 사랑한다는 점에서는 우리가 같지만, 세상을 등지고 쓸모
없는 시를 쓰는 나를 흉내 내려 하지 말고 그대 자신의 세계를 열어 나
가라.' 환주암에 머물 때 문하생이 되겠다고 찾아온 32세의 약재상에
게 준 하이쿠이다. "오사카 근처에서 온 도코東湖라는 이가 어리석은
나를 모방하려고 하길래."라고 하이쿠 앞에 적었다. 도코는 문하생이
된 후 시도之道로 개명했으며 바쇼의 임종을 지켰다.

멧돼지까지
함께 날려 가는
가을 태풍

猪 もともに吹かるる野分かな
（いのしし　　　ふ　　　のわき）

'집채도 날려 버릴 것 같은 태풍이 불고 있다. 이 격렬한 바람 속, 깊은 산중에 사는 멧돼지는 어떻게 폭풍우를 견디고 있을까?' 환주암에서 지은 하이쿠로, 문하생 교쿠스이에게 보낸 편지에 적었다. 환주암에 머물며 쓴 『환주암기幻住庵記』에 "마을 남자들이 와서 '멧돼지가 벼를 다 들쑤셔 먹고, 토끼는 콩밭을 파헤친다'는 이야기를 했다."라고 적었듯이 암자 주변에 멧돼지가 있었던 듯하다. 멧돼지가 태풍에 날아가는 것을 직접 본 것이 아니라 농부들에게서 들은, 멧돼지가 무시무시한 태풍 속에 떨고 있는 모습을 상상한 것으로 보인다. 난폭한 야생 멧돼지가 초목과 함께 태풍에 날려 가는 이미지가 일말의 적막감마저 감돌게 한다. '노와키野分'는 가을부터 초겨울에 걸쳐 부는 폭풍을 말한다.

나의 집에서
대접할 만한 것은
모기가 작다는 것

わか宿は蚊のちいさきを馳走かな

'아무 대접할 것이 없지만 이 거처의 모기는 물어도 아프지 않을 만큼 작다는 것이 그나마 자랑이니 어서 오시오.' 오쓰의 환주암에서 자취 생활을 하며 여름을 보낼 때 문하생 아키노보秋之坊의 방문을 받고 지은 환영의 하이쿠이다. 평범한 단어들로 진심을 보인 뛰어난 작품이다. 아키노보는 『오쿠노호소미치』 여행 중인 바쇼를 가나자와에서 만나 현지에서 문하생이 되었다. 원래 무사였으나 검을 버리고 삭발한 후 절의 움막에서 은거했으며 겨울에는 숯을 구걸해 쓸 만큼 궁핍했다.

조만간 죽을

기색 보이지 않는

매미 소리

やがて死ぬけしきは見えず蝉の声

'지금 한창 울고 있는 매미는 오늘 죽을지도 모르지만 그런 것에는 개의치 않고 온 존재를 울음으로 내뿜고 있다.' 역시 아키노보가 방문했을 때 보여 준 하이쿠 중 하나로, 바쇼가 좋아하는 단어 '무상신속無常迅速'을 제목으로 붙였다. '바위에 스며드는 매미의 울음'보다 생명의 덧없음에 대한 자각이 강렬하다. 깊은 사상을 일상에서 찾아 압축한 대가의 노련함이 돋보인다. 곧 죽을 운명임에도 그것에 상관없이 필사적으로 생을 영위해 나가는 것에 대해 애처로움을 느끼고 깊이 공감하고 있다.

이쪽으로 얼굴을 돌리시게
나 역시 외로우니
가을 저물녘

こちらむけ 我 も 寂しき 秋 の 暮
われ さび あき くれ

환주암에 머물 때, 한번은 바쇼에게 서예를 가르친 승려 운치쿠雲竹가
고개를 반대편으로 돌린 자신의 자화상을 들고 와서 그림에 적어 넣을
하이쿠를 부탁했다. 이에 바쇼는 "당신은 예순이 넘었고 나는 쉰이 다
되었다. 우리 둘 다 꿈속에 살면서 꿈에 본 모습을 표현하고 있다. 여기
에 나는 잠꼬대를 보탠다."라고 말하고 위의 하이쿠를 적어 주었다. '가
을 저물녘'은 '늦가을'의 의미도 된다. '늦가을 풍경이 그렇지 않아도 어
쩐지 쓸쓸한데, 이 그림의 인물은 고개를 저쪽으로 돌리고 있구나. 나
도 쓸쓸한 가을 저녁이니, 자, 이쪽을 향해 얼굴을 돌리지 않겠나? 그
러면 함께 이야기를 나눌 수 있을 텐데.' 47세의 작품이다.

고추잠자리
내려앉지 못하는
풀잎의 끝

とんぼう　と　　　　　　　　　くさ　うえ
蜻蜓や取りつきかねし 草の上

잠자리가 가느다란 풀잎 끝에 내려앉으려 하는데 바람이 불기 때문인지, 자신의 무게 때문인지 몇 번이나 시도해도 좀처럼 내려앉지 못하고 있다. 눈앞의 풍경을 직접 보고 솔직하게 묘사한 시일 수도 있고, 어디에서 살아야 할지 결정하지 못하는 자신의 상황을 암시한 것일 수도 있다. 47세의 가을, 넉 달 남짓 머문 환주암에서 나온 바쇼는 늦가을까지 두 달 동안 오쓰, 교토 등지를 전전했다. 자신의 시정신을 이해하지 못하는 문하생들을 비유한 것이라는 해석도 있다.

제 지내는 날
오늘도 화장터에
오르는 연기

たままつ　　よう　　やきば　　けむりかな
玉 祭 り 今日も 焼 場 の 煙 哉

원문의 '다마마쓰리'는 조상의 영혼을 집에 맞이해 제사 지내는 연중
행사이다. 음력 7월 보름에 열리는, 지옥에 떨어진 조상의 영혼을 구제
하는 행사로, 불교의 우란분절盂蘭盆節과 같다. '죽은 사람의 영혼을 위
해 제를 지내는 오늘도 화장터에서는 연기가 피어오른다. 오늘도 또 죽
은 사람이 있다.' 13세기의 문인 요시다 겐코吉田兼好의 산문 『도연초徒
然草(쓰레즈레구사)』에 나오는 구절 "들판에 있는 묘지에 이슬 마를 날
없고, 산의 화장터에 연기 그칠 줄 모른다."를 염두에 둔 하이쿠이다.
오쓰에 있는 절 기추지義仲寺의 암자 무명암無名庵(무메이안)에 머물 때
지은 작품. 바쇼는 이 절과 암자를 좋아해, 죽으면 이곳에 묻어 달라고
유언했다.

달구경하는
자리에 아름다운
얼굴도 없네

月見する座に 美しき顔もなし

휘영청 밝은 달을 한참 동안 바라보다가 문득 정신을 차리고 오늘 밤 달맞이에 모인 사람들의 면면을 둘러보니 아름다운 얼굴은 한 명도 없고 늘 보던 평범한 얼굴들만 나란하다. 이상 세계에 비교하며 현실 세계를 풍자한 해학으로, 함께 달구경하는 문하생들을 놀리고 있다. 보름 달의 아름다움을 돋보이게 하려고 주위 사람들의 얼굴의 평범함을 이야기한 악의 없는 농담이다. 역시 무명암에서 지은 작품.

기러기 울음
들으러 가을에는
서울로 가리

かりき　　　みやこ　あき　おもむ
雁 聞きに 京 の秋に 赴 かん

'내가 지금 서울로 향하는 것은 그곳 하늘에 날아가는 기러기 울음소리를 듣기 위해서다.' 분명 다른 일들이 있어서 가는 것이지만 자신은 시인이기 때문에 기러기 울음을 듣는 것이 더 중요하다고 말한다. 기러기 울음은 가을처럼 왠지 애수가 느껴진다. '서울'은 교토를 가리킨다. 문하생 도스이怒誰에게 보낸 편지에 적은 하이쿠이다. 하지만 편지 자체의 진위가 불분명하고 다른 문집에서는 이 하이쿠를 찾을 수 없기 때문에 바쇼의 작품이 아닐 가능성도 있다. 시풍은 어김없는 바쇼의 것이다. 실제로 바쇼는 무명암에 머물다가 가을에 교토로 향했다.

첫서리 내려
국화 얼기 시작하네
허리에 두른 솜

<ruby>初<rt>はつ</rt></ruby>霜や菊冷え初むる腰の綿

'첫서리 내려 갑자기 추워졌다. 국화꽃 얼고 허리에 솜을 두르지 않으면 안 될 만큼 나도 늙었다.' 47세의 가을, 교토 부근에 머물 때 문하생 본초凡兆의 아내 우코羽紅가 허리에 두르는 방한용 허리띠를 선물했다. 바쇼는 감사의 편지에 이 하이쿠를 적어 보냈다. '첫서리'가 국화와 노쇠한 허리 양쪽에 걸리게 배치했다. 국화 축제가 열리는 음력 9월 9일 중양절 전날 국화꽃에 솜을 씌우는 '기세와타着せ綿' 행사가 있다. 서리를 막고 국화 향이 달아나지 않게 하기 위한 것으로, 이튿날 그 솜으로 몸을 닦으면 장수한다는 믿음이 있다. 우코는 삭발하고 비구니가 되었으나 뛰어난 시적 재능을 지닌 남편 본초와 곤궁한 인생을 끝까지 함께했다. 우코 역시 하이쿠에 재능이 있어서 바쇼 문중의 하이쿠 선집『광야(아라노)』와『원숭이 도롱이(사루미노)』등에 작품이 실렸다.

226

흰머리 빠진
베개 밑에서 우는
귀뚜라미

しらがぬ　まくら　した
白髮抜く 枕 の下やきりぎりす

깊어 가는 가을, 어느덧 바쇼의 머리에도 생의 가을을 상징하는 흰머리가 눈에 띄게 늘었다. 흰머리 빠진 베개 밑에서 귀뚜라미가 울고 있다. 오쓰의 무명암이나 환주암에서 열린 하이쿠 모임에서 지은 하이쿠로 추정된다. '가을이 되자 귀뚜라미가 베개 밑에서 운다'는 것은 한시나 와카에도 많은 표현이다. 사이교도 시집 『산가집山家集(산카슈)』에서 '귀뚜라미/ 늦가을 밤 추위를/ 고하는 얼굴로/ 날마다 베개 밑에/ 와서 울음 우네'*라고 읊었다. 이 무렵부터 바쇼는 몸의 가을을 느끼기 시작했다.

227

어부의 오두막
작은 새우들에 섞인
꼽등이 몇 마리

海士の屋は小海老にまじるいとど 哉
あま　　や　　こ えび　　　　　　　 かな

꼽등이는 일본어에서 '새우 귀뚜라미ェビコオロギ'로도 불린다. 뒷다리
가 길고 귀뚜라미와 비슷하지만 몸체가 황갈색이고 날개가 없으며 수
염이 길고 잘 뛴다. 어부의 집에 들어갔더니 싱싱한 작은 새우들이 펄
떡이는 대바구니 안에서 늙은 꼽등이도 함께 뛰고 있다. 가난한 어부
의 초라한 오두막 정경이다. 하이쿠의 본령인 해학을 발휘한 작품이다.
바쇼가 만년에 역설한, 평범한 일상에서 시의 소재를 찾는 가루미 정
신을 대표하는 하이쿠 중 하나이다. 47세의 9월, 비와코 호수 옆 마을
가타타에 머물 때 지은 작품.

번개를 보며
깨닫지 않는 사람
놀라워라

いなづま さと ひと たつと
稲妻に悟らぬ人の 尊 さよ

번개 치는 걸 보면서 목숨은 저 번개처럼 덧없는 것이라고, 인생을 다
안 것처럼 떠드는 사람이 있다. 그러나 그렇게 말하지 않고 무심하게
있는 사람이 더 고귀하다. "언어로 이야기할 수 있는 도는 도가 아니다."
라는 노자의 말처럼 깨달음은 쉽게 주장할 수 있는 것이 아니다. 수박
겉 핥기 식의 지식과 깨달음을 말하는 선승들과 언어의 멋에 치중하
는 시인들이 많음을 풍자한 하이쿠로, 다른 작품들과는 풍이 많이 다
르다. '번개'는 가을의 계어. 47세의 작품.

아침 차 마시는
승려 고요하다
국화꽃 피고

朝茶飲む僧静かなり菊の花
あさちゃの　そうしず　きく　はな

고즈넉한 가을 아침, 새벽 예불을 마친 승려가 뜰을 바라보며 차를 마시고 있다. 그 시선이 머무는 곳에 국화꽃이 피어 있다. 정적과 향기가 감도는 세계이다. '고요하다'를 승려와 국화꽃 양쪽에 거는 기법을 사용했다. 승려는 고요하게 차를 마시고 있고, 국화는 고요하게 아침 이슬을 마시고 있다. 차향과 국화 향이 어우러진다. 가타타에 있는 절 쇼즈이지祥瑞寺를 방문했을 때 지은 하이쿠이다. 쇼즈이지는 잇큐一休 선사가 수행했던 임제종 선원으로 유명하다.

병든 기러기
추운 밤 뒤처져서
길에서 자네

びょうがん　よさむ　お　　たびねかな
病　雁 の 夜寒 に 落ちて 旅 寝 哉

'깊은 가을밤, 병을 얻어 누워 있는데 북쪽으로 향하는 기러기들의 울음이 들린다. 그중 한 마리가 무리에서 벗어나 호수에 내려앉았다. 분명히 그 새는 병들어 더 날지 못하고 뒤처진 것이다. 나도 이렇게 혼자 병에 걸려 객지 잠의 긴긴밤을 보낸다.' 비와코 호수 옆 마을 가타타에 머물 때 바쇼는 심한 감기에 걸렸다. 여행지의 허름한 절에서 열흘 넘게 병들어 누워 있는 자신의 고독감을 오미(현재의 시가 현)의 이름난 팔경 중 하나인 '가타타에 줄지어 내려앉는 기러기堅田落雁'를 빌려 상징적으로 묘사한 대표작이다.

초겨울 찬 바람
볼이 부어 쑤시는
사람의 얼굴

こがらしや頬<ruby>腫<rt>ほおばれいた</rt></ruby>痛む<ruby>人<rt>ひと</rt></ruby>の<ruby>顔<rt>かお</rt></ruby>

유라시아 대륙에서 한반도를 향해 불어온 겨울 계절풍은 동해를 건너면서 수분을 머금는다. 이 바람이 일본 열도 중앙부의 산맥에 부딪쳐 동해 쪽에서는 시구레(초겨울 비)가 되어 비나 눈을 내리고, 수분을 잃은 바람은 산을 넘어 태평양 쪽 지역에서는 초속 8미터의 강풍이 된다. 이것을 '고가라시木枯らし, 凩'라고 부른다. 명칭 그대로 순식간에 나뭇잎을 떨어뜨리는 바람이다. '항아리손님'이라고도 불리는 볼거리(유행성 이하선염)에 걸려 볼이 크게 부은 사람의 얼굴에 고가라시가 휘몰아친다. 더 아프게 느껴진다.

겨울비 내리네
논의 새 그루터기
검게 젖도록

しぐるるや田_たのあら株_{かぶ}の黒_{くろ}む程_{ほど}

산길 옆 논에 올가을 베어 낸 벼의 밑동이 밝은 볏짚 색으로 점점이 늘어서 있다. 거기에 초겨울 비가 내려 순식간에 검게 변색된다. 초겨울 비는 딱 그만큼의 양이지만, 그 비에 겨울이 깊어져 감을 느낀다. 47세의 겨울, 고향 이가우에노로 가는 길에 지은 하이쿠이다. '검게 젖도록' 대상을 응시하는 눈, 그리고 자연의 쓸쓸함 속에 자신의 외로움을 스미게 한 대표작 중 하나이다. 그 후 바쇼는 다시 교토로 와서 오쓰에서 새해를 맞았다.

말린 연어도
고행 승려도 마른
한겨울 추위

からざけ くうや やせ かん うち
乾鮭も空也の痩も寒の中

구야空也는 헤이안 시대의 고행승으로, 그의 가르침을 따르는 승려들은 해마다 한겨울에 48일간 교토 지역을 돌아다니면서 염불을 외고 환희심에 차 호리병박을 두드리며 춤을 추었다. 한겨울에 만들어 시장에 나오는 '말린 연어'는 깡마른 것의 상징으로, 여기서는 마른 고행승들을 비유한다. 추위 속에서 염불하며 돌아다니는 승려들의 얼어붙은 목소리를 강조하기 위해 'ㅋ'음을 반복하는 날카로운 감각이 살아 있다. '카라자케모 쿠우야노야세모 칸노우치.' "교토에서 객지 잠 자며 밤마다 고행승들의 바리때 두드리는 소리를 듣고" 지은 하이쿠이다.

돌산의 돌에
세차게 흩날리는
싸라기눈

石 山 の 石 にたばしる 霰 かな

여기서 돌산은 오쓰에 있는 이시야마데라石山寺 절을 가리킨다. 흰색
또는 회백색 유리 광택이 나는, 천연기념물로 지정된 규회석이 노출된
장소로 유명하다. 그 돌에 지금 싸라기눈이 세게 부딪치며 튀고 있다.
시각적인 효과가 청각적인 효과까지 끌어들인다. 비와코 호수 남쪽의
이 절은 11세기 무라사키 시키부가 세계에서 가장 오래된 근대적 소설
『겐지 이야기』를 집필한 곳으로 알려져 있다. 바쇼는 47세의 여름, 이
절 근처 환주암에서 한철을 보냈다. 바쇼에게는 인연 깊은 장소이다.

평소 얄밉던
까마귀도 눈 내린
아침에는

<ruby>ひごろ<rt>にく</rt></ruby> 憎き 鳥 も 雪 の 朝 哉

흰 눈과 검은 까마귀가 선명한 대조를 이룬다. 눈 내린 아침은 세상이
아름답고 신선하기 때문에, 평소에는 우는 소리도 거슬리고 생김새가
지저분해서 외면하던 까마귀도 다르게 다가온다. 주위 풍경에 의해 사
물이 다르게 보이는 것은 자주 있는 일이다. 일부러 '얄밉다'는, 약간은
과장된 표현을 써서 흰 눈의 아름다움을 부각시키고 있다. 하이쿠 앞
의 글 "기추지 절의 종소리 머리맡에 울려 나가 보면 흰 눈꽃이 나무에
피어 즐겁다."로 보아 오쓰의 무명암에서 쓴 작품이다.

숨어 버렸네
십이월 호수 위
논병아리들

かくれけり師走の海のかいつぶり
　　　しわす　うみ

논병아리는 물 위에 떠 있다가 수중의 먹이를 발견하면 재빨리 머리를
물속에 넣고 사라져 버리는 습성이 있다. 그 한순간을 포착해 1년이라
는 시간의 사라짐과 겹친 뛰어난 하이쿠이다. 지난 한 해도, 논병아리
도 호수 속으로 사라졌다. 또한 십이월의 분주한 일들과 번거로움으로
부터 자신이 숨어 버린다는 의미도 담겨 있다. 논병아리가 물속으로
숨어 버리면 뒤에 남은 것은 십이월의 춥고 적막한 호수뿐이다. '논병
아리의 바다'는 바다처럼 드넓은 비와코 호수의 별명이다.

보리밥 먹고
사랑하느라 수척해졌나
암고양이

麦飯にやつるる恋か猫の妻
<small>むぎめし　　　　こい　ねこ　つま</small>

'보리밥 때문인가 사랑 때문인가, 수척하구나 이 암고양이.' 시골의 촌
스러운 티가 나는 암고양이가 주인공이다. 평소 보리밥만 얻어먹어 몹
시 야위었는데, 요즘 더 초췌해지고 안절부절못하는 것은 사랑 때문이
다. 야위었어도 사랑을 하는 고양이의 갸륵함을 놀리고 있다. 이룰 수
없는 사랑으로 나날이 수척해져 가는 처녀를 이야기하는 것이 보통인
데 마지막에서 뜻밖에 고양이를 등장시킴으로써 신선감과 시적 환기
를 꾀하는 기법을 여기서도 사용하고 있다. '고양이의 사랑'은 봄의 계
어이다.

해마다 매번
나무에 거름 되는
벚꽃잎들

とし どし　さくら　こ　　　はな　ちり
年 年 や 桜 を肥やす花 の 塵

'해마다 꽃이 피고, 그 꽃과 잎들은 뿌리로 떨어져 나무의 자양분이 된
다. 그래서 지금의 이 아름다운 꽃이 피었다. 이 가문의 번영도 벚나무
의 순환처럼 오래도록 이어지리라.' 48세의 봄, 고향의 부유한 상인 만
코万平가 자신의 별장에 바쇼를 초청해 문하생으로 입문하는 자리에
서 꽃구경 하이쿠 모임을 열었다. 이 하이쿠는 그때 읊은 것으로, 한
가문이 오래 번창하기를 기원하는 인사의 하이쿠이다. '꽃은 뿌리로
돌아가고 새는 옛 둥지로 돌아간다'는 옛 노래를 염두에 둔 작품이다.
여기서 읊은 벚나무는 수양벚나무.

밤새 마시고
꽃병으로 쓰리라
나무 술통

呑み明けて 花生にせん 二升樽

아이치 현에 사는 문하생이 술과 땅두릅나물, 햇차를 선물로 보내 왔기 때문에 바쇼는 여러 문하생들을 불러 하이쿠 모임을 열었다. 그때 지은 하이쿠이다. '맛있는 술이 두 되들이 술통에 담겨 도착했다. 모두 마셔 바닥을 내고 술통에는 꽃을 꽂자.' 술 선물을 받고 신이 난 마음이 전해진다. 바쇼는 문하생 기카쿠와는 달리 음주량이 많지 않았다. 시인 두보도 술 마신 빈 병을 화병으로 사용했다는 시를 썼다.

게으름이여
일으켜 세워지는
비 오는 봄날

不精さや掻き起されし春の雨
ぶしょう　か　おこ　はる　あめ

'눈을 뜨니 봄비 촉촉이 내리는 소리가 귀에 들린다. 그 소리에 울적하고 게을러져 아침 늦게까지 이불을 쓰고 누워 있는데, 가족이 팔을 잡아당겨 일으켜 세우는 이 게으름이여.' 고향 이가우에노의 형 집에서 쓴 하이쿠로 보인다. 단순히 게을러졌기 때문이 아니라 몸이 쇠약해져서 누군가 안아서 일으켜 세운 것일 수도 있다. '게으르게 누워 있다가 봄비 내리는 소리에 일어났다'는 의미로 해석하는 이도 있다. 48세 봄의 일이다. 『원숭이 도롱이(사루미노)』에 실린 작품.

쇠약해졌다
치아에 씹히는
김에 묻은 모래

<ruby>衰<rt>おとろ</rt></ruby> ひや<ruby>歯<rt>は</rt></ruby>に<ruby>喰<rt>く</rt></ruby>ひ<ruby>当<rt>あ</rt></ruby>てし<ruby>海苔<rt>のり</rt></ruby>の<ruby>砂<rt>すな</rt></ruby>

인간이 노쇠함을 느끼는 경험은 다양하지만 치아는 가장 보편적이다.
김에 섞인 모래를 씹는 순간 이가 시큰거리면서 지금까지와 다른 무엇
을 인식하게 된다. '김'이 봄의 계어로 『세시기歲時記』(계어를 모아 놓은
책)에 등록된 것과 거의 같은 해에 바쇼는 새로 등장한 이 계어를 사용
해 단순한 노쇠가 아닌 실존의 문제까지 접근하는 뛰어난 감각을 발휘
했다. 48세의 하이쿠이다. 김은 일본에서 상고 시대부터 먹었으며, 헤이
안 시대에는 귀족의 음식으로 대접받다가 에도 시대에야 서민의 음식
이 되었다.

얼마 동안은
꽃에 달이 걸린
밤이겠구나

しばらくは 花の上なる 月夜かな

'활짝 핀 꽃, 그 위에 달이 떴다. 한동안은 달 아래서 꽃구경할 수 있겠구나.' 글자 수를 줄여야 하는 하이쿠에서 '꽃'은 벚꽃을 가리킨다. 따라서 '달'은 가을의 계어이지만 이 하이쿠는 봄의 시다. 48세의 봄, 바쇼는 교토의 사가嵯峨에 있는 문하생 교라이의 별장 락시사落柿舍(라쿠시샤. 감 떨어진 집)에서 지냈다. 예로부터 일본에서는 봄날 저녁을 '천금'의 가치에 비유했듯이, 만개한 벚꽃의 아름다움과 그 벚꽃 위에 걸린 달의 아름다움이 조화를 이루는 봄의 정취를 읊었다. '얼마 동안은'이 그 아름다움의 유한함을 암시한다.

울적한 나를
더욱 외롭게 하라
뻐꾸기

憂き我をさびしがらせよ閑古鳥

'뻐꾸기여, 이유 없이 울적한 마음으로 있는 나를 너의 그 외로운 울음 소리로 더욱 명확한 고독의 경지로 이끌어 주기 바란다.' 고독의 궁극을 추구하는 심경이 드러난다. 방랑 시인 사이교의 시 '산속 마을에서/ 누구를 또 부르는 걸까/ 저 뻐꾸기는/ 여태 혼자 산다고/ 생각했었는데'*에 화답한 작품이다. 바쇼는 락시사에 머물며 일기를 썼다. 이 『사가 일기嵯峨日記(사가닛키)』는 여행기들과 달리 암자에서 홀로 지내는 생활과 교류가 주제이다. 혼자 사는 즐거움과 전통적인 은둔사상을 실천하는 기쁨을 담았다.

손뼉을 치면

메아리에 밝아 오는

여름 보름달

手を打てば木魂に明くる夏の月

보름달 뜬 여름밤의 밝음을 청각과 시각의 공감각으로 그려 내고 있다.
'손뼉을 치면 그 소리가 멀리까지 울려 퍼져 하늘에 걸린 보름달 안으
로 사라져 간다. 메아리가 끝날 때쯤에는 짧은 여름밤도 곧 어슴푸레하
게 밝아 올 듯하다.' 단순한 재미로 손뼉을 친 것이 아니라 특정한 날
에 마을 사람들이 음식을 나눠 먹으면서 달이 떠오르면 양손을 마주
쳐서 달을 찬미하는 의식을 가리킨다는 풀이도 있다. 『사가 일기』에 실
린, 48세의 작품.

생선 가시

핥을 정도로 늙은

자신을 보네

うお　ほね　　　　　まで　おい　み
魚の骨しはぶる迄の老を見て

형편없이 쇠락한 생활을 하는 죽지 못해 사는 몸이 되었다. 치아도 다
빠진 추한 몰골이다. 문하생 교라이, 본초凡兆와 함께한 렌가 모임에서
본초가 동해 바닷가에 면한 이시카와 현의 추운 해안 마을에서 힘들
게 수행하는 승려에 대해 읊자, 이에 화답한 구이다. '하이쿠'라는 명칭
은 '하이카이 렌가의 홋쿠'를 줄인 말이므로, 이 작품은 홋쿠가 아니기
때문에 엄밀히 말하면 하이쿠는 아니다. 48세의 5, 6월에 교토에 머물
면서 바쇼는 이 구가 실린 『원숭이 도롱이(사루미노)』 편집을 감수했다.

여름 장맛비
시 적은 종이 떼어 낸
벽에 난 자국

さみだれ　しきし　　　　　かべ　あと
五月雨や 色 紙へぎたる 壁 の 跡

지붕에서 샌 비에 벽에 얼룩이 생겼거나, 한동안 붙여 놓았던 시 적은
종이를 떼자 그 자리만 네모나게 자국이 났다는 의미이다. "비가 밤에
도 낮에도 내리다가 그쳤다. 내일은 락시사 오두막을 떠나기로 결정하
니 그리워질 것 같아 방마다 열고 들여다보았다."라고 하이쿠 앞에 적
었다. 바쇼는 문하생 교라이의 별장인 이 오두막에서 20여 일을 보냈
다. 여름 장맛비는 계절을 가리킬 뿐 아니라 지금까지 있었던 것이 없
어서 그 흔적만 남아 있는 벽의 자국처럼 정든 장소를 떠나야 하는 슬
픔도 암시한다. 현재 락시사 마당에 이 하이쿠를 새긴 큰 돌이 있다.

어두운 밤
둥지를 잃고 우는
물떼새

闇の夜や巣をまどはして鳴く 衝
やみ　　よ　　す　　　　　　　　　な　ちどり

칠흑 같은 어둠 속을 날며 물떼새 한 마리가 슬피 운다. 암흑 속에서
둥지를 찾지 못해 우는 것이 틀림없다. 물떼새는 냇가 근처 자갈밭의
우묵한 곳에 작은 돌이나 나뭇가지 등을 깔고 알을 낳으며 울음소리
가 구슬프지 않다. 그러나 바쇼는 그 울음소리를 애절하게 듣고 어미
물떼새가 알 낳은 장소를 찾지 못해 우는 것으로 상상한다. 매번 머물
곳을 찾아야 하는 자신의 상황이 은유적으로 표현되어 있다. 물떼새의
둥지는 봄의 계어이다. 『원숭이 도롱이(사루미노)』에 실린 작품.

초가을이다
모기장을 접어서
이불로 덮는

<small>はつあき　　たた　　　　　　　　かや　　よぎ</small>
初 秋や畳みながらの蚊屋の夜着

여름에서 가을로 접어들며 생각이 깊어지는 계절의 미묘한 변화를 추
상적이고 감상적인 것에서 찾지 않고 지극히 인간적인 삶을 통해 살핀
바쇼 특유의 하이쿠이다. 바쇼 하이쿠의 소재들이 갖는 특징을 말해
주는 좋은 예이다. 더운 여름과 싸우다 보면 어느새 바람의 감촉이 다
르고 아침저녁으로 선뜩한 기운이 피부에 느껴진다. 가을 맞을 준비를
할 겨를도 없이 계절이 바뀌어 이제 별 볼 일 없어진 모기장을 끌어당
겨 이불 대신 덮고 잔다. 모기장은 여름의 계어이고, 이불은 겨울의 계
어이다.

가을바람

불어와도 푸르다

밤송이

秋風の吹けども青し栗の毬

가을바람이 불면 모든 나뭇잎은 단풍색으로 물들고 밤 열매도 짙은 밤색으로 변해 가지만 밤을 감싼 가시 돋친 껍데기는 종종 밝은 초록색으로 남아 있다. '가을바람이 불어와도 푸르다' 다음에 뜻밖의 발상을 보여 줌으로써 신선한 인상을 남기는, 바쇼가 흔히 쓰는 시작법이 드러난다. 찬 바람과 함께 자신의 육체도 쇠약해져 가지만 시의 열매를 감싼 정신은 아직 푸르다는 것을 암시하려고 했을까? 48세의 가을, 교토 주변을 전전하던 무렵의 하이쿠이다.

외로움이여
못에 걸려 있는
귀뚜라미

<ruby>淋<rt>さび</rt></ruby>しさや <ruby>釘<rt>くぎ</rt></ruby>に <ruby>掛<rt>か</rt></ruby>けたるきりぎりす

가을에는 곤충을 잡아 대나무로 만든 상자에 넣고 벽에 걸어 놓는다.
'가을밤 늦은 시각, 자려고 누워 있는데 벽의 못에 걸린 상자 안에서
귀뚜라미가 연약하게 울고 있다. 광활한 어둠 속으로 희미하게 퍼져 가
는 그 가냘픈 울음소리에 깊은 외로움이 있다.' 문하생 구쿠句空에게
보낸 편지에는 초고가 '고요함이여/ 그림 걸린 벽의/ 귀뚜라미'였으며,
처음에는 『도연초(쓰레즈레구사)』의 저자 요시다 겐코의 초상화에 대해
쓰려는 것이 발상이었음을 밝혔다. 수정을 거듭하다가 그림과 귀뚜라
미의 관계가 사라지고 은둔자의 세계가 깊게 드러났다. 바쇼의 시정신
중 하나인 '사비寂び'(쓸쓸함)가 담긴 대표작 중 하나이다. 오쓰의 무명
암에서 썼다.

쌀 주러 온 벗
오늘 밤
달의 손님

米 くるる 友を今宵の月の 客
<small>よね とも こよい つき きゃく</small>

무명암에서 음력 8월 보름에 달구경 하이쿠 모임이 열렸다. 바쇼가 쓴
감사 편지에 따르면 오쓰의 상인이며 문하생인 마사히데가 45킬로그
램의 쌀을 가져다주었다. 이 무명암도 오쓰에서 경제적으로 후원한 마
사히데 등이 바쇼를 위해 기추지 절 경내에 마련한 암자이다. 파초암과
마찬가지로 바쇼는 이 오두막을 사랑했다. 이날 밤, 마사히데가 차를,
또 다른 문하생 오토쿠니가 술을 들고 참석했다. 『도연초(쓰레즈레구사)』
에서는 '좋은 벗'에 대한 정의 중 하나로 '필요한 물품을 주는 친구'를
꼽았다.

풀로 엮은 집
날 저물어 찾아온
국화주 한 통

^{くさ} ^と ^{ひぐ} ^{きく} ^{さけ}
草 の戸や日暮れてくれし 菊 の 酒

어느 날 저녁 문하생 오토쿠니가 술 한 통을 들고 찾아왔다. 국화주를
마시면 무병장수한다는 말이 있다. 그것이 저물어 가는 가을 풍경과
비교되면서 독특한 분위기를 만들고 있다. 이 하이쿠에서도 바쇼는 마
지막에서의 전환, 그리고 연속되는 'ㅋ'음의 효과를 시도하고 있다. '쿠
사노토야 히구레테쿠레시 키쿠노사케.' 48세의 중양절(음력 9월 9일), 무
명암에 머물 때 지은 작품이다. 예로부터 중양절에는 장수를 기원하기
위해 이른 아침에 국화주를 마시는 풍습이 있었다. 세상의 풍습은 은
둔자인 자신과 무관하다고 여기고 있는데 생각지 않게 술이 온 것이다.

아홉 번
달 때문에 일어났어도
아직 새벽녘

九 たび起きても月の七ツ哉
<small>ここの お つき なな かな</small>

잠을 깨기 쉬운 긴 가을밤, 몇 번이나 깨어나 창밖을 보면 아직도 달이
휘영청 밝다. 동이 트려면 아직 멀었다. '아홉 번'은 실제로 아홉 차례
일어났다는 것이 아니라 일어난 숫자가 많음을 뜻한다. 그러나 또 다른
의미가 담겨 있다. '나나쓰七ツ'는 새벽 4시를 가리키지만 '일곱 번'을
뜻하기도 한다. 아홉 번 일어났지만 달은 일곱 번밖에 보지 못했다. 달
이 구름에 가려 있었거나 새벽에 졌기 때문이다. 오두막에서의 긴 가
을밤, 계속해서 잠을 깨는 모습, 불면의 고뇌와 외로움도 담겨 있다.

파 하얗게
씻어서 세워 놓은
추위여

葱^{ねぎしろ} 白 く 洗^{あら} ひたてたる 寒^{さむ} さ 哉^{かな}

『오쿠노호소미치』 여행 후 2년여 동안 교토 지역에 머물던 바쇼는 마침내 에도로 향했다(에도로의 귀환은 이것이 마지막이었다). 이 여행 도중 기후 현 다루이초 마을에 있는 절 혼류지本龍寺에서 절의 주지인 문하생 기가이規外에게 준 인사의 하이쿠이다. 세 개의 파를 도마에 올려놓은 그림 옆에 이 하이쿠를 적었다. 그래서 '올려놓은あげたる'으로 잘못 전해졌다. 다루이는 파가 한 자(30센티미터) 이상 자라는 대파로 유명한 지역이었다. 흙 하나 없이 깨끗이 씻어서 세워 놓은 흰 파를 통해 겨울의 추위를 실감한다. 높이 평가받는 대표작 중 하나로 48세의 겨울에 썼다. '춥다'는 감각을 '흰 파'라는 시각으로 전하고 있다.

새로 만든 정원에
생기를 주는
초겨울 비

作りなす 庭をいさむる 時雨かな

이 하이쿠 역시 혼류지에 들렀을 때 즉흥적으로 지어 주지에게 준 인사의 하이쿠이다. 마침 그 절에서 정원을 조성했다. 아직 흙도 나무도 제대로 다져지지 못한 정원을 촉촉이 적시며, 언제까지나 풍성한 정원이 되라고 용기를 북돋우는 것처럼 초겨울 비가 지나간다. 어수선했던 정원이 생기를 얻는다. 현재 그 정원에 이 하이쿠를 새긴 큰 돌이 있다.

초겨울 바람에
향기 묻어나네
늦게 핀 꽃

こがらし　　にお　　　　　　　かえ　ばな
凩 に 匂ひやつけし 返り 花

'돌아온 꽃返り花'은 제철 아닌 때 피는 꽃을 이르는 말로, 특히 찬 바람이 불기 시작하는 음력 10월의 따뜻한 날씨에 착오를 일으켜 다시 핀 꽃을 가리킨다. 봄바람이 아닌 차가운 강풍(고가라시)과 꽃향기의 대비가 주는 상징성이 강하다. 무슨 꽃인지는 적혀 있지 않지만, 오가키에 있는 문하생 가우세쓰시耕雪子의 별장에 들렀을 때 초겨울 뜰에 애틋하게 핀 꽃을 발견하고 지은 인사의 하이쿠로 전해진다. '향기匂'에는 '색'의 의미도 있다. 전통적으로 초겨울 바람은 흰색으로 묘사된다는 것을 생각할 때, '겨울바람에/ 색이 묻어난다/ 돌아온 이 꽃'으로 번역할 수도 있다.

때때로
나 자신의 숨을 본다
한겨울 칩거

おりおり　いぶき　み　　ふゆごも
折折に伊吹を見ては冬籠り

48세의 겨울, 마지막으로 에도로 향해 가던 중 바쇼는 오가키 지역의
무사 미야자키 게이코宮崎荊口의 차남 센센千川의 집에서 묵었다. 게이
코 본인을 포함해 세 아들 모두 바쇼의 문하생이었다. 이 하이쿠는 센
센의 집에 여장을 풀면서 인사말로 읊은 것으로, '이부키伊吹'라는 단
어의 두 가지 의미를 이용하고 있다. 이부키는 '숨결'을 뜻하며 동시에
시가 현과 기후 현 사이에 높이 솟은 산의 이름이다. '이 멋진 집에서는
눈 쌓인 이부키 산을 매일 보며 여유롭게 겨울을 나겠구나.' 또한 집이
몹시 추워 집 안에서도 자신의 흰 숨결을 볼 수 있었다.

묵을 곳 구해
이름을 대게 하는
첫 겨울비

宿借りて名を名乗らする時雨哉

"겨울을 알리는 비가 몹시 쓸쓸하게 내리는 저녁, 하룻밤 묵을 곳을 구해 불을 지피고 젖은 소매를 말린 후 뜨거운 물로 목을 축이니, 주인의 인정 넘치는 대접에 잠시 객지에서의 외로움을 달랠 수 있었다. 날이 저물어 등불 밑에 엎드려 지필묵을 꺼내 글을 쓰는 것을 보고 '한 번 만난 증표를 남겨 달라'고 조르길래."라고 하이쿠 앞에 적었다. 시즈오카 현 시마다에 사는 하이쿠 시인 조슈如舟의 집에 묵을 때 쓴 인사의 하이쿠이다. 조슈는 이때 처음 바쇼를 알게 되어 문하생이 되었다.

어찌 되었든
죽지 않았다 눈 속
마른 억새꽃

ともかくもならでや雪の枯尾花
　　　　　　　　　 ゆき　 かれおばな

"이 세상에 정착할 곳이 없어 지난 6, 7년을 객지에서 밤을 보내며 많
은 병을 앓았다. 여러 해 동안 가깝게 지낸 벗들과 문하생들의 정을 잊
을 수 없어 다시 에도로 돌아왔다. 날마다 사람들이 내 초라한 집을 방
문하기에 그 답으로 이 하이쿠를 쓴다." 48세의 겨울, 『오쿠노호소미치』
여행 후 오랜만에 에도에 돌아와 '어쨌든 들판의 참억새처럼 눈 속에서
도 쓰러지지 않고 이렇게 돌아왔다.'라고 읊고 있다. 지금까지 걸어온
기나긴 길, 그리고 여행의 종언에 대한 암시가 담겨 있다. 에도의 문하
생들이 기쁨에 넘쳐 모여들었지만, 이것이 에도로 돌아온 마지막 여행
이 되었다.

7

휘파람새가

떡에다 똥을 누는

툇마루 끝

うぐいす　もち　ふん　えん　さき
鶯　や餅に糞する椽の先

화창한 봄날 툇마루에 말리는 떡에 새가 똥을 싸고 갔다. 매우 평범한
내용이지만 바쇼는 스스로 '바로 이런 하이쿠를 쓰려고 노력해 왔다.'
고 단언했다. 어떤 시어나 소재가 거의 자동적으로 정해진 감정이나 연
상을 불러일으키는 경우가 있는데, 그중 하나가 예로부터 시에 등장한
'휘파람새'이다. 휘파람새는 매화와 어울리며 고상함과 우아함을 상징
한다. 시인은 이 고정된 이미지의 힘을 빌리면서 또 그 이미지를 뛰어
넘은 세계를 표현한다. 바쇼 하이쿠 문학의 마지막 일곱 번째 시기는
긴 여행과 방랑을 마치고 돌아온 48세의 겨울부터 51세로 생을 마칠
때까지이다. 마지막 날들까지 하이쿠의 완성을 추구하는 대가의 모습
이 드러나는 시기이다.

사람들 보지 않아도
봄이다
손거울 뒤 매화

ひと み はる かがみ うら うめ
人 も 見ぬ 春や 鏡 の 裏の 梅

사람이 보지 않는 손거울 뒷면에서 조용히 봄을 맞이하는 매화가 있
다. 거울은 앞면만 보고 뒷면을 잘 보지 않지만, 예부터 손거울 등의 뒷
면에는 꽃이나 새, 학, 거북이 등의 그림을 그렸다. 지금 그 거울 뒷면에
매화가 만개해 있다. 세계의 뒤편에 고요히 숨어 있는 것을 향한 애틋
한 마음과, 자신의 인생을 거울의 뒷면에 배치한 심경이 드러난다. '거
울 속에서는 봄을 볼 수 없지만, 거울 뒷면에는 이미 봄이 와 있다'는
의미도 담겨 있다. 49세의 음력 1월 1일에 지은 하이쿠이다.

부러워라
속세의 북쪽에 핀
산벚나무

うらやまし 浮世の北の山桜

평민 출신의 구쿠는 마흔이 넘어 삭발하고 가나자와의 산속 오두막에
은둔했다. 바쇼가 『오쿠노호소미치』 여행 중 가나자와에 머물 때 문하
생이 되었다. 오쓰의 무명암에 머물 때도 찾아왔다. 이 하이쿠는 구쿠
가 하이쿠 문집 『북쪽 산北の山(기타노야마)』을 낼 때 바쇼가 선물로 보
낸 것이다. '속세의 바깥 깊은 산에 산벚꽃이 눈부시게 피어 있다. 그대
가 살고 있는 그곳이 부럽다. 나는 지금 에도에 있어서 온갖 속세의 일
에 시달리고 있는데.' 이 무렵 바쇼는 건강의 쇠약, 조카의 병, 거처의
협소함, 문하생들의 다툼 등 많은 문제를 안고 있었다.

파초 잎 하나
기둥에 걸리라
오두막의 달

ばしょうは　はしら　か　いお　つき
芭蕉葉を 柱 に懸けん庵の月

긴 방랑을 마치고 3년여의 공백 후 에도로 돌아온 스승을 위해서 산
푸를 중심으로 문하생들이 기금을 모아 후카가와 강변에 세 번째 오두
막을 지었다. 5월 중순에 바쇼는 이곳으로 이사했다. 이때는 집 주위에
파초가 없었기 때문에 바쇼는 파초를 구해다 심자고 제안하고 있다.
그러면 잎사귀 하나를 기둥에 걸어, 이곳이 파초암임을 알리리라. 달도
그곳에 머물 것이다. 어쩌면 아직 집이 미완성이기 때문에 지붕의 서까
래 사이로 달이 보이는 것일 수도 있다. 문하생들이 곧 이전의 파초암
에서 파초를 옮겨다 심었다. 혹은 새 파초암이 완성되고 자신이 좋아
하는 파초를 옮겨 심은 기쁨, 그리고 파초 잎 한 장을 새로운 기둥에
걸고 달구경을 하는 정취를 읊은 것이라는 해석도 있다. 49세 때의 작
품이다.

패랭이꽃의
무더위 잊어버린
들국화

撫子の暑さ忘るる野菊かな
なでしこ　あつ　わす　　のぎく

패랭이꽃은 6~8월에 피는 꽃이지만 일본에서는 가을을 대표하는 일곱 가지 꽃 중 하나이다. 『만엽집(만요슈)』에서 패랭이꽃을 가을꽃으로 분류했기 때문이다. 하지만 바쇼는 패랭이꽃이 여름꽃임을 상기시키고 있다. 패랭이꽃의 옛 이름도 '도코나쓰常夏'(늘 여름)이다. 꽃이 계속 피기 때문에 항상 여름이라는 뜻이다. 그 패랭이꽃 피던 무더운 계절도 막바지에 이르고 들국화 피는 가을이 왔다. 무더위도 이제 한풀 꺾였다. 이 하이쿠는 들국화 그림에 친필로 적어 넣은 것이다. 49세의 가을.

이슬비 내리는 하늘
부용꽃에게는
좋은 날씨

<ruby>霧雨<rt>きりさめ</rt></ruby>の<ruby>空<rt>そら</rt></ruby>を<ruby>芙蓉<rt>ふよう</rt></ruby>の<ruby>天気<rt>てんき</rt></ruby><ruby>哉<rt>かな</rt></ruby>

'아름다운 부용꽃이 이슬처럼 흩뿌리는 비를 맞아 더욱 오묘해 보인
다. 이런 날씨를 부용꽃은 좋은 날씨로 여기는 듯하다.' 부용꽃은 아침
저녁에는 나팔꽃처럼 활짝 피어 있지만 햇빛이 강한 낮 동안에는 꽃잎
이 시든 것처럼 힘이 없다. 따라서 이슬비 내리는 날은 부용꽃의 날이
라 할 수 있다. 부용꽃은 흰색과 연한 홍색이 있다. 기상 조건에 따라
꽃의 색이 달라진다는 속설도 있다. 날씨에 따라 어느 정도는 꽃의 색
이 달라 보이긴 할 것이다. 사물을 투명하게 응시하는 시의 본령을 잃
지 않는 자세가 드러난다. 문하생 교리쿠가 그린 부용화 그림에 적어
준 하이쿠이다. 부용꽃과 이슬비는 가을의 계어.

밝고 둥근 달
문 쪽으로 향해 오는
밀물의 물결 마루

名月や門に指し来る潮頭
<ruby>名<rt>めい</rt></ruby><ruby>月<rt>げつ</rt></ruby>や<ruby>門<rt>もん</rt></ruby>に<ruby>指<rt>さ</rt></ruby>し<ruby>来<rt>く</rt></ruby>る<ruby>潮頭<rt>ほがしら</rt></ruby>

바쇼의 오두막은 바다로 흘러 들어가는 스미다가와 강 하구 근처에 있
었다. 음력 8월 보름이 되면 도쿄 만은 최고의 만조가 된다. 휘영청 밝
은 달빛이 오두막 문을 향해 쏟아진다. 그 보름달의 중력에 이끌려 만
조로 차오르는 흰 물결 마루도 오두막을 향해 밀려온다. 49세의 가을,
새로 지은 파초암에서 썼다. 세 번째로 신축한 이 파초암은 강물에 반
사되는 달빛을 감상할 수 있도록 설계되었다. 그래서 밀물 때는 대문으
로 물마루가 밀려오는 것처럼 보였다. 고요한 달빛으로 그치지 않고 역
동적인 물결을 묘사하는 데서 심정의 변화가 느껴지는 수작이다.

강 위쪽과
여기 강 아래쪽
달의 벗

かわかみ　　　　かわしも　つき　とも
川 上 とこの 川 下 や 月 の 友

'나는 지금 여기 강 아래쪽에서 보름달을 바라보고 있다. 강 위쪽에서
도 지금쯤 같은 마음으로 달을 바라보고 있는 벗이 있을 것이다. 달이
그 벗과 나를 이어 주고 있다.' 둥근 보름달을 바라보고 있노라면 내가
아는 그 사람도 어디선가 지금 저 달을 바라보고 있을 것이라는 생각
이 들 때가 있다. 49세 가을의 작품. 강 상류에서 달을 바라보고 있는
'달의 벗'이 누구인지는 분명하지 않지만 파초암 부근에 은거해 살던
글벗 소도로 추정된다.

떠나는 가을
더욱 믿음직하다
초록색 밀감

行く秋のなほ頼もしや青蜜柑

여행을 떠나는 문하생 오토쿠니에게 보낸 작별의 하이쿠이다. 바쇼와 가까웠던 지게쓰의 동생 오토쿠니는 직업상 여행이 잦았으며, 바쇼에게 집을 구해 주는 등 경제적 지원을 했다. 다음의 하이쿠도 이때 썼다.

가는 것 또한

장래가 믿음직스럽다

초록색 밀감

行くもまた末頼もしや青蜜柑

'지금 가을이 지나가고 있다. 모든 것이 붉게 물들었지만 귤열매만은 아직 초록색으로 여름의 기운을 간직하고 있다. 모든 것이 쇠락하는 가운데, 지금부터 번창하는 것이 있다. 이처럼 그대의 여행 역시 장래가 기대되는 여행이 되기를 기원한다.'

초록이지만
당연히 그렇게 될
풋고추

青くてもあるべきものを唐辛子

고추는 여름 내내 초록색이지만 가을이면 자연히 붉은색이 된다. 49세의 가을, 오쓰 지방의 문하생 샤도가 파초암을 찾아왔다. 이를 환영하기 위해 문하생들이 모여 하이쿠 모임을 열었다. 눈에 띄게 두각을 나타낸 문하생 샤도가 에도에 온 것은 자신의 하이쿠 실력이 늘지 않는 고민 때문이었다. 말하자면 아직 풋고추였던 것이다. 젊은 시인 샤도는 초조해하고 있었다. 스승 바쇼는 그런 열정을 기뻐하며 이 하이쿠로 격려했다. 바쇼 문중의 스승과 제자의 관계가 엿보인다. 고춧가루가 매운 것은 풋고추일 때의 매운 맛을 그대로 간직하고 있기 때문이다. 샤도는 파초암에서 이듬해 봄까지 지내며 바쇼의 지도를 받았다.

소매의 빛깔

때가 타서 더 추운

쥐색의 상복

袖の色よごれて寒し濃鼠

'가까운 사람이 죽어서 입은 상복의 소매가 눈물로 때가 타 있다. 그래서 더욱 추워 보인다.' 아버지의 죽음을 슬퍼하며 상실감에 젖어 있는 문하생 센카仙化를 위로하며 지은 하이쿠이다. 그렇지 않아도 추운 계절인데, 흐르는 눈물을 닦느라 소매가 얼룩지고 새카매져서 입고 있는 상복이 더 추워 보인다. 그것이 한층 비애를 불러일으킨다. '고이네즈미濃鼠'는 짙은 쥐색 상복을 가리킨다. 40대 후반의 작품.

272

오늘만큼은
늙은 사람이 되자
초겨울 비

けふばかり 人 も 年 寄れ 初 時雨

'때맞춰 겨울비가 흩뿌린다. 이날만큼은 노인뿐 아니라 젊은 사람들도 늙은 기분이 되어 첫 겨울비의 적막한 운치를 맛보기를.' 원문은 '나이 먹는 것을 느껴 보자'의 뜻에 가깝다. 무사 출신의 교리쿠許六가 문하 생으로 입문한 해 늦가을에 에도의 아카사카에 있는 교리쿠의 집에서 바쇼를 비롯한 5인의 하이쿠 모임이 열렸다. 이때 초겨울 비가 내렸다. 49세의 바쇼가 30대의 문하생 교리쿠에 대해 오늘만은 늙은 기분이 되어 보라고 읊고 있다. '시구레時雨'는 '때맞춰 내리는 비'라는 뜻이다. 겨울비가 내리면 올해도 다 가는구나 하는 기분이 든다.

소금 절인 도미
잇몸도 시리다
생선 가게 좌판

塩鯛の歯ぐきも寒し魚の棚

바다가 거칠어 입하된 생선이 거의 없는 진열대에 절인 도미의 사체가
놓여 있다. 죽은 생선의 드러난 잇몸이 추위를 더한다. 문하생 기카쿠
의 하이쿠 '목소리가 쉰/ 원숭이 이가 희다/ 봉우리의 달'*을 읽고 바
쇼는 "그대는 특별한 걸 말하려 하고 멀리 있는 것에서 대단한 걸 발견
하려고 하지만 그것들은 모두 그대 가까이에 있다."라고 말하며 이 하
이쿠를 보여 주었다. 바쇼의 걸작 중 하나로, 평범하게 '생선 가게 좌판'
이라고 한 것이 오히려 높은 평가를 받았다.

재 속의 불
벽에는 손님의
그림자

うずみび　かべ　　きゃく　かげほうし
埋 火や壁には 客 の影法師

밖에는 눈이 내리고 있고, 방 안에는 주인과 손님 두 사람이 화롯불을
가운데 두고 앉아 있다. 대화가 오가지만 무의미한 수다가 아니다. 침
묵하고 있어도 어색하지 않은 교감이 있다. 은은하게 타는 화로 불빛에
비친 벽의 그림자와 함께 겨울밤의 고요가 깊어져 간다. 에도에 올라
온 오쓰의 무사 교쿠스이의 거처를 방문했을 때 지은 하이쿠이다. 손
님은 바쇼 자신일 수도 있고 오쓰에서 먼 길을 온 교쿠스이일 수도 있
다. '재 속의 불'은 겨울의 계어.

가까이 와서
감상하라 꽃병의
매화와 동백

打ち寄りて 花 入 探れ梅 椿
<small>う　　よ　　　はないれさぐ　うめつばき</small>

49세의 겨울, 에도의 의사 초도彫棠의 집에서 문하생 기카쿠, 도린桃隣
등과 함께 하이쿠 모임을 가졌다. 이때 집주인을 위해 지은 인사의 하
이쿠다. 초도는 기카쿠에게서 하이쿠를 배웠다. 밖에 핀 매화와 동백
꽃이 아니라 꽃병에 핀(혹은 꽃병에 그려진) 매화와 동백을 자세히 살펴
보라는 데 해학이 있다. 봄을 기다리다 못해 이른 봄의 매화나 동백의
향기를 찾아다니며 감상하는 것探梅은 야외에서 하는 일인데, 뜻밖에
도 이 꽃병에 일찍 핀 매화와 동백이 있으므로 모두 와서 감상하자는
의미이다.

고추에

날개를 붙이면

고추잠자리

とうがらし はね　　　　　あか
唐 辛子 羽 をつけたら 赤 とんぼ

문하생 기카쿠가 자신이 지은 다음의 하이쿠를 들고 왔다.

고추잠자리

날개를 떼어 내면

한 개의 고추

あか　　　　　はね　　と　　　とうがらし
赤 とんぼ 羽 根を取ったら 唐 辛子

그러자 바쇼는 "기카쿠여, 그대는 이 하이쿠가 해학적이며 참신하다 자랑할지 모르지만, 죽이는 것은 하이쿠의 정신에 어긋난다."라며 수정을 가해 위의 하이쿠를 지었다. 하이쿠의 성인이라 불리는 사람이 십대제자 중에서도 수제자인 사람과 이마를 맞대고 이런 바보 같은 대화를 주고받고 있지만 잠자리의 목숨이 걸린 일이다.

대합조개가
살아남아 비싸진
한 해 끝 무렵

はまぐり　い　　　　　とし　くれ
蛤　の生けるかひあれ 年 の 暮

딱딱한 껍질이 있어서 대합은 다행히 살아남았다. 그 결과 연말이 되면 대접을 받는다. 음력설에는 전통적으로 대합조개로 국을 끓이기 때문이다. 하이쿠 시인으로서 대합조개 같은 오두막에 틀어박혀 살고 있는 자신의 처지를 암시한 면도 있다. 바쇼는 직접 해초 위에 세 개의 대합을 담채화로 그리고, 이 하이쿠를 적어 넣었다. '조개貝', '보람甲斐', '값買' 세 단어의 발음かい이 모두 같은 것을 이용해 '대합조개가 죽지 않고 살아남은 보람으로 대접받는다'라는 의미를 담았다.

흰 물고기
검은 눈을 뜬
진리의 그물

しらうお　くろ　め　あ　のり　あみ
白魚や黒き目を明く法の網

10세기 당나라 말기에 '새우'라는 별명을 가진 현자蜆子라는 선승이 있었다. 기행을 일삼은 그는 날마다 강으로 가서 새우를 잡아먹은 것으로 유명하다. 이 일화는 화가들에게 인기 있는 소재가 되어, 부처가 '진리의 그물'로 중생을 구제하는 선화로 묘사되었다. 바쇼는 새우를 백어로 바꾸어 깨달음의 그물에 걸려 검은 눈을 반짝이는 모습을 묘사했다. 백어는 전신이 투명하지만 두 눈의 검은 점은 알아볼 수 있다. 그래서 백어의 뜬 눈은 예로부터 깨달음의 상징이었다. 50세의 작품.

문학적 재능은
내려놓으라
깊이 보는 꽃

風月の財も離れよ深見艸
ふうげつ ざい はな ふかみぐさ

'꽃의 왕花王이라 불리는 모란은 화려하고 아름다운 꽃이다. 그 꽃을
볼 때는 잠시 문학적 재능은 잊고 그저 그 아름다움에 취하는 것이 좋
다.' 50세의 여름에 썼으므로 문하생들에게 주는 마지막 가르침이다.
원문의 '심견초深見艸', 즉 '깊이 보는 꽃'은 모란의 다른 이름이다. 시인
이 되려는 목적이나 목표를 내려놓고 사물을 깊이 보라는 충고이다. 그
림에 재능이 뛰어나 바쇼가 그림을 배우기도 했던 문하생 교리쿠가 그
린 모란 그림의 여백에 써넣은 하이쿠이다.

물이 불어나
별도 객지 잠 자네
바위 위에서

たかみず　ほし　　たびね　いわ　うえ
高 水 に 星 も 旅 寝 や 岩 の 上

은하수 양쪽 둑에 있는 견우성과 직녀성이 1년에 한 번 만난다는 칠석날은 더위도 끝나고 장마도 그친 시기이지만 이날 비가 오면 두 연인은 만날 수 없다. '다나바타七夕'라고 읽는 일본의 칠석은 메이지유신 때 음력 사용을 폐지함으로써 우리와 달리 양력으로 하는데, 가늘고 긴 종이나 천에 소원을 적어 대나무에 매다는 마쓰리(축제)가 전국에서 열린다. 이날 밤 큰 비가 내려 별은 보이지 않고, 건강이 좋지 않은 스승을 위문하러 산푸가 파초암을 찾았다. 입추 뒤라서 칠석날은 가을의 계어이다.

젖버섯아재비

아직 날짜 지나지 않은

가을의 이슬

初 茸 やまだ日 数 経ぬ 秋 の 露

달력상으로는 가을이지만 아직 며칠 지나지 않았기 때문에 소나무 숲
사이에 향기 좋은 젖버섯아재비가 얼굴을 나타냈다. 그래도 가을답게
버섯에 아침 이슬이 붙어 있다. '아직 날짜 지나지 않은'이 앞뒤에 걸려
나팔버섯의 미성숙함을 말함과 동시에 아직 가을이 깊지 않음을 암시
하고 있다. 또한 결국 조만간 가을이 깊어져 마감할 때가 다가오리라는
느낌도 담았다. 젖버섯아재비는 가을에 소나무가 있는 숲 속 땅에 무리
지어 자라는 식용 버섯으로 상처를 입으면 붉은색 즙이 나와 청록색
으로 변한다. '가을의 이슬'은 이 즙을 묘사한 것이라는 해석도 있다.

송이버섯
찢어진 곳만큼은
소나무 모양

まつたけ
松 茸 やかぶれたほどは 松 の 形
まつ　なり

송이버섯은 한국과 마찬가지로 일본에서도 최고의 버섯이다. 낯익은
버섯이지만 새삼스럽게 송이버섯을 바라본다. 그 이름 자체에서는 소
나무를 상상하기 어렵다. 왜냐하면 형태가 아니라 소나무 숲에서 발견
되기 때문에 지어진 이름이라서 그렇다. 하지만 다시 바라보고 있노라
면 버섯 갓의 긁혀서 변색된 부분은 소나무의 피부와 비슷하다는 발
상이다. '송이버섯'은 가을의 계어. 41세에서 51세 사이의 작품이다.

보름 다음 날 밤
적지만
어둠의 시작

<ruby>十六夜<rt>いざよい</rt></ruby>はわづかに <ruby>闇<rt>やみ</rt></ruby>の <ruby>初<rt>はじ</rt></ruby>め <ruby>哉<rt>かな</rt></ruby>

'오늘 음력 16일의 달은 어제의 보름달과 다름없이 밝게 빛나고 있다. 그러나 아주 조금이지만 어둠을 향해 달은 이지러지기 시작했다. 나날이 그 어둠이 커져 가리라는 징후가 이미 나타나 있다.' 이때까지 시에서는 기우는 달을 이야기할 때 항상 점점 줄어드는 빛을 강조했지만, 바쇼의 남다른 관찰력은 상황의 다른 쪽 측면을 보고 점점 증가하는 어둠의 양을 바라본다. 어둠의 시작이라는 감성이 뛰어나다. 죽음을 한 해 앞둔 때의 하이쿠라서 더 상징적이다. 50세의 음력 8월 16일에 쓴 작품.

나팔꽃이여
너마저 나의 벗이
될 수 없구나

あさがお　これ　またわ　とも
　　朝顔 や是 も又我 が友 ならず

50세의 여름, 더위에 체력이 무너진 바쇼는 음력 7월 중순부터 한 달
동안 방문객도 사절하고 파초암에 칩거했다. 이때는 나팔꽃이 지는 시
기. 나팔꽃은 여름에 피지만 가을의 계어이다. 이때 쓴 '문 닫는 글閉関
の説'에서 바쇼는 요시다 겐코의 『도연초(쓰레즈레구사)』의 구절을 인용
한다. "목숨 가진 존재로 인간만큼 오래 사는 것도 없다. 하루살이는
저녁을 못 넘기고, 여름 매미는 봄가을을 모른 채 마감한다. 영원히 살
지도 못하는 이 세상에 오래 살아 추한 자신의 모습을 보는 것이 무슨
의미가 있는가? 목숨이 길면 그만큼 부끄러운 일도 많아진다."

나팔꽃 피어
낮에는 자물쇠 채우는
문의 울타리

<ruby>朝顔<rt>あさがお</rt></ruby>や<ruby>昼<rt>ひる</rt></ruby>は <ruby>錠<rt>じょう</rt></ruby> おろす<ruby>門<rt>もん</rt></ruby>の<ruby>垣<rt>かき</rt></ruby>

'매일 아침 울타리에는 나팔꽃이 피어 있다. 그 나팔꽃을 유일한 벗으로 바라볼 뿐, 낮에도 오두막 문에 단단한 걸쇠를 내려 사람들을 만나지 않고 칩거하고 있는 요즘의 내 모습이다.' 뙤약볕 속에 핀 나팔꽃은 오히려 정적을 느끼게 한다. 이 무렵 고독을 달래 준 유일한 말벗은 나팔꽃이었다. 그러나 그것마저 깊은 고독을 위로해 주진 못했다. '문 닫는 글'의 마지막에 실은 하이쿠이다. 단순하고 평이한 문투이지만 이 무렵의 바쇼의 고독감과 고립감을 가장 잘 나타내 주고 있다. 파초암이 있던 도쿄 동쪽의 후카가와에서는 지금도 나팔꽃을 흔히 볼 수 있다.

달 보니 생각나네
가면을 쓰지 않고
연기하던 얼굴

月 やその 鉢 木 の日のした 面

문하생 센포沾圃의 아버지 고쇼겐古將監은 노 악극의 이름난 연기자였다. 악극 〈하치노키鉢木(화분에 심은 나무)〉에서 그가 연기한 무사는 귀신이 아니라 실재 인물이어서 가면을 쓰지 않았다. 저 겨울 달을 바라보고 있으니 지금은 고인이 된, 달처럼 아름답던 그 얼굴이 떠오른다. 그가 그 배역을 연기하던 날도 오늘처럼 달이 빛났었다. '시타오모테下面'는 노 악극의 연기자가 가면을 쓰지 않은 맨 얼굴로 연기하는 것을 말한다. 〈하치노키〉는 늙고 가난한 무사의 집에 어느 눈 내리는 밤, 여행하던 승려가 하룻밤 잠자리를 청하는 것으로 이야기가 시작된다. 무사는 조밥을 차려 주고 장작이 없어서 아끼던 화분의 나무를 잘라 불을 피우는 등 최선을 다해 대접한다.

287

가을바람에
꺾여서 슬프다
뽕나무 지팡이

あきかぜ　お　　かな　　くわ　つえ
秋風に折れて悲しき桑の杖

50세 가을, 가장 오래된 문하생 란란嵐蘭이 갑자기 죽었다. 란란은 잘
나가는 무사였으나 44세에 무사직을 버리고 하이쿠에 전념했다. 노장
사상에도 일가견이 있어서 바쇼와 가까웠다. 란란의 비보를 들은 바쇼
는 무덤 앞에서 이 애도의 하이쿠를 읊었다. '슬프다'는 단어가 직접적
으로 들어가 있지만 비통함을 억제한 표현력이 뛰어나다. 슬픔 중에도
'아키카제니 오레테카나시키 쿠와노쓰에'의 운율이 살아 있다. 만년의
고독과 우수가 깃든 작품이다. 뽕나무는 나무 속이 비어 있어서 부러
지기 쉽다. 지팡이처럼 의지하던 문하생의 죽음에 바쇼의 마음속에도
공동이 생겼다. 이해 봄에는 파초암에서 지내던 조카 도인桃印도 병사
했다. 바쇼 자신도 지팡이처럼 꺾여 가고 있다. 뽕나무 지팡이는 실제
로 바쇼가 애용한 것으로, 뽕나무 지팡이를 든 자화상도 있다.

보았는가 그
이렛날 무덤 위의
초사흘 달

見^みしやその七日^{なのか}は墓^{はか}の三日^{みか}の月^{つき}

역시 문하생 란란의 죽음을 애도한 하이쿠이다. 49재의 첫 칠일제 날, 정들었던 문하생의 무덤을 찾아가니 하늘에는 초사흘 달이 떴다. '란란이여, 그대도 보고 있는가? 이 무덤 위에 걸린 초사흘 달을.' 초사흘 달은 떴다가 곧 지기 때문에 란란의 때 이른 죽음을 상징한다. 애통함을 노래한 앞의 하이쿠와 달리 하늘에 걸린 초승달이 슬픔을 서정으로 승화시키고 있다. '미시야소노 나노카와하카노 미카노쓰키'의 운율이 노래 같다. 바쇼도 이듬해 세상을 떴다. '초사흘 달'은 가을의 계어.

흰 이슬도
흘리지 않는 싸리의
너울거림

しらつゆ　　　　　　はぎ　　　　　かな
白露もこぼさぬ萩のうねり哉

싸리나무는 꽃이 피면 긴 대가 무거워져 아래로 늘어진다. 지금 싸리
나무는 꽃뿐 아니라 꽃에 얹힌 투명한 이슬까지도 흘리지 않고 너울거
리고 있다. 죽기 1년 전 작품으로, 그동안 변함없이 경제적 지원을 해
온 문하생 산푸의 별장 앞에 새로 심은 싸리나무를 보고 쓴 기념시이
다. 덧없는 목숨을 얻고 간신히 버티는 자신의 육체에 대한 소회가 담
겨 있다. '흰 이슬白露'은 '희게 반짝이는 이슬'로 가을의 계어이다.

국화 한 송이
피어 있네 석재상
돌들 사이

きく　はなさ　いしや　いし　あい
菊の花咲くや石屋の石の間

거칠고 삭막한 석재상의 돌들 사이에 국화가 산뜻하고 청초하게 피어
있다. 국화를 가꾸는 석재상 주인의 마음도 어렴풋이 담겨 있다. 에도
의 핫초보리八丁堀에서 지은 하이쿠이다. 그 시대에 핫초보리에는 석재
상이 많았다. 가메지마가와 강과 스미다가와 강이 있어 배로 운반하기
편리했기 때문이다. 바쇼가 무엇 때문에 이 근방을 걷고 있었는지는
기록에 없다. 현재 가메지마가와 강의 다리 옆에 이 하이쿠를 새긴 시
비가 있다. 50세 때의 작품.

국화꽃 지면
흰 무밖에는
아무것도 없다

菊 の 後 大 根 の 外 更 になし
<small>きく　のちだいこん　ほかさら</small>

국화는 모든 꽃의 마지막이다. 국화가 지면 봄이 될 때까지 꽃은 더 이
상 없다. 그래서 문인들은 국화 지는 것을 안타까워한다. 일본 왕실의
문양도 국화이다. 수백 년간 일본의 문학 교과서였던 헤이안 시대의 가
집 『화한낭영집和漢朗詠集(와칸로에이슈)』에서도 국화를 사랑하는 이유
로 '이 꽃 후에는 꽃이 없기 때문'이라는 한시가 실려 있다. 그러나 바
쇼는 '무가 있지 않은가' 하고 주장하고 있다. 국화 후에는 무밖에 아무
것도 없다고 강조함으로써 국화를 높이 치켜세우는 기존의 미의식을
희화하고 있다.

이슬 한 방울도
엎지르지 않는
국화의 얼음

ひとつゆ　　　　きく　こおり
一 露 もこぼさぬ菊 の 氷 かな

『산가집(산카슈)』에 실린 사이교의 시 '끝내 버려질/ 목숨을 사랑하는/
사람은 모두/ 여러 가지 황금을/ 가지고 돌아오리'*에서 소재를 얻었다
고 밝히고 있다. 중국 월나라 왕의 충신 범려范蠡는 후에 재산가가 되
었다. 그러나 둘째 아들이 사람을 죽여 그것을 금으로 해결하려고 장
남에게 금을 들려 보냈다. 장남은 금이 아까워 내놓지 않았고 둘째 아
들은 사형을 당했다. '늦가을 국화꽃에 아침 이슬이 얼어붙어 있다. 국
화꽃은 얼음을 금화처럼 소중히 여기고 놓지 않으려 하는 듯하다. 범려
의 장남 같기도 하고 목숨을 아끼는 사람 같기도 하다.' 세상을 떠나기
전해의 작품임을 알면 느낌이 다르다.

첫 겨울비
내가 처음 쓰는 글자는
첫 겨울비

はつしぐれはつ　じ　わ　しぐれかな
初 時雨 初 の字を我が時雨 哉

'첫 겨울비 내리네/ 첫이라는 글자를/ 나의 겨울비에'로 번역할 수도
있다. 의미가 약간 난해한 하이쿠이지만 '첫 겨울비가 내렸다. 그 첫 겨
울비처럼 나도 처음으로 당신을 만났다.'의 뜻이 담긴 것으로 해석된다.
문하생 잇포一蜂는 바쇼 7주기 추모 문집에서 "이 하이쿠는 바쇼를 집
으로 초대한 어떤 이에게 준 인사의 시다. 바쇼는 그 사람을 처음 만났
고, 그래서 '처음初'이라는 글자를 강조한 것이다."라고 적었다. 잇포가
이 만남에 동행했다.

잎 등지고 핀
동백나무의 꽃
냉정한 마음

は　　　　　　つばき　はな　　　　ごころ
葉にそむく 椿 の花やよそ 心

동백꽃이 피어 있지만 그 잎은 꽃과는 반대쪽을 향하고 있다. 잎은 꽃
에게, 꽃은 잎에게 왠지 서로 무관심해 보인다. '요소고코로よそ心'는 전
혀 자기와 상관없다고 생각하는 마음이다. 이 하이쿠에는 일화가 있다.
바쇼가 이 하이쿠를 지었을 때 한 문하생이 바쇼에게 비슷한 하이쿠
를 고사이ㄱ齋라는 문하생이 지었다고 말하자 바쇼는 즉시 던져 버렸
다. 고사이의 하이쿠는 '유감이구나/ 저쪽을 바라보는/ 동백꽃'*이었다.

갖고 싶어라
자루 안에 있는
달과 꽃

物<ruby>物<rt>もの</rt></ruby>ほしや 袋 のうちの 月 と 花

포대布袋 화상의 그림에 적어 넣은 하이쿠이다. 포대 화상은 배가 뚱뚱하고 항상 자루를 메고 있으며 한 손가락은 하늘을 가리키는, 행운을 가져다주는 신이다. 일본에서는 칠복신 중의 하나이지만 중국 후양 시대의 실존 인물이다. 소용되는 물건은 모두 자루 속에 넣어 가지고 다니기 때문에 '포대 화상'이라고 불리게 되었다. 대부분의 사람들은 필요한 물건을 원하지만 바쇼는 달과 꽃으로 상징되는 더 많은 계절, 더 많은 시, 그리고 더 많은 깨달음을 원하고 있다.

아이 싫다고
말하는 이에게는
꽃도 없어라

子に飽くと申す人には花もなし

생애 후반기의 작품으로 추정된다. 이 하이쿠의 의미를 결정짓는 '아쿠
飽く'에는 두 가지 서로 다른 의미가 있다. 첫 번째는 '만족하다', '충분
하다'이고, 두 번째는 '싫증 나다', '물리다'의 의미이다. 따라서 '아이를
키우는 것으로 충분하다고 말하는 이에게는 꽃도 없다'는 뜻도 된다.
바쇼가 어떤 배경과 의미에서 이 하이쿠를 지었는가는 불분명하지만,
아이들을 싫어하거나 많은 아이들을 키우느라 지친 사람은 꽃을 즐길
마음의 여유도 없다는 의미인 듯하다. 사랑이 없으면 꽃을 감상하는
것도 불가능하다는 것이다.

살아 있는데
한 덩어리로 얼어붙은
해삼들

いきながら 一 つに 冰 る 海鼠かな
<small>ひと　　こお　なまこ</small>

바쇼 하이쿠의 특징 중 하나는 마지막 구에서 뜻밖의 전환을 해서 신
선한 이미지를 환기시킨다는 것이다. '살아 있는데 한 덩어리로 얼어붙
은' 다음에 '해삼'을 배치함으로써 예상 밖의 상상을 불러일으킨다. 죽
기 전해의 작품으로, 바쇼가 만년에 역설한 가루미(평범한 일상에서 소재
를 찾는 것)의 경지가 나타난다. 한 덩어리로 얼어붙은 생선 가게의 해삼
이 해학적이면서도 웃음만으로 끝낼 수 없는 연민의 감정을 불러일으
킨다. '해삼'은 겨울의 계어.

일 년에 한 번
소중하게 뜯는
냉이풀

<ruby>一<rt>ひと</rt></ruby> とせに <ruby>一度<rt>いちどつ</rt></ruby>摘まるる <ruby>薺<rt>なずな</rt></ruby> かな

일본에서는 음력 1월 7일 아침에 일곱 가지 푸성귀七草(나나쿠사)로 죽
七草粥(나나쿠사가유)을 끓여 먹는 풍습이 있다. 냉이, 미나리, 떡쑥, 별꽃,
광대나물, 순무, 무를 데쳐 잘게 썰어 야채 죽을 끓인다. 겨울 동안 부
족했던 채소를 섭취함으로써 건강을 기원하고 새로 오는 봄을 축하하
는 의미가 담긴 세시풍속이다. 한편으로는 연말과 정초에 과음하고 과
식한 위장을 달래려는 목적도 있다. 데친 물로는 손을 씻어 액운을 물
리친다. 봄이 지나면 냉이는 잡초로 전락한다. 다음의 하이쿠도 썼다.

　오래된 밭

　냉이 뜯으러 가는

　남자들
<ruby>古<rt>ふる</rt></ruby> <ruby>畑<rt>はた</rt></ruby>やなづな<ruby>摘<rt>つ</rt></ruby>みゆく <ruby>男<rt>おとこ</rt></ruby> ども

눈 그친 사이
연보랏빛으로 돋는
땅두릅나물

ゆきま うすむらさき め うど かな
雪間より薄　紫　の芽独活哉

두릅 중에서 가장 고급에 속하는 것이 향이 뛰어난 땅두릅나물이다.
여러해살이 식물로 산간의 비탈에 주로 자란다. 한국, 일본, 중국에 널
리 분포되어 있어서 예로부터 봄에 올라오는 새순을 데쳐서 먹었다. 그
땅두릅이 눈 속에서 빨리도 싹을 내밀고 있다. 봄을 찾아낸 솔직한 감
동, 단순한 자연 속 발견을 시로 썼다. 본 것인지, 뜯어다 먹은 것인지는
기록에 없다. '연보랏빛'에서 한없이 연약한 새싹이 느껴진다. 그 싹이
1.5미터까지 자라 나무처럼 보이지만 풀이다.

매화 향기에
불쑥 해 나타나는
산길

_{うめ か   ひ で やまじかな}
梅が香にのつと日の出る山路哉

어둑어둑한 새벽녘에 길 떠나 산길을 걷고 있는데 어디선가 매화 향기
가 은은하게 감돈다. 그 향기의 방향을 찾아 고개를 드는 순간 산등성
에서 '불쑥' 해가 솟아오른다. 그 아침 해의 얼굴에서 봄이 느껴진다.
그러나 매화 향에 해가 떠오른다는 것은 전혀 과학적이지 않은 발언이
다. 오히려 해가 떠오르면 대기가 따뜻해져서 꽃 향이 증가한다. 그러
나 바쇼는 산길에 은은히 풍기는 매화 향과 아무 예고 없이 갑자기 나
타난 아침 해를 연결시켜 후각에서 이어지는 시각적 효과를 노리고 있
다. 51세의 마지막 봄에 지은 하이쿠이다. 문하생들과 함께 읊은 하이
쿠 문집 『숯 가마니炭俵(스미다와라)』에 첫 번째로 실린 작품이다.

매화 향기에
가던 발길 돌리는
겨울 추위여

うめ　か　お　　　　　　　　　　　　　さむ
梅が香に追ひもどさるる寒さかな

매화가 피었다고 곧 봄이 온 것은 아니다. 봄의 전령 매화꽃이 피어 마음에는 따뜻한 봄기운이 느껴지지만 막바지 꽃샘추위가 가던 발길을 돌려 되돌아온다. 매화 향기에 이끌려 시의 화자도 가던 발길을 돌리듯이 겨울 추위도 그렇게 돌아오는 것이 아닌가 여겨진다. 시의 의미를 되짚으면, 아직 추위가 심한 계절에 무엇보다 일찍 꽃의 형태를 갖추고 찬 공기에 향기를 얹는 것이 매화이다. 봄이 다 왔을 때 피는 벚꽃과는 달리 이른 봄에 추위를 이기고 피는 매화 특유의 청초함과 아름다움이 있다. 41세에서 51세 사이의 작품.

박쥐여 너도
나오라 이 세상의
새와 꽃으로

こうもり　い　　うきよ　はな　とり
蝙蝠 も 出でよ 浮世の 華に 鳥

'바야흐로 새봄이 와서 벚꽃은 한창이고 새들과 사람들은 밖으로 나
와 벚꽃 놀이를 즐기고 있다. 항상 어두운 동굴에 틀어박혀 사는 박쥐
여, 왜 너도 세상 밖으로 나오지 않니?' 동굴 속 박쥐는 어두컴컴한 절
에서 지내는 검은색 승복 입은 승려를 암시한다. 후반기의 작품으로
추정되며, 여행을 떠나는 어느 승려에게 준 송별의 시라는 기록이 문하
생 시코가 펴낸 『서화집西華集(사이카슈)』에 있지만 이 역시 확실한 것은
아니다.

봄비 내려
벌집 타고 흐르네
지붕이 새어

春^{はるさめ}雨や蜂^{はち}の巣^すつたふ屋根^{やね}の漏^もり

작년 여름에 생긴 작은 벌집이 처마 아래 매달려 있어서 지붕에서 샌
빗물이 그 벌집을 타고 방울져 떨어진다. 단지 그것뿐이지만 언외에서
봄비 내리는 날의 정취가 느껴진다. 세상을 떠나던 해 파초암에서 쓴,
봄비의 조용함과 쓸쓸함을 읊은 대표작 중 하나이다. 이 시기, 문하생
들 중 몇 명은 바쇼의 시정신을 이해하지 못하고 떨어져 나가거나 문하
생들 사이에 다툼이 일어 바쇼는 마음이 울적해져 있었다. 그래서 작
년의 벌집에 시선이 멎고 고독감 속에 봄비를 바라보았는지도 모른다.

봄날 밤은
벚꽃에 밝아 오며
끝이 나누나

春の夜は 桜 に明けてしまひけり
はる　よ　さくら　あ

봄날 밤은 어슴푸레 동이 터 고운 새벽빛이 벚꽃을 물들이며 완전히
밝는다. 언제 썼는지 불분명한 작품이다. 지은 시기에 따라 해석이 달
라진다. 초기작이라면 당시의 시풍대로 '밤 벚꽃 놀이를 하는 사이에
짧은 봄밤이 일찍 밝았다'는 뜻이다. 후기작이라면 '만개한 벚꽃의 흰
색으로 날이 어렴풋이 밝아 오면서 밤이 물러간다'의 의미이다. 주로
후기작으로 여겨진다. 바쇼 이후 최고의 하이쿠 시인으로 꼽히는 요사
부손与謝蕪村의 마지막 하이쿠도 '흰 매화꽃에/ 밝아져 가는/ 밤이 되
리니'*이다.

나비와 새도
들떠서 나는구나
꽃구름

蝶 鳥の浮つき立つや花の雲
ちょうとり　うわ　　た　　はな　くも

'봄이 절정에 이르러 구름으로 착각할 정도로 벚꽃이 하늘을 뒤덮었
다. 이 무렵이면 꽃구경 나온 사람뿐 아니라 새도 나비도 마음이 들떠
서 공중의 꽃구름 위를 날아다닌다.' 원문의 '하나노쿠모花の雲'는 많은
벚꽃이 피어 구름처럼 보이는 모양을 가리킨다. 48세의 봄에 시가 현
의 에이겐지永源寺 절을 찾아갔을 때 읊은 하이쿠라는 설도 있지만, 시
의 발상이나 전개가 평이해 초기작으로 여기는 사람도 있다.

봄비 내리네
쑥 더 길게 자라는
풀길을 따라

はるさめ　よもぎ　　　　くさ　みち
春 雨 や 蓬 をのばす 艸 の 道

후카가와의 물가에서 읊은 하이쿠이다. 아직 흙과 마른 풀이 눈에 띄
는 길에 봄비가 부슬부슬 내린다. 그 비를 맞고 향기 나는 쑥이 점점
더 길게 줄기를 내밀어 봄의 도래를 알리고 있다. 마지막 해의 작품으
로는 평이한 느낌을 주는 하이쿠라고 할 수도 있으나, 눈에 보이는 자
연의 풍경과 일체가 된, 단순하면서 깊은 세계가 있다. 쑥이 길게 자란,
사람 다니지 않는 풀길이 멀리까지 이어지는 곳에서 봄비를 맞으며 죽
음을 앞둔 바쇼가 느낀 것이 아무 수식 없이 담담하게 그려져 있다.

춥지 않은
이슬이구나
모란꽃 속의 꿀

寒からぬ露や牡丹の花の蜜
（さむ　　つゆ　ぼたん　はな　みつ）

초여름의 계어 모란과 가을의 계어 이슬이 함께 있지만 모란꽃이 주가
된 여름의 하이쿠이다. 생애 마지막 해의 초여름, 문하생 도린의 새로
지은 집을 축하하며 그림에 적어 선물했다. '모란이 피어 있으니 좋은
집이다. 꽃 속에 가득한 꿀처럼 춥지 않으리라.' 도린은 바쇼의 사촌 동
생으로, 이익 추구를 싫어해 놀고 지내다가 40세가 넘어 바쇼의 주선
으로 하이쿠 지도자로 독립했다. 바쇼 사후에 『오쿠노호소미치』 여정
을 더듬어 여행도 했지만, 바쇼의 이른 죽음으로 방패막이를 잃고 몰
락해 비참한 만년을 보냈다.

나무에 가려
찻잎 따는 이도 듣는가
두견새 울음

木隠れて 茶摘みも聞くやほととぎす

'어딘가에서 두견새가 울고 있다. 차나무에 가려 어른거리는, 찻잎 따느라 바쁜 여인도 그 울음소리를 듣고 있겠지?' 바쇼가 최후의 여행을 떠나기 전 5월, 시인 가시와기 소류柏木素竜가 파초암에서 하룻밤 묵으며 자신이 최근에 쓴 시를 보여 주자 바쇼는 "나에게도 한 수 있다."라며 이 하이쿠를 읊었다. 따라서 눈에 보이는 것을 즉흥적으로 읊은 것이 아니라 차밭에서 본 낯익은 풍경을 상상하며 지은 작품이다. '찻잎 따는 이'와 '두견새' 사이에 '나무 뒤에 숨어'를 배치함으로써 시에 깊이가 생겨났다.

수국 피었네
덤불처럼 별채의
작은 앞뜰

紫陽花や薮を小庭の別座舖
あじさい やぶ こにわ べつざしき

51세의 음력 5월, 바쇼는 교토 지역으로 생애 마지막 여행을 떠났다. 수국의 계절이었다. 그 닷새 전 에도의 문하생 시산子珊의 집 별채에서 문하생들이 연 송별 하이쿠 모임에서 집주인을 위해 읊은 인사의 하이쿠이다. 별채의 작은 앞뜰은 인위적인 꾸밈없이 시골집답게 소박해, 수국만 자연 그대로 우거져 조용히 장맛비를 기다리고 있었다. 그 미묘하게 화사한 수국이 여행을 앞둔 마음에 꽂혔다.

보리 이삭을
의지해 부여잡는
작별이어라

むぎ　ほ　ちから　　　　　わか
麦の穂を 力 につかむ別れかな

음력 5월 11일, 마지막 여행을 떠나기 위해 에도를 출발하면서 가와사
키(도쿄 남쪽의 도시)까지 송별하러 나온 사람들에게 준 작별의 하이쿠
이다. 문학적 수사가 담겨 있긴 해도 이때 이미 체력이 바닥나고 몸은
허약해져 있었다. 실제로 비틀거리는 발걸음으로 떠나갔는지는 모르지
만 배웅하는 문하생들 모두가 '이것으로 마지막'이라는 생각이 들었을
것이다. 역학적으로 전혀 의지할 수 없는 보리 이삭에 의지해야만 하는
것에서 슬픔을 참는 모습과 절실함이 느껴진다. 마지막 작별의 장소에
현재 이 하이쿠를 새긴 시비가 있다. 바쇼는 하코네, 나고야를 거쳐 고
향 이가우에노로 향했다.

여름 장맛비
누에는 뽕나무 밭에서
병이 들었다

五月雨や　蚕　煩ふ桑の畑

알을 깨고 나온 누에는 네 번의 잠을 자는데, 그때마다 허물을 벗으면서 몸이 커져 마침내 누에고치를 짓는다. 한 개의 누에고치에서 1,000~1,500미터의 실이 나온다. 누에가 흰가룻병에 걸리면 양잠 농가에서는 다른 누에들에게 전염될 것을 우려해 즉시 내다 버린다. 대개 구멍을 파서 버리는데 지금 이 누에는 축축한 장맛비에 몸을 드러낸 채 꿈틀거리고 있다. 살아 있음의 부조리를 느끼게 하는 하이쿠이다. 생을 마친 해의 여름에 쓴 시로, 바쇼가 자신의 상황을 어떻게 응시하고 있는지가 행간에서 느껴진다.

휘어져서
눈 기다리는 대나무의
모양새

たわみては雪待つ竹の気色かな

대나무가 고개를 숙이고 휘어져 있다. 마치 곧 내릴 눈의 무게를 미리
느끼고 있는 듯하기도 하고, 휘어진 모습이 너무나도 눈이 내리기를 고
대하는 듯한 모양새이다. 바쇼 자신이 그린 대나무 그림에 적어 넣은
하이쿠로, 교토로 향하는 길에 장맛비에 발이 묶여 시즈오카 현 시마
다에 사는 문하생 조슈의 집에서 묵을 때 지었다. 여름에 쓴 작품이므
로 처음에는 휘어진 대나무에 대해 썼다가 그것을 보완하기 위해 '눈
기다리는'을 첨가한 것으로 보인다.

여름 장맛비
하늘을 불어 떨어뜨려라
오이 강

さみだれ　そらふ　おと　おおいがわ
五月雨の空吹き落せ大井川

'탁류가 되어 넘실대는 강이여, 숫제 장맛비 퍼붓는 어둡고 낮게 드리
워진 먹구름들을 불어서 떨어뜨려라.' 장마로 불어난 강의 역동성이 생
생하게 전해진다. 51세의 여름, 마지막 여행 중 시마다에 도착하자 그
날 밤 폭우가 쏟아부어 그해의 최고 강우량을 기록했다. 오이 강이 불
어 3일간 발이 묶였다. 그래서 하이쿠 시인 조슈의 집에서 신세를 질
때 쓴 하이쿠이다. 당시 오이 강을 건너는 유일한 수단은 사람의 어깨
에 올라앉아 건너는 것이었다. 수위가 두 자(60센티미터) 정도로 내려가
야만 가능한 일이었다.

일생을 여행으로 써레질하며
작은 논을
가고 오는 중

世を旅に代かく小田の行きもどり

'지금 저 농부가 흙을 고르며 작은 논을 왔다 갔다 하는 것처럼 나의 삶도 같은 여행을 반복하고 있다.' 나고야의 의사인 문하생 가케이荷今에게 준 하이쿠이다. 그의 집에서 3일을 묵었다. 써레질은 모내기를 하기 위해 쟁기로 간 논에 물을 끌어 들인 뒤 소를 이용해 써레로 평평하게 하는 일이다. 단순한 비유가 아니라 여행 중에 실제로 써레질 광경을 목격하고 자신의 삶도 동일한 길을 왕복하고 있음을 실감 나게 묘사했다. 초고는 '산다는 것은 여행으로 써레질하며/ 작은 논을/ 가고 오는 것'이다.

오징어 파는 이
목소리 헷갈린다
두견새 울음

烏賊売の声まぎらはし 杜宇

いか うり　こえ　　　　ほととぎす

두견새 우는 소리를 듣고 시와 노래를 읊는 것은 시인과 귀족들의 전
유물이었다. 오징어 파는 행상의 외침을 듣는 것은 평범한 사람들에게
나 어울리는 일이다. '두견새'를 읊은 초기의 하이쿠들과 비교하면 후
기의 하이쿠가 '전통문학'에서 '현실 문학'으로 변화했음을 알 수 있다.
창작 연대는 후반기로만 추정되나 '가루미'(평범한 일상에서 소재를 찾는
것)의 분위기로 보아 생애 마지막 해의 작품으로 여겨진다. 어깨에 멘
장대의 앞뒤에 오징어가 든 둥근 나무통을 매달고 돌아다니며 오징어
사라고 외치는 것은 에도 시대의 여름 풍물이었다. 이 계절은 두견새가
나타나는 시기. 그 두견새 우는 소리를 들으려고 귀를 기울이고 있는
데 오징어 장수의 외침이 들려 새소리를 놓쳐 버린다.

흰눈썹뜸부기
운다고 말하길래
이곳에 묵네

水鶏啼くと 人のいへばや佐屋泊り

나고야에서부터 동행한 염주 판매상 로센露川과 로센의 문하생 소란素
覽, 이 두 사람과 마지막으로 교토로 향하는 길에 바쇼는 아이치 현 사
야 마을에 은둔해 사는 야마다山田의 암자에서 하루를 묵었다. 이 하
이쿠는 그 암주에게 건넨 인사의 시다. "이 고장에선 흰눈썹뜸부기 우
는 소리가 잘 들린다 하니 그 목소리를 듣고 가면 어떻겠습니까?" 하고
말한 것은 은둔자 야마다일 수도 있고, 동행한 문하생일 수도 있다. 흰
눈썹뜸부기는 높은 소리로 운다. 은둔자의 암자에서 세 사람이나 신세
를 지는 것에 대한 미안함과 겸연쩍음을 하이쿠로 에둘러 전하고 있다.

이 집 대문은
흰눈썹뜸부기도
모르겠구나

この宿は水鶏も知らぬ扉かな

'그대가 사는 집은 외딴 곳에 있어서, 사람은 말할 것도 없고 부리로 문을 두드린다는 흰눈썹뜸부기조차 집의 위치를 모를 만큼 세속을 떠나 있구나.' 비와코 호수의 새들로부터 멀리 떨어진 곳에 은둔해 사는 집주인에게 건넨 인사의 하이쿠이다. 흰눈썹뜸부기 수컷은 6월경의 교미기가 되면 암컷을 유인하기 위해 '까따 까따' 하고 마치 누군가 문을 치는 듯한 날카로운 소리로 몇 시간 동안 반복해서 운다. 시코가 편집한 바쇼 유고 문집 『오이닛키笈日記(여행 상자 일기)』에 따르면 마지막 여행 도중 오쓰의 문하생 고센湖仙의 암자에 들렀을 때 지은 하이쿠이다.

볼만하구나
폭풍우 지난 후의
국화꽃

みどころ のわき のち きく
見 所 のあれや野分の後の菊

'가을 태풍이 휘몰아친 후 모든 것 쓰러진 황량한 풍경 속에 부러졌어
도 여전히 피어 있는 국화꽃을 발견했다. 바람에 꺾였어도 어딘가 애틋
하면서 아름다운 운치가 있다.' 한 줄의 시 속에서 거센 바람이 느껴지
고, 언어로는 전달하기 어려운 많은 것들도 느껴진다. 멀리 있는 추상적
인 것이 아닌, 가까이 있는 것에서 시를 건져 올리는 예민함이 있다. 생
애 후반기의 하이쿠로, 자신이 그린 그림에 친필로 적어 넣었다. 바쇼
는 국화 하이쿠를 34편 썼다.

맑고 시원한

계곡물에 말아 먹는

우무묵

きよたき　みずく
清滝の水汲ませてやところてん

무사 출신으로 바쇼의 문하생이 된 야메이野明는 교토의 사가에 집이
있었다. 바쇼가 찾아가자 야메이는 산에서 흘러내린 시원한 기요타키
清滝 계곡물에 우무를 씻어 대접했다. 이 하이쿠는 그것에 대한 감사로
지은 것이다. 우무는 바다에서 나는 우뭇가사리 해초에서 추출한 식물
성 젤라틴으로 만든 투명한 묵이다. 같은 날 다음의 하이쿠도 썼다.

시원함을

그림으로 그렸네

여기 대나무

すず　　　え　　　　　　　さ　が　たけ
涼しさを絵にうつしけり嵯峨の竹

사발 그릇도
희미하게 보이는
초저녁 상쾌함

皿 鉢 もほのかに 闇 の 宵 涼み
（さらばち）　　　　（やみ）（よいすず）

'고요한 실내에 밤이 내려오고 있다. 이제 흰 사발 그릇만 어렴풋한 밝음을 유지하고 있을 뿐이다. 이 시간에 불도 켜지 않고 어둠 속에 앉아 바람을 쐰다.' 여행 중 누군가의 집에서 저녁 식사를 대접받은 후에 지은 하이쿠인 듯하다. 아마도 혼자가 아니라 두세 사람이 조용히 앉아 있었을 것이다. '사발 그릇'과 뜻밖의 '저녁의 바람 쐬기'가 만나 새로운 심상을 창조하는 시작법이 여기에도 발휘되었다. 전통시에서는 대접받지 못하던 이런 일상의 사물들로 시를 쓰는 만년의 사상을 이해하지 못하고 많은 문하생들이 떨어져 나갔다. 그들은 이것을 '가벼운 시'라고 여겼다.

번개가 친다
얼굴은 어디인가
참억새 이삭

稲妻や顔のところが 薄 の穂
<small>いなずま　かお　　　　　　すすき　ほ</small>

아름다운 여성 시인 오노노 고마치小野小町가 죽은 뒤 그녀의 두개골
의 눈이 있던 자리에서 억새풀이 자랐다는 전설을 배경에 담고 있다.
하이쿠 앞에 이런 글을 달았다. "혼마 수메本間主馬의 집에 있는 무대
뒷벽에 해골이 피리와 북을 연주하는 그림이 걸려 있다. 인간의 삶이
해골의 연주와 다를 것이 무엇인가? 장자는 해골을 베개 삼았으며 꿈
과 현실의 차이를 두지 않았다고 한다. 진실로 우리의 삶을 잘 보여 주
는 그림이다." 51세의 여름, 오쓰의 무명암에 머물던 중 노 악극 배우인
수메의 집에 초대받았을 때 벽에 걸려 있던 그림에 적어 넣은 하이쿠이
다. 바쇼 말년의 사생관이 잘 드러난다.

좁은 오솔길
씨름풀 꽃에 얹힌
이슬방울들

<ruby>道<rt>みち</rt></ruby> ほそし <ruby>相撲取り<rt>すもうと</rt></ruby> <ruby>草<rt>ぐさ</rt></ruby> の <ruby>花<rt>はな</rt></ruby> の <ruby>露<rt>つゆ</rt></ruby>

생애 마지막 해의 마지막 여행 중 오쓰에 있는 절 기추지의 암자 무명
암에 3년 만에 들러 지은 하이쿠이다. '씨름꽃'은 제비꽃의 다른 이름
이지만, 가을의 하이쿠이기 때문에 여기서는 아이들이 줄기와 줄기를
묶어 놓고 걸려 넘어지게 하는 왕바랭이 풀을 의미한다. 절의 암자로
올라가는 길, 사람이 걸어가기 힘들 정도로 풀이 빽빽이 자라 길이 좁
아져 있다. 그리고 가을 이슬이 빼곡히 붙어 있다. 『오쿠노호소미치』가
'북쪽 깊은 오쿠 지역으로 가는 좁은 길'이란 뜻이듯 바쇼가 좁은 길에
대해 남다른 의미를 품고 있었던 것이 틀림없다.

수국 피었네
삼베옷 입을 무렵
옅은 연두색

あじさい　かたびらどき　うすあさぎ
紫陽花や帷子時の薄浅黄

수국이 피어 삼베로 만든 홑옷을 입는 시기가 왔다. 여름도 점점 깊어져 꽃 색깔도 변하고 있다. 당시는 이 계절에 연두색으로 옅게 물들인 옷을 입는 풍습이 있었는데, 같은 계절에 똑같은 색깔을 한 수국이 피었다고 읊고 있다. 수국은 일본이 원산으로, 6~7월에 꽃이 피며 시기에 따라 꽃 색깔이 달라진다. 처음에는 연한 보랏빛으로 피어 남빛으로 변했다가 마지막에는 옅은 분홍빛이 된다. 『노자라시 기행』을 떠나기 직전, 혹은 말년의 하이쿠로 추정된다.

선뜩선뜩한

벽에다 발을 얹고

낮잠을 자네

ひやひやと 壁 をふまへて 昼寝哉
　　　　　かべ　　　　　　　　ひるねかな

두 발을 조금 들어 벽에 얹고 낮잠을 자면 벽의 시원함이 느껴지는 미묘한 계절감을 읊었다. 누구나 하는 일상의 경험을 포착한 뛰어난 작품이다. 51세, 생애 마지막 해의 늦더위에 느끼는 체온, 벽의 차가움, 가을에 접어든 실감이 발바닥에 전해 온다. 오쓰에 사는 문하생 보쿠세쓰木節의 집에서 지은 하이쿠이다. 의사인 보쿠세쓰는 바쇼가 오사카에서 최후를 맞이할 때 마지막까지 간호했다. 병의 차도가 없자 보쿠세쓰는 다른 의사의 치료를 제안했지만 바쇼는 "나의 명이 다했다면 누구도 고칠 수 없다. 죽을 때까지 그대를 믿는다."라고 말하며 제안을 거절했다. 낮잠은 여름의 계어.

가을 다가와
마음 기대게 되네
다다미 넉 장 반

あきちか こころ よ よじょうはん
秋 近 き 心 の 寄るや四 畳 半

아침저녁으로 서늘해지면 여름에는 답답하게 여기던 작은방에 마음이
간다. 보쿠세쓰의 집 작은방에 문하생 이젠維然, 시코, 보쿠세쓰가 와서
하이쿠 모임을 열었을 때의 첫 구이다. 다다미 넉 장 반은 두 평 조금
넘는 넓이이다. 단순히 계절의 변화 때문만이 아니라 바쇼가 사랑한 유
일한 여성으로 추측되는 주테이寿貞가 파초암에서 사망했다는 소식을
들은 직후라서 슬픔에 젖은 바쇼의 마음이 기댈 곳을 찾고 있었다. 행
간에 잔잔한 슬픔이 배어 있다. 이 하이쿠를 받아 보쿠세쓰가 '어지럽
게 엎드린/ 패랭이꽃의 이슬'*이라고 읊었다.

일가족 모두
지팡이에 백발로
성묘를 간다

家はみな杖に白髪の墓参り
<small>いえ　　　　つえ　らが　　はかまい</small>

'한 가문의 가족들이 지금 조상의 묘소를 참배하러 가고 있다. 모두 늙어서 어떤 사람은 완전히 백발이고 어떤 사람은 허리가 굽어 지팡이에 의지하고 있다.' 오쓰에 머물던 바쇼는 우란분절(음력 7월 15일, 조상의 영혼을 구제하기 위해 공양하는 행사)을 맞아 형 마쓰오 한자에몬松尾半左衛門의 편지를 받고 귀향해 일가족 모두 묘소를 참배했다. 가까이 지내던 여인 주테이의 죽음을 애도하는 마음도 담고 있었다. 이것이 바쇼의 마지막 성묘였다. 형과 누이들의 백발을 통해 자신의 늙음을 통감하고 있다.

오래된 마을
감나무 없는 집
한 집도 없다

里古りて柿の木もたぬ家もなし

里古りて柿の木もたぬ家もなし

세상을 떠나기 석 달 전, 고향 이가우에노의 문하생 보스이望翠의 집에서 열린 하이쿠 모임에 참석해 읊은 첫 구이다. 보스이는 바쇼 누이동생의 남편이라는 설이 있으나 확실하지 않다. 잎사귀 떨어진 가지에 붉게 매달려 있어서 감은 풍요의 상징이다. '복숭아와 밤은 3년, 감은 8년桃栗三年柿八年'이라는 말처럼 감나무는 시간이 오래 걸린다. 수백 년 된 마을 역사에 걸맞게 보스이의 집까지 가는 길의 집집마다 굵은 감나무가 있고, 가지가 휘어지게 감이 익었다.

바람의 색깔
어지럽게 심어진
뜨락의 가을

<ruby>風<rt>かざ</rt></ruby><ruby>色<rt>いろ</rt></ruby>やしどろに<ruby>植<rt>う</rt></ruby>ゑし <ruby>庭<rt>にわ</rt></ruby>の <ruby>秋<rt>あき</rt></ruby>

'여러 가지 화초와 나무들이 꾸밈없이 아무렇게나 심어진 뜰에 점점 가을 색이 깊어지면, 나무를 흔드는 바람에서도 어딘가 가을의 색이 느껴진다.' 바쇼는 이 하이쿠의 마지막 부분을 '뜨락의 싸리庭の萩', '뜨락의 억새庭の荻' 등으로 바꿔 가며 수정을 거듭했다. 가장 선명한 심상을 전달하기 위한 노력이었다. 고향의 문하생 겐코玄虎의 집에 초대받아 갔을 때 지은 하이쿠이다. 기록에 따르면 이때 겐코는 정원을 다시 만드는 중이었다. '어지럽게 심어진'은 공사 중인 정원을 의미한다. 공사 중이라서 어딘지 더 쓸쓸한 느낌이 들었다.

맨드라미꽃
기러기 돌아올 때
한층 더 붉다

けいとう かり く とき あか
鶏頭や雁の来る時なほ赤し

색채 감각이 짙은 하이쿠이다. 맨드라미는 7~8월에 피는 꽃의 생김새
를 본떠, 한자어로 '닭벼슬꽃'이라는 의미의 계관화鶏冠花, 혹은 계두鶏
頭라고 불리지만 안래홍雁來紅으로도 불린다. '기러기가 올 무렵 붉어
진다'는 의미이다. 가을이 되면 밝은 노란빛이 도는 녹색에서 선명한
적포도주색으로 꽃 색이 변한다. 다른 꽃들과 달리 늦게 필 뿐 아니라
거친 바람에도 강한 자태를 유지한다. 고향 이가우에노에서 지은 작품
으로『속 원숭이 도롱이續猿蓑(조쿠사루미노)』에 실려 있다.

메밀은 아직
꽃으로 대접하는
산길

蕎麦はまだ 花でもてなす 山路かな

'이 초막에 멀리서 귀한 손님이 찾아오니 참으로 기쁘다. 식사로 메밀
국수(소바)를 대접하고 싶지만, 어쩌랴 메밀은 아직 꽃만 피는 시기이
니, 산길에 핀 메밀꽃이라도 감상하게 해 주고 싶다.' 소바는 바쇼가 좋
아한 음식 중 하나였다. 고향에 머물고 있는 바쇼를 이세 지방에 있던
문하생 시코가 찾아왔다. 목적은 바쇼를 이세로 데려가기 위한 것이었
지만, 바쇼는 오사카로 가느라 이세에 가지 못했다. 이후 시코는 바쇼
와 행동을 같이해 나라를 거쳐 오사카로 이동했다. 바쇼가 오사카에
서 임종을 맞이할 때까지 스승 곁을 떠나지 않았다.

떠나는 가을
손을 벌렸구나
밤송이

行く秋や手をひろげたる栗の毬

'나도 떠나려 하는 이 가을, 밤나무가 밤톨을 떠나보내려는 듯 밤송이
가 손바닥처럼 벌어져 있다.' 죽음이 한 달 앞에 다가왔을 때, 마지막으
로 고향 이가우에노에 들렀다가 떠나기 3일 전, 하이쿠 모임이 열렸다.
이때 오사카로 출발하려는 스승을 붙잡는 고향의 문하생들에게 준 작
별의 시다. 밤송이는 벌어졌지만 문하생들은 손을 벌려 쇠약해진 스승
의 여행을 막고 있다. 언제나 떠남을 숙명으로 안고 산 시인답게 시에
작별이 많다. 밤송이를 뜻하는 '이가毬'는 고향 '이가'와 발음이 같다.

해에 걸린
구름이여 잠시
이동하는 새들

日にかかる 雲やしばしの 渡り鳥

계절의 변화와 함께 새들도 먼 거리를 이동한다. 여름에는 없던 새들의 이동이 하늘에 보이면 가을이 성큼 다가온 것이다. 추운 계절이 시베리아에서 오는 새들과 함께 찾아온다. 해에 구름이 걸렸다고 생각했는데 다시 보니 하늘을 가로지르는 철새들이다. 해가 눈부셔 보이지 않던 새의 무리가 구름이 잠시 해를 가린 사이 시야에 나타났다는 의미로 해석하기도 한다. 철새의 행방을 좇는 조용하고 외로운 시선이 느껴지는 하이쿠이다. '이동하는 새渡り鳥'는 가을의 계어.

국화 향 난다
나라에는 오래된
부처님들

菊の香やならには古き仏達

바쇼는 9월 8일 이가우에노를 떠나 나라에 도착했다. 음력 9월 9일은
세시 명절의 하나인 중양절, 나라에는 국화 전시회가 열리고 있었다.
나라는 710년부터 784년까지 일본의 수도였다. 옛 도읍 나라의 가을
분위기를 열일곱 자로 훌륭하게 그려 낸 걸작이다. 하룻밤 묵은 뒤 오
사카로 향하면서는 다음의 하이쿠를 지었다.

　국화 향 맡으며/ 어두운 곳 오르는/ 국화의 명절
　　菊の香にくらがり登る節句かな

'어두운 곳'을 뜻하는 '구라가리<らがり>'는 나라와 오사카 사이에 있는
고개를 뜻한다. 숲이 우거져서 어둡다.

사람 소리 들리네
이 길 돌아가는
가을 저물녘

<small>ひとごえ　このみち　　　　あき</small>
人声や此道かへる秋のくれ

이 무렵, 바쇼의 문학은 최고의 경지에 이르렀지만 문하생들은 파벌 싸움과 주도권 다툼을 벌이고, 어떤 문하생들은 바쇼의 시정신을 이해하지 못해 정체되어 있었다. 생을 마치고 돌아가는 가을 저물녘의 길에 홀로 고독하게 서 있는 바쇼의 모습이 보인다. 시코는 『오이닛키』에서 뒤의 하이쿠와 비교하며 둘 중 어느 작품을 고를 것인가를 묻고 있지만, 뒤의 작품과는 또 다른 마음의 정취가 담겨 있다. 단순히 사람을 그리워하는 것이 아니라 근원적인 고독감에서 비롯된 인간에 대한 그리움이 드러난다. 오사카의 찻집에서 열린 마지막 하이쿠 모임에서 읊은 작품이다.

이 길
오가는 사람 없이
저무는 가을

_こ此の_{みち}道や_ゆ行く_{ひと}人なしに_{あき}秋の_{くれ}暮

가을 저녁은 저물고 들판의 한 줄기 길은 오가는 인적 없이 적막하다. 앞의 하이쿠와 같은 날의 작품으로 고향의 문하생 이센意專과 도호에 게 보낸 편지에 적혀 있다. 언외에 인생 그 자체의 고독과 적막감이 깊이 감돈다. '이 길'은 생애를 걸고 추구한 하이쿠의 길이 틀림없다. 인생 50년, 바쇼가 걸어온 하이쿠의 길에는 이제 앞을 봐도 뒤를 봐도 아무도 없다. 바쇼 문학의 마지막 풍경에는 고독하고 적막한 공간만이 펼쳐져 있다. 최후 만년의 심경을 표현한 것이라서 사실상의 사세구(죽을 때 남기는 시)로 여겨진다.

이 가을에는
어찌 이리 늙는가
구름 속의 새

<ruby>此<rt>こ</rt></ruby>

このあき　なん　としよ　くも　とり
此 秋 は 何 で 年 寄 る 雲 に 鳥

'올가을은 생의 마지막 가을인 것처럼 몸의 노쇠를 느낀다. 구름 속으
로 사라지듯 기러기는 북쪽을 향해 떠난다.' 죽기 보름 전에 쓴 최후의
걸작이다. '여회旅懷'(객지에서 느끼는 쓸쓸한 느낌)라는 제목이 말해 주듯
이 순수하게 여행지에서의 소회를 말한 것이지만, 어두운 죽음의 그림
자를 느낀 고독한 독백이다. 이 고독은 특정한 상황에서 오는 것이 아
니라 인생의 더 깊은 근원적 슬픔과 관련된, 무엇으로도 채울 수 없는
외로움이다. 자신의 존재를 구름 속으로 사라지는 새에 투영하고 있다.

가을 깊은데
이웃은 무얼 하는
사람일까

あきふか　となり　なに　　　　　ひと
秋 深 き 隣 は 何 をする 人 ぞ

51세의 가을, 문하생 시도와 샤도의 다툼을 중재하기 위해 오사카로
떠난 바쇼는 도착 즉시 오한과 열과 두통에 시달렸다. 이후 잠시 회복
해 생애 마지막으로 샤도의 문하생 게이시畦止의 집에서 열린 하이쿠
모임을 주관했다. 분열된 문하생들을 화해시키기 위한 자리였다. 이튿
날에도 상인 시하쿠芝柏의 집에서 같은 모임을 열 예정이었지만 병세
가 악화된 바쇼는 참석하지 못하는 대신 이 하이쿠를 적어 보냈다. 깊
은 가을, 병으로 쓰러졌지만 이웃집 사람에 관심을 돌리는 인간적 온
기가 넘친다. 바쇼가 일어나 앉아 쓴 최후의 작품이지만 최고의 작품
으로 회자된다.

방랑에 병들어
꿈은 시든 들판을
헤매고 돈다

旅 に病んで夢は枯野をかけ廻る

여행자의 꿈은 임종의 순간까지도 낯선 장소를 헤매 다닌다. 잠시 좋아
졌던 병세는 설사가 겹쳐 나날이 심해졌다. 비좁은 시도의 집을 떠나
여인숙을 하는 하나야 진자에몬花屋仁右衛門의 집으로 옮겼으나 회복
될 기미가 보이지 않았다. 걱정이 된 문하생들이 모여들기 시작했다. 한
밤중에 시도의 문하생 돈슈呑舟에게 먹을 갈게 해 이 하이쿠를 적은
뒤 시코에게 의견을 물었다. 그리고 3일 후 잠자듯 세상을 떠났다. 바쇼
자신이 하이쿠 앞에 "병중에 읊다病中吟"라고 썼기 때문에 사세구는
아니며, 다만 생애 마지막에 쓴 하이쿠이다. 최후까지 추구를 멈추지
않고 여행을 계속하는 자신의 모습을 꿈꾸고 있다.

보이는 것 모두 꽃, 생각하는 것 모두 달

마쓰오 바쇼松尾芭蕉는 일본 문학을 이야기할 때 가장 먼저 언급되는 인물이며, 일본인이 좋아하는 문인 다섯 명 안에 드는 시인이다. 열일곱 자로 된 짧은 시로 시문학에 혁명을 일으키고, 해학과 언어유희에 치우치던 시를 예술 차원으로 끌어올린 하이쿠의 완성자이다. 일본의 문화와 문학을 이해하기 위해서는 바쇼를 비켜 갈 수 없을 정도로 그의 하이쿠에 담긴 정서는 일본을 연구하는 외국인이 가장 많이 분석하고 인용하는 소재이다. 빼어난 하이쿠가 실린 그의 동북 지방 여행기 『오쿠노호소미치奧の細道(깊은 곳으로 가는 좁은 길)』는 일본을 대표하는 기행문이며 외국에 가장 많이 소개된 일본 고전 작품으로 영어, 프랑스어, 독일어, 스페인어, 러시아어, 중국어 등 20개 언어로 번역되었다. 또한 바쇼는 아사히 신문에서 2000년 실시한 '천 년의 일본 문학가' 투표에서 6위에 올랐다.

그가 활동하던 17세기 후반에 바쇼는 이미 유명한 시인이고 우상이었다. 일본 전역에서 그를 자신들의 지역에 초청하려고 경

340

쟁했으며, 여행하는 곳마다 많은 이들의 주목과 관심을 한 몸에 받았다. 시인들과 시인 지망생들이 모여 그와 함께 시를 짓고, 그에게서 배우고, 문하생이 되었다. 바쇼의 여행은 개인적인 방랑이면서 동시에 새로운 시풍을 전파하는 여행이기도 했으며, 문하생들은 그의 가르침을 세세히 기록했다. 그가 무심코 쓴 글들까지도 지인들에게 보낸 165통의 편지와 함께 소중히 보존되었다. 추종자들은 그의 시와 가르침을 공유하기 위해 비공식적인 우편 제도를 만들었다.

그가 세상을 떠날 무렵 공식적인 문하생은 80명이 넘었고 일본 전역에서 2천 명에 이르는 문인들이 그의 가르침에 동조했다. 사후에는 그에게서 비밀의 시작법을 전수받았다고 주장하는 사람들도 등장했다. 150주기에는 일본 대표 종교 신토神道에서 '하나노모토 다이묘진花本大明神'이라는 신의 이름을 그에게 부여했다. 오늘날에도 그가 300년 전에 여행한 장소들에서 관광객들에게 당시의 일화들이 소개되고 있으며, 그곳에서 지은 하이쿠가 비석과 바위들에 새겨져 있다. 그가 방랑한 길은 수많은 문인과 예술가들이 따라서 걸었으며, 남녀노소의 일본인들이 가장 걷고 싶어 하는 길이 되었다.

평이한 언어로 심오한 정신성을 표현한 바쇼는 렌가連歌(두 사람 이상이 번갈아 한 행씩 읊는 시 놀이)의 첫 구인 홋쿠發句를 독립시켜 오늘날 우리가 '하이쿠俳句'라고 부르는 차원 높은 문학으로 발전시킨 인물이다. 또한 그가 쓴 하이쿠적인 산문 하이분俳文은 문학적으로 완벽의 경지에 이르렀다는 평가를 받는다. 그러나 시공간을 초월해 세계 속 독자들의 마음에 울림을 주는 또 다른 매력은 그의 삶에 있다. 높은 명성에도 불구하고 바쇼는 생애 마지막까지 고독하고 탈속적인 삶을 추구했다. 인기 있는 하이쿠 지도자이자 유명 작가로서 편안하고 안락한 삶을 누릴 수 있었지만 스스로 에도江戶—지금의 도쿄—변두리의 풀로 엮은 오두막 생활을 선택했다. 물질주의적 향락과 유희가 지배하던 시대의 흐름을 거부하고 자신이 추구하는 문학 정신에 다가간 실천적 행동이었다. 결혼도 하지 않고 평생 독신으로 살면서 '발꿈치가 닳도록' 몇 차례나 수천 킬로미터에 달하는 도보 여행을 떠났다. 빈곤한 생활에 자족하며 삶과 문학에 대한 고뇌의 끈을 놓지 않았으며, 외로움을 하이쿠로 승화시켰다.

도쿠가와 막부德川幕府(도쿠가와 이에야스가 에도에 무신 정권을 세워 통치한 1603년부터 1867년까지의 시기)의 강력한 통치 아래 풍요로운 경제가 꽃피어 난 에도 시대는 무사와 더불어 급부상한 조닌町人이라는 상인 시민계급이 사회의 중심축이었다. 무사 사회에서 나오면 조닌 사회로 들어가는 것이 당시의 경향이었다. 그러나 바쇼는 사회와 계급 어디에도 속하지 않고 자유로운 이방인으로서 순수 문학을 추구했다. 무사 출신이면서 무사직을 떠났고, 조닌 사회에도 편입되지 않았으며, 삭발을 하고 참선 수행을 했지만 불교에 소속됨 없이, 그 어떤 사회와도 동일시되지 않은 채 소외와 고독을 예술가의 운명으로 받아들였다. '어딘가에 소속된다는 것은 시를 포기하는 일'이라 여겼기에 현실 사회를 벗어나 오직 예술의 길만을 걸었다.

바쇼의 하이쿠를 읽는 것은 '세계에서 가장 짧은 시'의 최우수 작들을 읽는 것이며, 17자로 묘사된 자연과 인생의 허무를 감상하는 것이고, 방랑 미학의 대표작들을 마음에 품는 일이다. 문하생 모리카와 교리쿠森川許六에게 주는 글에서 바쇼는 "나의 시는 하로동선夏炉冬扇(여름의 화로, 겨울의 부채)처럼 쓸모가 없다."라고 말했다. 그러나 오늘날 '하이쿠의 성인俳聖(하이세이)'으로 불리는 이는 바쇼 한 사람뿐이다. 사후 320년이 흐른 지금까지도 그의 시가 일본인뿐 아니라 세계인에게 사랑받는 이유는 진정한 시 세계에 대한 갈구, 인간으로서의 고독과 우수, 여행과 방랑에의 그치지 않는 동경, 뛰어난 문학성 등이 한 인간의 생애와 문학을 구성하고 있기 때문이다. 위대한 문학이 그렇듯이 바쇼의 하이쿠는 시대와 장소의 산물이지만 시공간을 넘어 인간의 보편적인 정서를 담고 있다.

*

하이쿠는 5·7·5의 열일곱 자로 된 정형시이다. 하이쿠의 탄생은 일본 고유의 시 형식인 와카和歌와 관계가 깊다. '일본의 노래'라는 뜻의 와카는 주로 5·7·5·7·7의 31자 안에 계절의 변화와 남녀의 사랑을 노래한 정형시이다. 일본의 고전 시가는 거의 모두 이 와카의 형태이다. 그런데 중세의 시인들은 이 와카를 두 명 이상이 돌아가며 짓는 시 놀이로 즐겼다. 한 사람이 먼저 첫 구 5·7·5를 읊으면 다음 사람이 이를 받아 7·7로 읊는 방식인 이 집단 창작시 형태를 렌가라고 한다. 그런 식으로 50구, 100구 혹은 300구까지 이어지곤 했다.

렌가에서는 전체 시의 분위기와 방향을 결정하는 첫 구가 가장 중요했다. 렌가의 첫 구를 '홋쿠'라고 하는데, 이름 그대로 '시 작하는 구發句'라는 뜻이다. 홋쿠에는 지켜야 할 세 가지 규칙이 있었다. 5·7·5의 음수율을 지키고, 계절을 의미하는 단어인 계어季語(기고)를 포함시켜야 하며, 시의 운율을 위해 조사나 조동사에 해당하는 '끊는 말切れ字(기레지)'을 넣는 것이 그것이다. 이것이 그대로 나중에 하이쿠의 세 가지 규칙이 되었다.

궁정의 귀족 계층이나 승려들이 읊던 초기의 렌가는 평민과 상인 계급의 사회 진출이 활발해진 16세기 에도 시대에 이르러 새로운 분파가 생겨났다. 기존의 렌가가 너무 지적이고 귀족적이라고 여긴 이들은 서민적이면서 재미있고 해학적인 시를 짓기 시작했는데, 이것이 하이카이 렌가俳諧連歌, 즉 '해학적인 렌가'이다. 무사와 서민들도 즐길 수 있는 쉽고 익살스럽고 재치 넘치는 시 형식이 등장한 것이다. 이 '하이카이 렌가'를 줄여서 '하이카이'라고 부르게 되었다.

민중의 시 짓기 놀이로 시작된 하이카이는 상류층이 독차지해온 지적인 와카나 렌가의 구절들을 패러디해 조롱하고 비트는 언어유희적인 성격이 강했다. 보수적인 렌가 시인들은 하이카이를 천박한 우스갯소리라고 비웃었지만 에도 시대에 가장 인기가 많았던 시 장르는 와카나 렌가가 아닌 단연 하이카이였다. 이 시기의 하이카이는 경제성장과 더불어 문학의 주요 소비층으로 부상한 조닌과 무사들이 주로 읊었다. 이들은 하이카이를 통해 잘난 체하는 귀족들의 세계를 조롱하고 서민의 해학과 웃음을 거침없이 표현했다.

그러나 서민들의 말놀이인 하이카이는 기발하고 재치 있는 언어 사용을 중요시했기 때문에 문학성을 기대하기 어려웠다. 그런데 17세기 후반에 이 하이카이가 시문학의 중심이 되는 대사건이 일어났다. 바로 마쓰오 바쇼의 등장이다. 바쇼는 하이카이를 단순한 말놀이가 아닌 문학의 경지로 끌어올려 와카나 렌가 같은 정통 시문학과 동등한 위치에 올려놓았다. 바쇼를 통해 하이카이는 말놀이가 아니라 심오한 정신과 문학성을 담은 시로 발전했다.

바쇼는 하이카이 렌가의 첫 구, 즉 홋쿠를 중요하게 여겨 많은 경우에 홋쿠만 독립적으로 지었다. 홋쿠가 가진 가능성을 보고 5·7·5의 17자에 인생과 자연을 압축해 표현한 것이다. 바쇼의 시대에 많은 뛰어난 하이카이 시인들이 있었으나 그들은 이 단순한 시 형식을 주로 언어유희와 웃음을 유발하는 문학적 수단으로 이용했다. 바쇼의 초기 작품들도 당시의 경향에 따라 상투적인 문구를 모방했으나, 그는 곧 그 영향들에서 벗어나 자기 내면의 안내자를 따랐다. 인간 존재로서 느끼는 고독과 허무와 깨달음을 하이카이에 담기 위해 평생을 여행과 시작 활동과 문하생 양성에 바쳤다.

'하이쿠俳句'라는 용어는 이 '하이카이 렌가의 홋쿠'를 줄인 말로, 메이지 시대(1868-1912)의 시인 마사오카 시키正岡子規가 처음으로 사용했다(하이쿠에 대한 더 자세한 설명은 『백만 광년의 고독 속에서 한 줄의 시를 읽다』 참고).

*

바쇼는 에도 시대 전기에 해당하는 1644년 일본 남동부 미에현의 이가시伊賀市 우에노上野에서 태어났다. 기이 반도紀伊半島(남쪽 태평양으로 돌출한 일본 최대의 반도)에 위치한 곳으로, 문화 중심지인 수도 교토에서 남동쪽으로 48킬로미터밖에 떨어져 있지 않아 교토 문화의 영향을 강하게 받으면서도 독자적인 문화를 발달시킨 곳이다. 경제 도시 오사카와 나고야에서도 그리 멀지 않았다. '우에노'라는 이름의 고장이 많기 때문에 이가우에노로 불리는 이곳은 12세기부터 활약한 이가류 닌자忍者(전국 시대에 탐정, 모략, 교란을 행한 특수 전투 집단)의 본거지로도 유명해, 오늘날에도 이곳의 닌자 박물관을 찾는 관광객의 발길이 끊이지 않는다.

가난한 평민의 2남 4녀 중 차남으로 태어난 바쇼는 본명이 마쓰오 무네후사松尾宗房이다. 어렸을 때 이름은 긴사쿠金作였다. 청년기 때까지의 삶은 알려진 것이 많지 않다. 아버지 마쓰오 요자에몬松尾与左衛門은 검을 차고 다니는 것을 허락받은 하급 무사로서 지방 영주를 섬겼으나 평화 시대였기 때문에 영주에게서 하사받은 작은 땅에서 농사를 지은 것으로 추정된다. 하지만 아버지는 바쇼가 열세 살 때 병으로 세상을 떴으며 형이 가업을 물려받았다. 곤궁한 살림으로 인해 바쇼는 열아홉 살 때 이가우에노 지역의 사무라이 대장 도도 요시키요藤堂良淸의 집에 수행원으로 들어갔다. 그 집 아들 도도 요시타다藤堂良忠를 시봉하면서 정확한 기록은 없으나 주로 부엌일이나 허드렛일을 했을 것으로 추측된다.

바쇼보다 두 살 많은 요시타다는 하이쿠에 취미가 있어서 교토의 하이쿠 지도자 기타무라 기긴北村季吟에게 사사받고 센긴蟬吟이라는 하이쿠 호까지 갖고 있었다. 친동생처럼 요시타다의 총애를 받은 바쇼도 이것이 인연이 되어 하이쿠의 세계를 접하고 기긴의 가르침을 받게 되었다. 이 무렵 당대의 하이쿠 시인 마쓰에 시게요리松江重頼가 엮은 하이쿠 시집 『사요노나카야마슈佐夜中山集』에 마쓰오 무네후사라는 이름으로 하이쿠 두 편이 실렸다. 요시타다의 작품이 한 편만 실린 것으로 보아 바쇼의 시적 능력이 더 뛰어났음을 알 수 있다. 22세 겨울에는 바쇼와 요시타다를 포함해 5인이 모여 백 구까지 읊는 렌가 모임을 열었다. 이때 바쇼는 18구를 지었는데, 이 시기에는 기긴의 영향을 받아 고전문학의 패러디, 언어유희, 재치에 치중했다.

도도 가문의 상속자 요시타다가 25세에 갑자기 병사함으로써 바쇼의 인생은 또다시 방향을 잃었다. 충격을 받은 바쇼는 기이반도 서쪽에 있는 고야산高野山의 절 보온인報恩院에 요시타다의 머리카락을 봉납하고 고향을 떠나 수도 교토로 갔다. 이후 20대 후반까지의 행적은 밝혀진 바가 없다. 일설에 따르면 교토의 절 곤푸쿠지金福寺에 머물면서 불교 공부와 참선 수행을 했으며, 기긴 문하에서 고전문학을 배웠다. 기긴의 아들 고슌湖春이 엮은 하이쿠 시집 『속 야마이續山井』에 '이가우에노 사람'으로 작품이 소개된 것을 보면 아직 마음은 고향에 있었던 듯하다.

왜 고향을 떠났는지에 대해선 여러 설이 있다. 요시타다의 갑작스러운 죽음으로 인생무상을 느껴 불교에 의지했다는 설도 있고, 요시타다의 뒤를 이어 사무라이 대장이 된 요시타다의 동생에게는 이미 수행원들이 있어서 바쇼가 설 자리가 없었다는 이야기도 있다. 가깝던 주군의 죽음에 자살을 시도했었다는 설도 있다.

29세에 바쇼는 첫 번째 하이쿠 문집 『가이오오이貝おほひ』를 엮었다. 이가우에노의 하이쿠 시인 36인의 하이쿠 60구에 바쇼가 심사평을 곁들여 우열을 매긴 문집이다. 바쇼는 이 시집을 고향의 스가와라 신사菅原神社에 있는 문학의 신 앞에 바치며 하이쿠 시인으로서의 결의를 신에게 고했다. 그리고 그 시집을 에도로 가지고 가서 출판했다. 이 시집은 에도의 시인들에게 자신을 소개하는 데 중요한 역할을 했다.

2년 후인 31세에 바쇼는 스승 기긴에게서 하이쿠 작법서 『하이카이 우모레기俳諧埋木』를 전수받았다. 스승이 직접 쓴 책을 전수받았다는 것은 제자로서의 졸업을 상징하며 독립된 하이쿠 지도자가 될 자격을 인정받았음을 의미한다. 이것을 계기로 바쇼는 이해 겨울 교토 생활을 완전히 접고 걸어서 에도로 향했다. 고향에서 에도까지는 320킬로미터였다.

*

전국을 통일한 무사 도요토미 히데요시豊臣秀吉가 중국 대륙을 정복하기 위해 임진왜란을 일으킨 후 사망하자, 도쿠가와 이에야스가 권력을 장악하고 에도에 막부幕府(쇼군을 중심으로 한 무사 정권)를 세웠다. 이해가 바쇼가 태어나기 40여 년 전인 1603년으로, 이때부터 도쿠가와 가문의 자손들이 대를 이어 막부의 쇼군을 역임하는 안정된 체제 속에 250년간 평화가 이어졌다. 이러한 평화를 바탕으로 경제적, 문화적 발전이 일어났다. 에도가 정치의 중심지가 된 이 풍요와 발전의 시대를 흔히 '에도 시대'라고 한다. 출세를 위해 에도로 향하는 사람이 많았기 때문에 18세기의 에도는 인구 100만의 세계 최대 도시였다. 오늘날 우리가 '일본적인 것'이라고 부르는 많은 것들이 이 시대에 꽃피어 났다.

도쿠가와 막부는 조선에서 온 외교 사절단인 통신사를 통해 여러 차례 조선의 문물을 받아들이고 남쪽에 위치한 나가사키 항구를 통해서는 중국, 네덜란드 상인들과 교역했다. 그 결과 대도시들이 곳곳에 생겨나고 제조업과 상업이 활발해졌다. 상품경제의 발달로 부유한 상인들과 수공업자들이 폭발적으로 늘어났으며, '조닌'(도시 사람이라는 뜻)이라 불리는 이들이 문화의 주요 소비층이 되었다. 귀족과 무사와 승려가 문화의 중심이던 과거와는 완전히 다른 현상이었다. 조닌은 무사의 아래 계급으로 사회적인 차별을 받았으나 상업 자본을 바탕으로 사회, 경제, 문화에 큰 영향력을 미쳤다.

물질적으로 풍요로워진 조닌들은 여가 시간을 문학과 연극과 그림 등에 사용했다. 일본의 대중연극인 가부키歌舞伎와 가면극 노 악극能樂이 크게 유행한 것도 이들에 의해서였다. 전통 씨름인

스모, 불꽃놀이, 유곽도 성행했다. 미술에서는 서민들의 생활상을 담은 그림이 유행하고 '우키요에浮世繪'라는 채색 판화가 발달했다. 문학적으로는 언어유희와 해학과 재미가 담긴 통속적이고 서민적인 작품이 인기를 끌었다. 애욕에 인생을 걸고 사는 남자의 이야기를 그린 이하라 사이카쿠井原西鶴의 대중소설『호색일대남好色一代男』, 사랑에 빠진 간장 가게 종업원과 유녀의 비장한 동반 자살 사건을 극화한 지카마쓰 몬자에몬近松門左衛門의『소네자키 숲의 정사曽根崎心中』등이 최고의 인기를 구가한 것이 이 시기의 일이다.

마치 일본 출판계가 바쇼를 위해 준비해 온 것 같은 상황이었다. 경제성장으로 무사와 상인들 대부분이 문맹에서 벗어나고, 인쇄술의 발달로 서적 분야에서 폭발적인 성장이 일어났다. 시와 문학이 대중화되고 상품화되었다. 각지에서 에도로 몰려온 하층민들로 노동력이 확보됨으로써 종이 가격이 떨어졌다. 역사, 지리, 수학, 도덕 관련 서적에서부터 만화책과 대중소설에 이르기까지 모든 가능한 주제의 책들이 인쇄되었다. 여행기와 일기도 대중 서적이 되었다. 1650년대에 시작된 서점들은 에도 지역에만 2천 곳이 넘었으며 돈 받고 책을 빌려주는 이동 도서관이 늘어났다. 모든 조건이 바쇼의 문학 활동에 최적이었다.

바로 이 무렵, 에도의 번화가 니혼바시日本橋에 아무것도 가진 것 없는 31세의 무명 시인 바쇼가 모습을 나타냈다. 에도에 도착한 직후 어디에 머물렀는지는 여러 설이 있으나 니혼바시의 권세 있는 조닌 오자와 보쿠세키小沢卜尺의 집에 세 들었다는 주장이 유력하다. 보쿠세키는 바쇼의 스승 기긴에게 하이쿠를 배운 인물이었다. 그런 인연으로 보쿠세키가 바쇼의 신원보증인이 되어 주었으며, 바쇼는 그의 가게에서 업무 기록 같은 서기 일을 하며 생계를 이은 것으로 보인다. 또한 보쿠세키를 통해 다른 하이쿠 시인들과도 연결될 수 있었다. 그중 한 사람이 생선 도매상 스기야마 산푸杉山杉風였다.

바쇼보다 세 살 연하인 산푸는 에도 막부에 생선을 공급하면서 부를 축적한 인물로, 첫 만남 때부터 바쇼가 생을 마칠 때까지 경제적 후원을 중단하지 않았다. 바쇼가 보쿠세키의 집을 나와 들어간 곳도 니혼바시에 있는 산푸의 집이었으며, 에도 시내를 떠나 은둔해 들어간 변두리의 오두막 파초암도 산푸 소유의 활어 관리 초소였다. 바쇼 말년에 바쇼의 시정신을 이해하지 못한 문하생들이 하나둘 떠나갈 때도 산푸는 끝까지 스승 곁을 지켰다. 임종 직전에 구술한 유서에서 바쇼는 산푸에게 "오랫동안의 두터운 정, 죽은 후에도 잊기 어려울 것이오. 갑작스럽게 여기서 끝맺는 몸이 되어 유감이나 이것도 하늘의 뜻, 어쩔 수 없는 일이라 각오하고 있소. 더 열심히 시의 길을 정진하기 바라오."라고 애정 가득한 말을 남겼다.

에도에 온 이듬해 여름(32세), 바쇼는 당대의 하이쿠 시인 니시야마 소인西山宗因이 에도에 온 것을 환영하는 렌가 모임에 참가했다. 아홉 명이 백 구까지 이어 가며 읊는 이 모임에서 바쇼는 쓰케쿠付句(렌가에서 앞의 구를 받아서 짓는 뒷 구) 여덟 편을 읊었다. 이때 처음으로 '도세이桃青(푸른 복숭아)'라는 호를 사용했다. 이듬해 봄에는 같은 이름으로 야마구치 소도山口素堂와 함께 읊은 렌가 집 『에도양음집江戸両吟集(에도로긴슈)』을 간행했다. 소도는 바쇼보 다 두 살 연상으로 역시 기긴에게서 배웠으며 바쇼와는 에도에서 처음 만났다. 하이쿠 외에 와카, 다도, 서예에도 뛰어나 바쇼에게 많은 영향을 주었다. 바쇼와 소도는 사상적인 일체감 속에 문학 적 교류를 주고받았으며, 두 사람 다 은둔을 지향하다가 소도가 1년 먼저 에도 시내를 벗어났다. 우연히 소도의 은둔처는 바쇼가 이사할 파초암에서 멀지 않은 곳이었다. '짧은 글은 바쇼, 긴 글 은 소도'라는 평판을 들을 만큼 문장이 뛰어난 소도는 문하생이 아니라 글벗으로 만년까지 바쇼와 만남을 주고받았다.

에도에서 시만 쓴 것은 아니었다. 산푸의 소개로 하이쿠 지도 자 다카노 유잔高野幽山의 필사자로 일하고, 의사의 조수 또는 관 청의 서기로도 일했다. 34세에는 에도 부근을 흐르는 일급 하천 간다가와神田川의 물을 방화 용수로 사용하기 위해 시내로 끌어 들이는 상수도 공사에 참여해 4년 가까이 일했다. 보쿠세키가 소 개한 일자리로 추측되며, 노동자나 기술자로서가 아니라 인부 관 리 장부를 기록하는 일이었다. 아직 덴자点者(하이쿠의 우열을 가려 평 점을 매기는 사람)로서 먹고살기 어렵기도 했지만, 당국으로부터 무 직자로 주목받는 것이 싫어서 선택한 일이었다.

이해 겨울과 이듬해 봄에 바쇼는 소도, 신토쿠信徳와 함께 셋이 서 3백 구까지 이어지는 렌가 『에도삼음江戸三吟(에도산긴)』을 읊었 다. 신토쿠는 교토 출신의 부유한 조닌으로, 상업상의 용무로 에 도에 왔을 때 참여했다.

하이쿠 지도자로 차츰 명성을 얻기 시작한 바쇼 주위에 문하생들이 하나둘 모이기 시작했다. 그중에 다카라이 기카쿠宝井其角와 핫토리 란세쓰服部嵐雪가 있었다.

산푸와 나란히 바쇼의 대표적인 문하생이 된 기카쿠는 니혼바시에 사는 쇼군 주치의의 장남으로, 아버지의 권유에 따라 어린 나이에 바쇼의 문하생이 되었다. 부족함 없는 가정환경 속에서 소년 시절부터 의학, 경제, 서예를 배웠기 때문에 불과 14세에 바쇼의 인정을 받아 수제자가 되었다.

기카쿠는 바쇼와 달리 경쾌하고 화려한 시풍을 구사하고 각종 학문에 대한 기억력이 뛰어났다. 그 시풍이 스승의 꾸밈없고 담담한 정서와 어울리지 않는다고 다른 문하생들이 지적하자 바쇼는 "나는 고요함을 좋아해 섬세하게 읊지만, 기카쿠는 멋을 좋아해 섬세하게 읊는다. 그 섬세함은 같은 흐름이다."라고 이해를 나타내었다. 기카쿠의 하이쿠가 에도의 정서를 멋지게 묘사하고 있음을 인정한 것이다. 십대제자蕉門十哲 중에서도 으뜸 가는 제자였던 기카쿠는 세련되고 멋있고 재치가 넘쳤다. 이것은 심각하고 느린 바쇼의 성격에 가벼움을 선물하는 만남이 되었다. 기카쿠는 바쇼 사후에 하이쿠 시단을 이끌었으나 오랜 세월 마신 술로 마흔일곱에 요절했다.

한편 란세쓰는 농사를 짓는 하급 무사의 아들로 태어나 봉건 영주 밑에서 무사로 있으면서 불량하게 유곽이나 극장을 드나들었다. 그러나 스물한 살에 바쇼에게 입문해 하이쿠를 배운 후 기카쿠와 나란히 바쇼 문중의 중심적 존재가 되었다. 바쇼는 란세

쓰의 재능을 높이 평가해 '내 오두막에 복사꽃 벚꽃 있고, 내 문중에 기카쿠 란세쓰 있네草庵に桃桜あり門人に其角嵐雪あり'라고 읊었다. 란세쓰는 시풍이 서정적이고 부드러우며 기교를 부리지 않는 것이 특징이어서 도시적이고 화려한 시풍의 기카쿠와는 젊은 감성이 부딪치는 진검 승부 같은 것이 있었다. 30대 초반에 무사직을 완전히 그만둔 란세쓰는 그 자신이 하이쿠 지도자로서 활동하기 시작하면서 바쇼와 이론적인 대립을 하고 멀어졌다. 창작상의 갈등도 있었겠지만 수많은 젊은 시인들이 바쇼 문하에 입문하면서 소외감을 느꼈을 가능성도 크다. 란세쓰는 결국 바쇼의 임종을 지키지 못했으나 소식을 듣고 달려와 무덤 앞에서 눈물을 흘렸다. 일주기 때는 앞장서서 추모 하이쿠 선집 『봄나물若菜集(와카나슈)』을 펴냈다. 바쇼 사후에 에도 하이쿠 시단을 기카쿠와 양분해 큰 흐름을 이루었다.

에도로 온 지 6년째 되는 해에 바쇼는 『도세이 문하생 독음 20가선桃青門弟独吟二十歌仙(도세이몬테이도쿠긴니짓카센)』이라는 하이쿠 문집을 출간했다. 산푸, 기카쿠, 란세쓰, 보쿠세키, 보쿠타쿠卜宅, 란란嵐蘭 등 뛰어난 문하생 21명이 참가했다. 이는 에도의 하이쿠 시단에 당당히 평가를 묻고 자신이 하이쿠 지도자로서 우뚝 섰음을 알리는 야심적인 문집이었다. 또한 장래가 촉망되는 에도의 시인 지망생들이 바쇼 주위에 많이 모여들었음을 말해 준다.

시가 궁정의 귀족들 사이를 떠나 무사와 상인들 속으로 파고들었기 때문에 바쇼의 문하생과 문우들은 다양했다. 가까운 제자들 중에는 왕실의 일원이나 의사들도 있었으며 감옥에 갇혔던 이들도 있었다.

바쇼가 왜 고향과 가깝고 수도이며 문화 중심지인 교토를 떠나 낯선 에도로 갔는지는 알 수 없다. 그 자신의 글에도 언급된 바가 없다. 기긴이나 소인 같은 쟁쟁한 하이쿠 지도자들이 확고하게 자리 잡은 교토보다 아직 하이쿠 문단이 확립되지 않은, 문화적으로 새롭게 부상하는 에도가 더 좋은 기회의 장소라고 여겼는지도 모른다. 모시던 주군의 때 이른 죽음에 충격을 받아 먼 곳으로 떠난 것이라는 추측도 있다.

*

'싸움과 화재는 에도의 꽃'이라는 말이 생겨날 정도로 에도에는 화재가 빈번했다. 조닌들 중에서도 서민층은 칸을 막아서 여러 가구가 살 수 있도록 길게 만든 '나가야長屋'라는 좁은 목조 연립주택에 살았기 때문에 한 집에서 불이 나면 모든 가구가 소실되는 것을 막을 길이 없었다. 옹기종기 복잡하게 밀집한 에도 시내의 구조와 급격히 늘어난 인구, 그리고 곤궁한 하층민에 의한 방화도 한몫을 했다. 걸핏하면 화재가 일어나 광대한 시가지를 불사른 것은 세계 역사에서도 유례없는 일이었다. 큰불이 일어나는 모습은 '붉은 단풍잎이 춤추는' 것으로 묘사되었다.

1657년 발생한 메이레키 대화재明曆の大火는 관동대지진과 2차 세계대전을 제외하면 현재까지도 일본에서 가장 큰 화재로 남아 있다. 로마 대화재, 런던 대화재와 더불어 세계 3대 대화재 중 하

나이다. 에도의 절 혼묘지本妙寺의 노승이 사랑을 이루지 못한 소녀의 죽음을 애도하기 위해 소녀의 후리소데(소매가 긴 옷)를 태우던 중 갑자기 불어온 광풍에 그 불이 절의 처마에 옮겨붙고 순식간에 에도 중심부로 번지는 바람에 수도의 75퍼센트가 파괴되었다. 에도를 개조하기 위해 막부에서 고의로 불을 질렀다는 설도 있는 이 대화재로 에도 성과 다이묘大名(각 지역의 봉건 영주)들에게 제공된 저택들, 그리고 시가지 대부분이 소실되었으며 수만 명이 목숨을 잃었다.

이 밖에도 에도에서는 크고 작은 화재가 끊이지 않았다. 에도시대 265년 동안 에도에만 49회의 대화재가 발생했다. 같은 기간 교토는 9회, 오사카는 6회 화재가 일어난 것과 비교하면 유난히 화재가 많았음을 알 수 있다. 작은 화재 사건까지 합치면 이 기간 동안 1,798회의 화재가 일어났고, 인구 증가와 에도의 번영에 비례해 화재 횟수도 증가했다. 막부의 권력이 약해지고 치안이 나빠진 후반기 17년간에는 506회의 화재가 발생했다. 밤이면 야경꾼이 불조심을 일깨우는 효시키拍子木(딱따기)를 두드리고 다니는 것이 에도의 밤 풍경 중 하나였다.

문하생이자 후원자인 산푸의 집에서 나와 니혼바시의 오다와라초小田原町에 살던 무렵 바쇼의 셋집이 화재로 전소했다. 이것이 바쇼의 심경에 어떤 영향을 미쳤는지는 정확히 알 수 없지만, 바쇼 기념관의 연구원 요코하마 후미타카橫浜文孝는 바쇼가 에도생활을 접고 변두리의 오두막으로 떠난 것은 화재로 인한 심경변화가 원인이라고 말한다. 주군 요시타다의 죽음을 통해 느낀 인생무상, 그리고 연이은 화재로 경험한 '우키요浮世(덧없는 세상)'에 대한 자각이 삶의 방향에 영향을 미친 것은 분명하다.

29세에 에도로 왔다가 귀향해 31세에 다시 에도로 돌아온 바쇼는 본격적인 하이쿠 지도자의 삶을 시작했고, 에도의 하이쿠 문단에서 나날이 명성이 높아 갔다. 에도로 나가기 전에 이미 스승 기긴의 하이쿠 작법서를 전수받을 정도로 상당한 시적 역량을 가지고 있었기에 얼마 안 가 문하생들과 후원자들이 늘었다. 문학적으로나 경제적으로나 안정된 생활이 보장되는 것은 시간문제였다. 서른일곱 살에 '옹翁'이라는 경칭을 들을 정도로 하이쿠 지도자로서 성공적인 삶을 누릴 수도 있었다. 그러나 돌연 바쇼는 모든 지위와 명예를 내려놓고 한겨울에 에도 접경을 흐르는 스미다가와隅田川 강 건너 후카가와深川의 작은 오두막으로 이주했다. 37세의 일이었다.

후카가와는 해수면과 높이가 같은 저지대로 도쿄 만에서 끊임없이 불어오는 바람과 거친 물결에 노출된 지역이었다. 심한 태풍이 불 때는 대피해야 하고, 식수도 배로 실어다 주는 물에 의지하는 거칠고 척박한 땅이었다. 성공의 궤도에 오르기 시작할 무렵 갑자기 모든 것을 버리고 변두리로 은둔해 들어간 것은 하이쿠 지도자로서 자살행위나 다름없었다.

*

문하생 리카李下가 파초(바나나 나무) 한 포기를 마당에 선물함

으로써 '파초암芭蕉庵(바쇼안)'으로 불리게 된 오두막은 이름만 낭만적으로 들릴 뿐, 풀로 지붕을 엮은 방 한 칸짜리 초막에 불과했다. 강변의 비옥한 흙에서 파초는 무럭무럭 자랐고, 귀한 이 여러해살이풀을 무척 사랑해 바쇼는 자신의 호를 '도세이'에서 '바쇼(파초)'로 바꾸었다. 훗날 그는 〈파초를 옮기는 글芭蕉を移す詞〉이라는 글에서 이렇게 썼다.

"어느 해인가 거처를 후카가와로 옮겼을 때 파초 한 그루를 심었다. 이곳의 토양이 파초의 성장에 잘 맞는지 한 그루가 여러 그루로 늘어나고 잎이 무성해져서 뜰을 비좁게 만들었으며 오두막 처마도 가렸다. 사람들이 '파초암'이라고 불러 그것을 초막의 이름으로 삼았다. 오래된 친구나 문하생들은 함께 파초를 사랑하고 해마다 뿌리를 나누어 이곳저곳에 보내는 것이 일이었다. 잎이 매우 커서 바람에 펄럭이다가 중간에서 꺾이면 봉황의 꼬리가 애처롭게 꺾인 것처럼 보이고, 푸른색 부채가 찢어진 듯하여, 그저 바람이 얄밉기만 하다. 가끔 꽃은 피나 화려하지 않다. 줄기는 굵지만 쓸모가 없어 도끼에 맞을 일도 없다. 나는 다만 파초 잎 그늘에 놀면서 그 잎이 비바람에 쉬이 찢김을 사랑할 뿐이다."

오두막이 위치한 곳은 변두리이긴 했으나 스미다가와 강과 후지 산富士山, 쓰쿠바 산筑波山 등의 주변 풍경이 시작 활동에 많은 영감을 주었을 것으로 여겨진다. "후카가와의 땅이 아니었다면 후세에 남을 바쇼는 탄생하지 않았을 것이다."라고 말하는 평자도 있다.

에도에 빈번하게 발생한 화재만이 돌연한 은둔의 이유는 아니었다. 당시의 하이쿠는 해학의 재치와 능란한 언어유희를 겨루는 작품들만 인기가 있었다. 바쇼가 목표로 한 것은 정적 속에서 느껴지는 감성, 인생의 고독과 허무, 그리고 이백과 두보 같은 중국 시인들의 고고함, 영혼의 구원 등을 시 속에 담는 일이었다. 웃음과 즐거움을 추구하는 것이 아니라 인생을 탐구하는 시였다. 에도의 하이쿠 문단은 돈과 명성에 대한 욕망이 지배해서 선생들은 문하생 숫자로 경쟁했다. 바쇼는 중국 당나라 시인 백낙천이 "수도 장안은 옛날부터 명예와 이득의 땅으로, 돈을 갖지 않고 빈손으로는 걸어 들어갈 수 없다."라고 한 말을 인용해 자신의 심경을 토로했다. 또한 신진 하이쿠 지도자로서 많은 하이쿠 애호가들을 늘 만나야만 하는 것도 바쇼의 성격에는 쉬운 일이 아니었을 것이다.

돈과 명예가 지배하는 문단에 실망한 바쇼는 니혼바시의 번화가를 떠나 오직 진정한 문학에 대한 갈구만을 가슴에 품고 파초암으로 들어갔다. 그렇게 에도에서의 7년 생활이 막을 내렸다. 다른 하이쿠 지도자들의 눈에는 '패배'로 보였지만 바쇼의 문하생들은 후카가와로의 이사를 크게 환영하며 힘을 합쳐 스승의 생활을 지원했다. 바쇼가 문하생들로부터 존경받은 것은 단순히 시적 재능 때문만이 아니라 스승으로서의 이러한 실천적 자세 때문이었다.

오두막에서 마시는 차
나뭇잎 긁어다 주는

초겨울 찬 바람
柴の戸に茶を木の葉搔く 嵐 かな
しば と ちゃ こ は か あらし

물을 끓여 차를 마시고 싶은 마음을 아는지 겨울바람이 오두
막 문 앞까지 불쏘시개로 쓸 나뭇잎을 그러모아다 준다. 가난하
여 찻물 끓일 땔감도 없는 정경이 보인다. 외로움 속에 붉은 잎들
이 허공에 나부끼는 파초암 첫해의 풍경이다. 자신의 궁핍한 생
활을 한탄하는 것은 아니다. 오히려 상황 그대로를 담담하게 받
아들이고 있다. 자연 관조를 통해 내적 운율을 드러내고 가까운
것에서 시의 소재를 찾는 만년의 가루미輕み 사상이 엿보인다.

*

후카가와로 이주한 두 해 뒤, 파초암은 에도에서 또다시 일어난
대화재의 불길로 소실되었다. 고마고메에 있는 절 다이엔지大円寺
에서 시작된 불은 시타야, 아사쿠사, 간다를 거쳐 니혼바시까지
번져 다이묘들의 저택 75채, 신사 47채, 사원 48채를 태우고 천
명 이상의 사망자를 낸 뒤 꺼졌다. 문하생 기카쿠는 바쇼 사후에
쓴 『바쇼옹 종언기芭蕉翁終焉記』에서 이때의 상황을 묘사한다.

"후카가와의 오두막이 갑자기 일어난 불에 둘러싸였다. 스승은
강에 뛰어들어 거적을 머리에 덮고 가까스로 연기 속에서 살아
남았다. 이것이야말로 덧없는 목숨의 시작이었다. 그리하여 그는
'불타는 집'의 진리를 자각하고 집 없이 살기로 결심했다."

'불타는 집火宅'은 『화엄경』에 나오는 가르침이다. 모든 중생이 불타는 집에서 고통받고 있음을 자각하라는 내용이다. 간신히 목숨만 건진 바쇼의 마음에 '일소부재一所不在', 한곳에 머물지 않겠다는 생각이 깊이 뿌리내렸다. 이 화재는 바쇼의 인생에 큰 영향을 주었다. 한겨울에 거처를 잃은 그는 문하생의 초청으로 가이 지방(현재의 야마나시 현)의 야무라로 가서 여름까지 지냈다. 에도에서 70킬로미터 거리였지만 바쇼는 이 여행에서 새로운 활력을 얻었다. 이 신선한 경험을 통해 여행과 방랑에 대한 동경이 마음에 자리 잡았다. 야무라에 머물면서 자신을 초청한 문하생 비지麋塒, 잇쇼一晶와 함께 하이쿠 문집 『삼음가선三吟歌仙(산킨카센)』 두 권을 읊었다.

가이 지방 여행을 마치고 에도에 돌아온 여름(거처는 불분명), 제자 기카쿠가 바쇼 문중 최초의 하이쿠 문집 『속 빈 밤톨虛栗(미나시구리)』을 펴냈다. 바쇼는 발문을 쓰고 홋쿠 14편을 실었다. 시집 제목에서 기카쿠의 재치가 드러난다. 밤은 당시 승려와 은둔자들의 주된 식량이었다. 그런데 그 밤톨이 속 빈 쭉정이라는 것이다. 거처를 잃은 바쇼의 처지를 해학적으로 표현한 것이다.

이해 가을 문하생과 문우를 포함한 52명이 기금을 보태 두 번째 파초암을 신축했다. 집은 겨울에 완성되어 바쇼는 다시 오두막으로 들어갔다. 그 사이 고향에서는 어머니가 세상을 떠났다.

두 번째 파초암 마당에도 제자들이 파초를 가져다 심었다.

파초에는 태풍 불고

대야에 빗물 소리

듣는 밤이여
<ruby>芭</ruby>蕉 野分して 盥 に雨を聞く夜かな

　파초암에서의 현실적인 삶이 드러난다. 파초 잎 그늘에 숨어 문
하생들의 도움으로 생활하면서 바쇼는 당시의 두 주류를 이루던
데이몬파貞門派(격식과 지적인 언어유희를 중시한 시풍) 하이쿠와 단린파
談林派(규칙에 얽매이지 않고 용어와 소재의 자유를 추구한 시풍) 하이쿠에
서 벗어나 두보와 백낙천, 소동파 등의 한시에 영향을 받은 독자
적인 시 세계를 펼쳐 나가기 시작했다. 사실 바쇼가 파초암으로
이주한 1680년경에는 데이몬파와 단린파의 주도권 다툼이 에도
와 교토, 오사카에서 절정에 달했다. 이 무의미하고 결실 없는 논
쟁에 불만을 느낀 소수의 시인들은 새로운 하이쿠의 길을 모색하
고 있었다. 오니쓰라鬼貫, 라이잔来山, 신토쿠, 곤스이言水 등 뛰어난
시인들이 그들이었다. 이들은 자신들이 향해 가던 세계에 바쇼가
도달하자 자신들도 같은 길을 가고 있음을 깨닫고 바쇼의 새로운
하이쿠 운동에 합류했다.

　그리하여 바쇼를 통해 본격적인 하이쿠 문학이 탄생하고, 단순
한 경구나 번뜩이는 재치가 아니라 시인의 마음에 깃들인 위대한
시상을 17자의 제한된 형식 안에 응축해 표현하는 새로운 세계
가 열렸다. 그러나 어찌 보면 그 시대가 바쇼라는 천재를 필요로
한 것이라고도 말할 수 있다. 시대가 바쇼라는 천재를 탄생시킨
것이다.

파초암에서 멀지 않은 곳에 린센안臨川庵이라는 암자가 있었다. 그곳에 붓초佛頂라는 이름의 승려가 기거하고 있었다. 에도의 번화가에 살다가 강 건너 변두리의 오두막으로 옮겨 간 바쇼는 기분이 울적하거나 외로울 때면 이 암자를 찾아갔다. 38세의 바쇼는 자신보다 세 살 연상인 붓초를 수시로 찾아가 그에게서 불교의 선사상과 노장 철학, 중국의 시인들에 대해 배웠다. 이는 바쇼의 삶과 문학에 지대한 영향을 미쳤다. 사실 뛰어난 문하생들과의 관계가 더 주목받은 까닭에 붓초와의 만남이 가진 의미는 과소평가된 면이 없지 않다.

붓초는 혼슈 남동부 태평양 연안에 위치한 이바라키 현 가시마에 있는 임제종 파의 절 곤폰지根本寺(근본사)의 승려였다. 8세에 절에 들어와 참선 공부를 시작해 14세 봄에 전국의 유명한 선승들을 만나는 구도 여행을 떠났다. 그리고 33세에 곤폰지의 주지직을 물려받았다.

당시 곤폰지는 가시마신궁과 부당한 토지 소유권 분쟁을 겪고 있었기 때문에 붓초는 그 소송 해결을 위해 에도에 머무는 일이 많았다. 이때 숙소로 파초암 근처의 린센안을 사용했다. 바쇼는 걸식 방랑승을 동경하는 마음을 가지고 있었는데, 그것이 붓초의 삶의 방식과 일치했기 때문에 강한 존경심을 느꼈다.

글벗 소도나 문하생 기카쿠 등과 달리 가난한 집에서 태어나 아버지를 일찍 여읜 탓에 바쇼는 정통 교육의 기회를 얻지 못했다. 따라서 일반 교양에 대한 지식이 부족했다. 후카가와의 파초암으로 이주해 붓초를 만나 참선뿐 아니라 한학을 배우고, 그중에서도 특히 노장사상에 대해 체계적으로 배운 것은 크나큰 행운이었다. 이때부터 바쇼의 인생이 빠르게 전개되기 시작했다. 특히 장자 철학은 바쇼의 인생관과 자연관 전체에 영향을 주었다. 그것은 대시인 바쇼의 탄생에도 중요한 토대가 되었다. 파초암에서 살기 시작한 지 얼마 되지 않은 무렵에 운명적으로 만나 바쇼는 붓초에게 하이쿠를 가르치고 붓초는 바쇼에게 선의 세계를 가르쳤다. 1년 반 정도 지속된 이 교류는 위대한 만남 그 자체였다. 현재 린센안 경내에 세워진 비석에는 바쇼가 "아침저녁으로 와서 참선 수행을 했다."라고 기록되어 있다.

마침내 가시마신궁과의 토지 분쟁이 해결되어 붓초가 곤폰지 본사로 돌아가자 바쇼는 44세의 음력 8월 문하생 가와이 소라河合曾良, 승려 소하宗波와 함께 에도에서 동쪽으로 50킬로미터 떨어진 가시마로 향했다. 붓초로부터 달구경을 오라는 초대 편지가 날아온 직후였다. 일주일 동안의 이 짧은 여행은 가시마신궁 참배와 쓰쿠바 산의 달구경, 그리고 무엇보다 스승 붓초를 만나는 것이 목적이었다. 이것이 『가시마 참배鹿島詣(가시마모데)』 여행이다. 도착해 보니 붓초는 주위의 만류에도 불구하고 곤폰지의 주지직을 내주고 조금 떨어진 암자에 은거하고 있었다. 그곳에서 바쇼는 붓초와 함께 밤을 보냈다. 달구경을 하려는 애초의 계획은 밤새 내린 비로 무산되고 새벽녘이 되어서야 잠깐 달을 볼 수 있었다. 『가시마 참배』 기행문에는 멀리 달을 보러 왔는데 달빛, 빗소리 같은 정경이 가슴에 스며 하이쿠를 지을 수 없다는 심경과 함께 달구경한 당일의 풍경을 적고 있다.

현재 곤폰지 경내에는 바쇼가 가시마 여행 때 달구경하면서 지은 다음의 하이쿠 두 편이 돌에 새겨져 있다.

달은 빠르고
우듬지들은 아직
비를 머금고
月はやし 梢は雨を持ちながら

내리던 비는 그치고, 구름 사이를 달리는 달은 빠르다. 나뭇가지 끝은 아직 빗방울을 머금고 있다.

절에서 자니
참된 얼굴이 되는
달구경
寺に寝てまこと顔なる月見かな

어떤 관념에도 물들지 않은 '본래면목'을 깨닫는 것을 수행의 목표로 삼는 절에서 달구경하는 밤, 산사의 청정한 분위기 속 달도 참된 얼굴이고 그 달을 바라보는 사람도 참된 얼굴이 된다.

바쇼는 훗날 『오쿠노호소미치』 여행길에서 경외하는 스승 붓초가 참선 수행을 하던 암자를 방문했다. 이 암자에 대해 붓초는

'가로세로가/ 다섯 자도 못 되는/ 풀로 엮은 암자/ 엮을 것도 없었네/ 비만 없었더라면' 하고 와카의 형태로 바쇼에게 들려준 적이 있었다. 사방이 1.5미터도 안 되는 작은 암자조차 수행자의 몸에는 불필요한 것이지만, 비를 피하기 위해 하는 수 없이 만들었다는 것이다. 본래무일물 사상을 실천한 진정한 수행자였다. 가파른 산을 기어 올라가니 작은 암자가 바위 굴에 기대어 지어져 있었다. 감동을 받은 바쇼는 붓초에 대한 존경의 마음을 다음의 하이쿠에 담아 암자 기둥에 걸어 두었다.

딱따구리도

암자만은 쪼지 않는

여름 나무숲
啄木鳥も庵は破らず夏木立
きつつき　いお　はやぶ　なつこだち

붓초의 진정한 수행 정신에 감동해 딱따구리조차 그의 암자만은 훼손하지 않는다는 것이다. 즉흥적으로 쓴 것이 아니라 붓초 선사의 시가 가슴속에 늘 메아리치고 있었기에 그 자리에서 화답하는 형태의 하이쿠를 쓸 수 있었던 것으로 보인다. 혹은 이미 마음속에 이 하이쿠가 완성되어 있었으며, 그것을 현실화하기 위해 붓초의 암자터를 방문했다는 시각도 있다. 바쇼가 붓초의 '구도자적인 삶'에 대해 얼마나 깊은 영향을 받았는지 알 수 있다.

오래된 연못

개구리 뛰어드는

물소리
ふるいけ　　かわずとび　　みず　　おと
古 池や 蛙 飛こむ水の音

가장 널리 알려진 바쇼의 하이쿠이다. 하이쿠의 일대 혁명이며 "하이쿠의 모든 이해는 바쇼의 이 하이쿠에 대한 이해로부터 시작된다."라고 일컬어지는 대표작이다. 이 하이쿠가 탄생한 것은 어느 해 봄 파초암에서 열린 문하생들과의 '개구리 하이쿠 모임'에서였다. 바쇼는 먼저 '개구리 뛰어드는/ 물소리'라고 뒷부분을 쓰고 앞을 어떻게 쓰면 좋을지 기카쿠의 의견을 물었다. 기카쿠는 '황매화여山吹や'로 하자고 했다. 이제까지의 하이쿠에서처럼 개구리 하면 황매화가 어울리지 않느냐는 것이었다. 그러나 바쇼는 그것을 채택하지 않고 곰곰이 숙고한 뒤 '오래된 연못'으로 정했다.

문하생 시코支考가 쓴 하이쿠 이론서『칡의 소나무 숲葛の松原(구즈노마쓰바라)』에 기록된 이 일화가 바쇼의 개구리 하이쿠 창작 과정에 대한 정설이 되었다. 그런데 이 하이쿠가 탄생한 순간에 시코는 그 자리에 없었다. 개구리 하이쿠 모임이 열린 것은 시코가 바쇼의 문하생이 되기 여러 해 전이었다. 단, 시코의 하이카이 이론서가 출간된 것은 바쇼가 세상을 떠나기 1년 전이므로 바쇼 본인이 훑어본 뒤 세상에 나왔으리라고 여겨진다.

서양에 선사상을 소개하는 데 큰 역할을 한 불교학자 스즈키 다이세쓰鈴木大拙는『선과 일본 문화』에서 그것과는 다른 일화를 소개한다.

바쇼가 아직 붓초 선사 밑에서 참선을 배울 무렵, 어느 날 붓초가 바쇼를 찾아와 물었다.

"오늘은 어떠한가?"

이 말은 요즘 어떻게 사느냐는 질문이면서 선에서 대답을 재촉할 때 사용하는 일종의 선문답이다.

바쇼가 답했다.

"비 지나가며 푸른 이끼를 씻었습니다."

비가 내려 이끼의 색이 더 뚜렷해졌다는 답이다.

붓초가 다시 물었다.

"푸른 이끼가 아직 생겨나기 전, 봄비가 아직 내리기 전의 진리는 무엇인가?"

이에 바쇼는 답했다.

"개구리 뛰어드는 물소리."

문득 개구리가 오두막 근처 연못에 뛰어드는 것을 보고 그렇게 대답한 것이다. 선적 깨달음의 순간이다. 붓초는 바쇼의 대답에 만족하며 고개를 끄덕였다고 한다. 바쇼의 하이쿠에 선의 정신이 얼마나 영향을 미쳤는가를 말해 주는 일화이다.

*

일본 문학에서 바쇼는 '방랑 미학의 창시자'로 불린다. 그의 근본 사상은 안주의 거부였다. 화재로 전소된 첫 번째 파초암 자리에 두 번째 파초암이 지어졌을 때 바쇼는 40세였다. 이듬해부터 그는 이 오두막을 거점으로 '인생은 곧 여행'이라는 사상을 행동에 옮기기 시작했다. 자신이 흠모하는 방랑 시인 사이교西行(1118-1190. 여러 지역을 떠돌며 시를 지은 헤이안 시대의 승려 시인)의 삶을 본받아 동에서 서로, 남에서 북으로 여행을 거듭했다. 41세에 시작된 방랑은 51세에 생을 마칠 때까지 10년 동안 반복되었으며, 이 기간에 대표 하이쿠 대부분이 탄생했다.

문하생들의 후원으로 자신이 원하는 곳에 한적한 거처를 마련하고 시인으로서의 명성도 얻었지만 마음 한구석에서는 그것이 불행으로 작용했다. 한 하이쿠 앞에 그는 이렇게 적었다.

"달을 보면 외롭고, 나 자신에 대해 생각하면 외롭고, 이 초라한 삶에 대해 생각하면 외롭다. 외롭다고 외치고 싶으나 아무도 내 기분을 묻지 않는다."

이러한 외로움, 거듭된 화재로 인한 무상함의 자각이 그를 여행으로 이끌었을 것이다. 이유가 무엇이든 그는 오두막을 떠나 여러 곳을 방랑해야 한다고 느꼈다. 그것도 짧은 여정이 아니라 본격적인 긴 여행이 필요했다.

41세의 가을, 바쇼는 은둔 생활을 떨치고 여행에 나섰다. 42세 여름까지 아홉 달이나 걸린 긴 여행이었다. 이 여행의 핵심만을 기록한 짧은 기행문이 『노자라시 기행野ざらし紀行』이다. '노자라시', 즉 '들판에 버려진 해골'이라고 제목이 붙은 까닭은 여행기 서두에 실린 하이쿠에 있다.

들판의 해골 되리라

마음먹으니

몸에 스미는 바람
野ざらしを 心 に 風のしむ身かな

여행을 떠나기 앞서 자신의 죽음을 상상하는 것이 지나친 과
장이나 감상처럼 들릴 수도 있다. 그러나 오늘날과 달리 17세기의
여행에서는 강도와 악당들이 여행자를 습격하곤 했기 때문에 부
자들은 호위대를 대동하고 다녔다. 바쇼에게는 '막역한 사이이며
신의가 있는' 문하생 나무라 지리苗村千里가 유일한 동행이었다.
두세 해 전에 바쇼는 삭발을 했으며, 강도들에게 가난한 여행자
로 보이도록 승복을 입었다. 이 무렵 건강이 그다지 좋은 편이 아
니어서 대장염과 관절염 같은 만성질환에 시달렸다. 길고 긴 여행
의 대부분을 걸어서 이동했으며, 숙소와 음식도 전적으로 각지의
문하생들에게 의존해야만 했다. 죽음은 결코 추상적인 문제가 아
니었다.

'천 리 길 나서는데 도중에 먹을 식량도 마련하지 않고 옛사람
의 지팡이에 의지해 가을 강변의 오두막을 떠나려 하니 바람 소
리가 왠지 차갑게 느껴지고' 걷다가 들판에 쓰러져 백골을 드러
내게 될지도 모른다고 생각하자 찬 바람이 뼛속에 스민다. 존경
하는 사이교와 소기宗祇(1421-1502. 렌가의 대가로 당대 일본 최고의 시
인) 등 옛 시인들도 길에서 많이 죽었으니 객사를 해도 두렵지 않
다는 마음이었다. 다만 옛사람의 자취를 따라가는 것이 아니라
그들이 추구한 것을 찾아가는 여행이었다. 그리하여 오두막에서

의 은둔적인 시 세계에서 벗어나 너른 들녘으로 나아가는 바쇼 하이쿠의 새로운 지평이 열렸다. 여행기에 실린 하이쿠들은 당나라 시문학의 영향이 두드러진다.

열 번째 가을
돌아서서 에도를
고향이라네
<ruby>秋<rt>あき</rt></ruby> <ruby>十<rt>と</rt></ruby> <ruby>年<rt>とせ</rt></ruby> <ruby>却<rt>かえっ</rt></ruby> て<ruby>江戸<rt>えど</rt></ruby>を<ruby>指<rt>さす</rt></ruby><ruby>故<rt>こ</rt></ruby> <ruby>郷<rt>きょう</rt></ruby>

에도에 와서 고향을 그리워하길 여러 해, 이제 열 번째의 가을을 맞는다. 지금 에도를 등지고 고향을 향해 떠나려 하니 원래 객지였던 에도가 오히려 고향인 듯 그립다. 실제로는 열두 해를 에도에서 살았다. 에도를 떠나 하코네 관문을 넘는 날은 비가 내려 산이 구름 속에 숨었다. 안개비에 후지 산은 보이지 않지만 이 풍경도 정취가 깊다. 동행했던 지리가 읊었다.

후카가와여
파초를 후지 산에
맡기고 가네
<ruby>深川<rt>ふかがわ</rt></ruby>や<ruby>芭<rt>ば</rt></ruby> <ruby>蕉<rt>しょう</rt></ruby>を<ruby>富士<rt>ふじ</rt></ruby>に <ruby>預<rt>あず</rt></ruby> <ruby>行<rt>けゆく</rt></ruby>

'아쉬움 속에 뒤돌아보며, 후지 산의 안개 낀 풍경 속에 파초를 맡기고 우리는 떠난다.' 후지카와富士川 강 부근을 지날 때 세 살

쯤 된 아이가 길에 버려진 채 슬피 울고 있었다. 아이의 부모는 스스로 키울 수도 없고, 그렇다고 급류로 유명한 이 강에 아이를 던져 넣고 자신들만 덧없는 세상을 살아가는 것도 견딜 수 없어 이렇게 강가에 버려둔 것일까? 이슬만큼 덧없는 목숨인 것을 알면서? 작은 싸리꽃이 가을바람에 불려 흩어지는 것처럼 오늘 밤 떨어질까 내일 시들까, 가여운 마음에 소맷자락에서 음식을 던져주었다.

원숭이 울음 듣는 이여

버려진 아이에게 부는 가을바람

어떻게 듣나
猿を聞人 捨子に 秋の風いかに

원숭이 울음은 가을의 계어이다. 원숭이는 늦가을 무렵이면 새된 소리로 구애를 한다. 비장감을 불러일으키는 원숭이 울음은 예로부터 한시에서 슬픔의 상징이었다. 그 슬픈 원숭이 울음소리와 버려진 아이의 가련한 울부짖음 어느 쪽이 더 슬픈가를 묻고 있다. 가난 때문에 자식을 버리지 않으면 안 되는 부모의 고통에 비교할 것은 없다. 당시에는 빈민이 많았고, 생활고 때문에 아이를 버리는 일이 많았다. 어떻게 할 수 없는 안타까움과 절박한 마음을 하이쿠에 담았다.

여행은 에도를 출발해 이세신궁을 참배하고 고향 이가우에노에서 지난해 돌아가신 어머니의 묘소에 절한 뒤, 야마토의 대나무 숲과 요시노의 가을을 감상하는 것으로 이어졌다. 그리고 야마시로와 오미를 지나 오가키에 당도해 해운업을 하는 문하생 보쿠인木因의 집에서 묵으며 다음의 하이쿠를 썼다.

죽지도 않은

객지 잠의 끝

가을 저물녘
死にもせぬ 旅寝の 果よ 秋の暮

들판의 해골이 될 마음을 먹고 떠나왔건만 다행히 객사하지 않고 이곳까지 왔다. 죽지는 않았으나 가을이 저물어 가는데 아직도 길 위에 서 있는 자신의 몸에 다가오는 적막감이 느껴진다. 이후 아쓰다신궁을 참배하고 나고야, 나라, 교토를 지나 비와코琵琶湖 호수를 감상한 뒤 초여름에 에도로 돌아왔다. 2천 킬로미터의 대장정이었다.

여름에 입은 옷

아직까지 이를 다

잡지 못하고
夏衣 いまだ 虱 を取り尽くさず

파초암으로 돌아와 쓴 하이쿠이다. 죽음을 작정하고 떠난 여행이었으나 살아서 돌아왔다. 입었던 옷의 이를 아직 잡지 못한 것처럼 여행하면서 적은 글들도 정리하지 않은 채 편안한 휴식을 즐기고 있다. 그렇게 한동안 바쇼는 파초암에 머물면서 '개구리 하이쿠'를 비롯해 많은 대표작을 썼다.

*

『노자라시 기행』에서 돌아온 2년 뒤 승려 붓초를 만나러 『가시마 참배』 여행을 다녀온 바쇼는 두 달쯤 뒤 또다시 서쪽으로 떠나는 긴 여행길에 나섰다. 새해를 고향에서 맞이하고 교토로 향하는 여정이었다.

44세의 늦가을에 떠난 이 『오이노코부미笈の小文(여행 상자 속 짧은 글)』 여행은 두 해 전의 여행과 많이 달랐다. 이제 바쇼는 많은 문하생들과 글벗들로 둘러싸인 유명한 시인이었다. 사람들은 그의 여행을 위해 성대한 송별회를 열어 주고 많은 선물을 했다. 그의 떠남을 기리는 여러 편의 하이쿠가 바쳐졌으며 참석 못 한 사람들도 하이쿠를 적어 보냈다. 이 하이쿠들은 훗날 『송별의 시句餞別』라는 제목으로 출간되었다.

송별회는 기카쿠의 집에서 열렸다. 바쇼가 먼저 읊었다.

여행자라고

이름 불리고 싶어라

초겨울 비
旅人と我名よばれん初しぐれ

유명 시인이라는 세상의 평가와 상관없이 자신은 다만 한 사람의 여행자일 뿐이며 그것에 운명을 맡기고 떠나겠다는 의지를 밝히고 있다. 이에 후쿠시마에 사는 조타로長太郎가 두 번째 구로 화답했다.

늦동백꽃 아래서

묵고 또 묵으며
又山茶花を宿宿にして

오랜 벗과 가까운 사람, 또는 그다지 가깝지 않은 사람들도 하이쿠를 들고 찾아오고, 어떤 문인은 짚신값을 주며 작별의 아쉬움을 표시했다.

"중국의 현인 장자는 천 리 길을 떠나는 자는 석 달 걸려 식량을 모으지 않으면 안 된다고 했는데, 나는 주변 사람들 덕분에 그렇게까지 힘을 쏟을 일이 없었다. 종이옷과 솜옷, 모자와 버선 등 각자의 마음의 선물이 모여 서리와 눈의 추위에 떨 걱정이 없었다."

에도의 오두막을 출발한 바쇼는 태평양 연안을 따라 동쪽으로 내려가 나루미, 요시다를 거쳐 호비에 귀양 가서 사는 애제자 도코쿠杜国를 만났다. 그런 다음 나고야에 도착해 눈 구경 하이쿠 모임을 가진 후 고향 이가우에노로 가서 새해를 맞았다. 고향에서의 환영도 크게 달라졌다. 사람들은 에도에서 활동하는 유명한 시인으로 그를 맞이했으며, 지역의 많은 이들이 문하생으로 입문했다. 젊어서 함께 하이쿠를 배우다가 요절한 주군 요시타다의 유복자가 이제 장성해 바쇼를 집에 초청하고 벚꽃 하이쿠 모임을 열었다. 20여 년 전 슬픔과 소외감을 안고 고향을 떠나던 때에 비하면 너무도 다른 위상이었다.

얼마나 많은 일

생각나게 하는

벚꽃이런가

さまざまの事思ひ出す桜かな

고향에서 며칠 지낸 후 다시 길을 떠나 도코쿠와 함께 요시노의 벚꽃을 감상하고 비극적인 역사가 스며 있는 스마 해변에서 묵었다.

두견새 울음

사라져 간 쪽

섬 하나

ほととぎす消え行く方や島一つ

이곳에서 공식적인 여행을 마친 바쇼는 나라와 오사카를 거쳐 교토로 갔다. 여행 기간은 6개월이었다. 여행하면서 삿갓을 썼는데 직접 대나무를 쪼개어 삿갓을 만들기도 했다. 바쇼는 삿갓을 '작은 오두막'이라고 여겨, 비바람으로부터 몸을 지켜 주기는 파초암이나 삿갓이나 매한가지라고 말했다.

교토를 떠나 나고야에 도착했을 때는 한여름이었다. 날씨가 무더워 그곳에서 잠시 휴식한 뒤 문하생 오치 에쓰진越智越人과 함께 사라시나 마을의 오바스테야마 산으로 팔월대보름 달구경을 갔다. 이 여행의 기록이 『사라시나 기행更科紀行』이다. 쉽지 않은 여정이었으나 마침내 보름달을 보는 데 성공하고 에도로 향했다. 그리하여 여행을 떠난 지 꼭 1년 만에 후카가와의 파초암으로 무사히 돌아왔다.

바쇼의 여행에는 몇 가지 중요한 의미가 있었다. 첫째로, 자신이 존경하는 사이교나 노인能因 같은 옛 시인들에게 영감을 준 장소들과 옛 시들 속의 우타마쿠라歌枕(노래에 읊어지는 명소)를 방문하는 일이었다. 그 장소들에 실제로 가서 그곳의 인상과 분위기를 직접 경험하는 것은 시인으로서 중요한 일이었다. 신발이 닳도록 장소들 하나하나를 찾아다닌 것은 실제 본 적도 없는 명소들을 읊어 온 일본 서정시의 전통에 반기를 든 획기적인 일이었다. 바쇼의 하이쿠가 감명을 주는 것은 직접 보고 느낀 풍경의 인상이 담겨 있기 때문이다.

둘째로, 여행을 통해 바쇼는 많은 사람들을 만났으며, 동시에 여행은 바쇼라는 인간과 시를 많은 사람들에게 알리는 기회가 되었다. 그 당시 바쇼는 으뜸가는 하이쿠 지도자였기 때문에 가는 곳마다 하이쿠 모임이 열렸다. 전하는 이야기에 따르면 한 여성은 그런 하이쿠 모임에 필요한 음식과 음료를 마련하기 위해 자신의 머리칼을 잘라 팔기도 했다. 모임에서 바쇼가 첫 구를 지으면 주최자가 이를 받아 두 번째 구로 화답하고 다음 사람들이 계속 이어 가면서 읊었다. 바쇼는 각자의 시를 평가하고 조언하고 시적 영감을 불어넣었다. 다음 날 바쇼는 그곳을 떠났으며, 그의 지도를 받은 이들이 다른 이들에게 그 가르침을 전파했다. 이것이 쇼후蕉風라고 불리는, 문학성 높은 바쇼풍의 시가 일본 전역에서 창작되는 중요한 계기가 되었다.

이제 문하생들의 숫자가 크게 늘었을 뿐 아니라 문하생들의 사회적 지위도 전과 달랐다. 새롭게 부를 축적한 상인과 무사들은 하이쿠를 배워 문화인 대열에 합류하기 원했으며, 바쇼는 이들을 거부하지 않았다. 거듭되는 여행을 통해 바쇼의 시 세계도 나날이 깊어졌다.

*

한 번의 여정에서 두 개의 성공적인 여행 『오이노코부미』 여행과 『사라시나 기행』을 마치고 돌아온 바쇼는 생산적인 여정에 자부심을 느꼈다. 뿐만 아니라 긴 여행에 대한 자신감이 붙은 듯하다. 이듬해 바쇼는 또다시 여행을 계획했다. 오쿠奧, 즉 일본 동북부의 깊숙한 지역들을 도는 대장정이었다. 지난번 여행들에서 가보지 않은 내륙 오지들을 가기로 한 것이다. 바쇼를 바쇼로 만든 것은 바로 이 여행이라고 해도 지나친 말이 아니다. 2,400킬로미터에 이르는 150일간의 여정을 기록한 『오쿠노호소미치』는 일본고전의 대표적 기행문이며 바쇼의 저서 중에서 가장 유명한 작품이다.

여행기 서문에 바쇼는 썼다.

"세월은 영원한 나그네이며, 왔다가 가는 해年 또한 나그네이다. 끊임없이 오가는 배 위에서 인생을 보내는 뱃사공이나 말의 고삐를 잡고 늙음을 맞이하는 마부는 매일매일이 여행이기에 여행을 자신의 거처로 여긴다. 옛사람들도 여행길에서 죽음을 맞이한 이가 많다. 어느 해부터인가 나도 조각구름을 몰아가는 바람을 따라 방랑하고픈 생각을 누를 수 없어 해변을 떠돌다가 지난해 가을 강변 오두막으로 돌아와 거미줄을 걷어 내는 사이에 그 해도 저물었다. 입춘을 맞아 봄 안개 자욱한 하늘이 되자 길을 떠나고픈 생각에 소조로 신(사람의 마음을 유혹하는 신)이 들린 듯 마음이 미칠 것 같아 아무것도 손에 잡히지 않았다."

시인의 마음속에서 격랑처럼 이는 여행에의 갈구를 느낄 수 있다. 1689년(46세)은 바쇼가 흠모하는 방랑 시인 사이교의 500주기 되는 해였다. 이해 음력 3월, 바쇼는 그때까지 살던 파초암을 다른 사람에게 팔고 산푸의 별장으로 거처를 옮겼다.

초가 오두막도

주인이 바뀌는구나

히나 인형의 집
草の戸も 住 替る代ぞひなの家

파초암을 떠나면서 위의 하이쿠를 적어 이별의 징표로 기둥에

걸어 두었다. 새로 이사 온 남자는 딸들을 가진 가장이었다. 따라서 히나마쓰리雛祭り)(딸들의 행복을 위해 하나 인형으로 집을 장식하는 3월 3일의 전통 축제) 때가 되면 바쇼가 시를 쓰던 방에는 이제 히나 인형이 앉을 것이다. 이것이 여행기 『오쿠노호소미치』에 실린 첫 번째 하이쿠이다.

히나마쓰리가 끝난 3월 말, 문하생 소라와 동행해 '삼천 리 긴 여정'에 올랐다. 가까운 벗들 모두가 출발 전날 밤부터 모여, 아침에는 후카가와에서부터 함께 배를 타고 스미다가와 강 다리까지 전송해 주었다. '꿈 같고 환상 같은 이 덧없는 세상을 생각하고 다 함께 이별의 눈물을 흘렸다.' 이에 바쇼는 읊었다.

가는 봄이여
새는 울고 물고기
눈에는 눈물
行く春や鳥啼魚の目は泪

이별이 아쉬워 새도 울고 물고기도 눈물짓는다. 전송 나온 사람들은 길 한가운데 서서 바쇼의 뒷모습이 보이지 않을 때까지 배웅해 주었다. 에도에서 북쪽으로 떠나 닛코에서 신사와 폭포를 구경하고, 구로바네에 있는 절 운간지雲巖寺 뒷산에 올라 붓초 스님이 은거하던 암자를 찾았다. 그곳에서 하이쿠 한 수를 지어 암자의 기둥에 걸어 두고 걸음을 재촉해 아시노 마을로 가서 사이교 법사가 읊었던 버드나무를 감상했다. 그런 다음 오쿠로 가는 첫 관문 시라카와를 넘었다. 흰 병꽃들 사이에 핀 흰 찔레꽃들을 보니 마치 눈꽃 속에서 관문을 넘는 듯한 기분이 들었다.

시라카와 관문을 넘어 숙박 역인 스카가와에 묵었는데, 숙박 역 한쪽 큰 밤나무 그늘에 의지해 한 승려가 조그만 움막에 은둔해 살고 있다.

세상 사람은

찾지 못할 꽃이여

처마 밑 밤꽃
世の人の見付ぬ花や軒の栗

전에는 비교적 쉬운 경로를 밟으며 여행했기 때문에 이번에는 험난한 여정을 선택했다. 자신이 잘 알지 못하는 곳, 그리고 자신을 잘 알지 못하는 곳으로 여행하고 싶었기 때문이다. 부유한 상인이나 세력가의 집이 아니라 작은 여인숙에서 묵고 싶었다.

"그날 밤은 이이즈카에서 묵었다. 온천이 있어서 목욕을 한 후 숙소를 빌리고 보니, 흙바닥에 멍석을 깔았을 뿐인 어설프기 짝이 없는 허름한 방이었다. 등불도 없어서 화로의 불빛이 비치는 곳에 잠자리를 만들어 누웠다. 밤이 깊자 천둥이 치고 비가 계속 내려, 자고 있는 머리맡에서 비가 새고, 벼룩과 모기가 물어 잠을 이룰 수 없었다. 게다가 지병까지 도져 고통 때문에 정신을 잃을 지경이었다. 짧은 여름밤도 간신히 밝았기 때문에 다시 여행길에 올랐다. 하지만 아직 지난밤의 고통이 남아 있어서 기분이 상쾌

하지 않았다. 말을 빌려서 고오리 역참까지 나왔다. 긴 여행을 앞에 두고 이런 병이 나니 앞길이 불안하기만 하다. 하지만 이번 여행은 애초부터 외진 시골들을 도는 행각이고, 몸을 내버릴 각오를 하고 무상한 속세를 떠나온 것이니, 여행 중 길에서 죽는 한이 있더라도 하늘의 뜻이리라."

동북 지방의 마지막 땅인 사카타에서 그 지방 사람들과 아쉬운 작별을 하고 더위와 비, 그리고 지병과 싸우며 험난한 호쿠리쿠北陸道 길을 지났다. 지친 몸으로 이치부리의 여인숙에 도착한 바쇼 일행은 베개를 끌어당겨 일찌감치 잠을 청했다.

"그런데 장지문 하나를 사이에 둔 남쪽 방에서 젊은 여자 둘이 이야기하는 소리가 들린다. 늙은 남자의 목소리도 섞여 있어서 그들의 이야기를 들어 보니, 여자들은 에치고 지방 니가타라는 곳의 유녀들인 모양이다. 이세신궁에 참배하러 가는 길인데 남자가 이 관문까지 배웅해 주러 왔다가 내일은 니가타로 되돌아가므로, 그 편에 편지를 쓰고 두서없이 전갈을 전하는 중인 듯했다. '흰 파도 밀려오는 바닷가 마을에서 몸 파는 신세가 되어, 정처 없이 떠돌며 손님들과 하룻밤 인연을 맺으니, 이것이 전생의 업인가…….' 하고 한탄하는 소리를 무심결에 들으며 어느덧 잠이 들었다."

다음 날 아침 길을 나서려는데 이세신궁까지 갈 길이 불안하고 막막한 두 유녀는 승려의 복장을 한 바쇼 일행에게 함께 동행하게 해 달라고 눈물을 흘리며 부탁했다. 그러나 바쇼는 '여기저기 머무는 일이 많아' 함께 가기 어려우니 같은 방향으로 가는 사람들을 따라가라고 말하고 안녕을 기원하며 헤어졌다. 그렇게 떠나오고 나니 가여운 마음이 언제까지나 사라지지 않았다고 바쇼는 적었다.

이렇게 구불구불 이어진 길고 긴 방랑은 수많은 장소에서 여러 대표 하이쿠들을 탄생시키며 8월 21일경 기후 현 오가키에서 공식적인 막을 내렸다. 바쇼는 이 여행의 기록『오쿠노호소미치』를 5년에 걸쳐 수정하고 윤문했다. 동행한 소라도 이 여정을『소라의 여행 일기曾良旅日記(소라다비닛키)』라는 글로 남겼는데, 두 책을 비교하면 두 사람이 같은 여행을 한 것이 맞나 의심이 들 정도로 차이가 있다. 바쇼의 여행기가 문학적인 반면에 소라의 기록은 묵은 장소, 여행 거리, 날씨, 만난 사람들의 이름 등 사실에 치우쳐 있다. 앞의 유녀 이야기도 소라의 여행기에는 적혀 있지 않다.

오가키에 도착하자, 도중에 복통이 심하게 나 헤어졌던 소라도 마중 나오고, 여러 문하생들을 비롯해 가까운 사람들이 밤낮으로 찾아와 마치 죽었다 살아 돌아온 사람을 반기듯 무사한 귀환을 기뻐해 주었다. 그러나 바쇼는 곧이어 소라와 함께 이세신궁으로 향했으며, 10월에 지치고 병든 몸으로 고향 이가우에노로 돌아왔다. 그리고 11월 말에 나라로 갔고, 12월에는 교토에 머물다가 기추지義仲寺 절의 무명암無名庵(무메이안)에서 새해를 맞았다. 이 기간에 바쇼는 교토 부근과 비와코 호수 남쪽 지방에 사는 문하생과 벗들을 방문했다.

시와 마음의 여정『오쿠노호소미치』여행은 바쇼의 문학 인생의 정점이었다. 여러 대표 시가 이 여행 중에 탄생했으며, 자연과

합일된 순간들을 여러 차례 경험했다. 건강은 나빠졌지만 죽음에 대한 두려움은 사라졌다. 속세의 소유와 이름을 버리고 운명을 바람에 맡긴 채 출가자처럼 떠돈 방랑이었다.

여행을 마친 바쇼는 고향과 교토 부근의 여러 장소에서 여행기를 수정하며 많은 시간을 보냈다. 여행의 구체적인 기록이 아니라 시와 산문이 어우러진 독특한 장르의 탄생이었다. 여행기에 실린 하이쿠들은 5·7·5 열일곱 자의 하이카이 홋쿠가 독립된 시로 훌륭하게 자리 잡는 역사적인 출발이 되었다.

*

교토 부근의·여러 장소를 전전하던 바쇼는 여행을 떠난 2년 후인 48세의 겨울, 에도로 돌아왔다. 그리고 이듬해 봄, 산푸 등이 기금을 모아 새로 신축한 방 세 개짜리 오두막으로 이사할 때까지 니혼바시의 셋집에서 겨울을 났다. 친구들이 옛 오두막 마당에서 파초를 캐다가 새 집 마당에 심었다. 유명한 〈파초를 옮기는 글〉은 이 세 번째 파초암에서 쓴 것이다.

파초암은 이제 혼자만의 공간이 아니었다. 여행 후 오쓰에 머물 때 신세를 졌던 문하생 샤도洒堂가 가르침을 받기 위해 올라와 파초암에서 이듬해 봄까지 지냈으며, 늘 많은 문하생들이 찾아왔다. 유명한 시인으로서의 책임감도 커졌다. 바쇼는 삶의 균형을 찾으려고 노력했지만 차츰 허무에 젖는 것을 어쩔 수 없었다. 시에서도 그것이 드러났다. 나빠진 건강과 주변의 우울한 일들이 허무를 더했다. 이해 봄, 오쓰의 벗에게 보낸 편지에서 바쇼는 썼다.

"이 도시의 시인들은 상을 타거나 이름을 내려고 노력한다. 그
들이 어떤 시를 쓰는지는 알 필요도 없다. 내가 입을 열면 거친
말로 끝나기 때문에 차라리 듣지도 보지도 않는 편이 낫다."

애제자 기카쿠와 란세쓰도 시류에 편승해 하이쿠 심사관으로
인기를 얻고 있었다. 우울해진 바쇼는 벚꽃 필 무렵에 열린 어떤
하이쿠 모임도 거부했다. "벚꽃으로 이름난 장소들은 소음이나
내며 명성을 추구하는 자들로 북적인다."라고 그는 말했다. 이듬
해 봄에는 파초암에서 지내던 조카 도인桃印이 33세 나이에 결핵
으로 숨졌다. 조카를 친아들처럼 아낀 바쇼는 문하생들에게 돈
까지 빌리며 치료에 힘을 쏟았으나 소용이 없었다. 여름에는 더위
로 건강이 무너졌다. 육체적으로도 정신적으로도 쇠약해진 바쇼
는 〈문 닫는 글閉関の説〉을 쓰고 음력 7월 중순 이후 한 달여 동안
방문객을 사절한 채 오두막 문을 닫고 세상과 절연했다. 가을에
는 가장 오래된 제자 란란嵐蘭마저 갑자기 죽었다. 비통함을 감출
길 없었다.

나팔꽃이여
너마저 나의 벗이
될 수 없구나
朝顔 や是も又我が友ならず

이러한 심정적 변화에 상관없이 바쇼가 파초암에 머물자 수많

은 하이쿠 모임에서 초대장이 밀려왔으며, 각 지방에서 온 시인들이 파초암에 기거했다. 이 무렵 바쇼는 자신의 시정신을 '가루미' 사상으로 압축했다. 일상의 평범하고 가까운 소재에서 새로운 아름다움을 발견하고, 그것을 솔직하고 평이하게 묘사해 자연이나 인생의 깊이에 접근하려는 시적 태도였다. 또한 시인은 시 속에 드러나지 않아야 한다고 역설했다.

이 사상에 뜻이 맞지 않은 몇몇 문하생들은 바쇼에게서 이탈해 별도의 집단을 만들었다. 문하생들 사이에 다툼과 불화도 일었다. 무기력해진 바쇼는 이 심정적 불행과 우울에서 벗어나기 위해 자신이 가장 좋아하는 길을 택했다. 바로 여행이었다.

세 번째 파초암에서 두 해를 산 바쇼는 51세의 여름, 에도를 출발해 자신에게 익숙한 태평양 연안의 길을 따라 서쪽으로 향했다. 뒤이어 바쇼의 허약한 건강이 염려된 소라가 뒤따라와 하코네까지 배웅했다. 여행 도중에 바쇼는 그가 사랑한 유일한 여성으로 추정되는 주테이壽貞가 파초암에서 사망했다는 소식을 들었다. 마지막이 다가온 것을 느꼈을까, 바쇼는 나고야를 거쳐 고향 이가우에노로 갔다. 많은 하이쿠 모임에서 초대했지만 지치고 병든 탓에 응하지 못했다.

교토로 간 그는 많은 추억이 있는 비와코 호수 남쪽 마을들로 가고 싶었다. 그러나 상황이 여의치 않아 고향으로 되돌아가야 했다. 문하생들이 바쇼를 위해 작은 집을 지었다. 음력 8월 15일, 넓은 골짜기가 바라다보이는 그곳에서 바쇼는 달구경 하이쿠 모임을 열었다. 심리적 절망과 육체적 병 속에서도 이 무렵 바쇼는 뛰어난 하이쿠들을 썼다.

> 이 길
>
> 오가는 사람 없이
>
> 저무는 가을
>
> 此の道や行く人なしに秋の暮

시의 행간에 고독과 적막감이 사무친다. 일생을 바쳐 추구해 왔으나 지금 이 길에는 아무도 없다. 그 길을 바쇼는 지팡이에 의지해 병든 몸을 이끌고 오사카를 향해 출발했다. 9월 9일, 오사카에 있는 샤도의 집에 도착한 직후부터 오한과 두통으로 쓰러져 열흘 동안 누워 있어야만 했다. 겨우 회복된 바쇼는 불화를 겪는 제자 시도之道와 샤도를 중재할 겸 일련의 하이쿠 모임을 주최했다.

9월 28일, 오한과 열과 설사가 재발해 시도의 집으로 옮겼다. 처음에는 샤도의 집에, 다음에는 시도의 집에 머묾으로써 병중에도 문하생들의 화합을 위해 고심한 흔적이 엿보인다. 10월 1일에는 20회, 그다음 이틀 동안에도 30여 회 설사를 했다. 버섯을 과식했기 때문이라는 설이 있다.

10월 5일, 비쇼은 시도의 집을 떠나 숙박업을 하는 하나야 진자에몬花屋仁左衛門의 별채로 거처를 옮겼다. 그리고 10월 8일 새벽 2시, 시도의 제자에게 먹을 갈게 하고 다음의 하이쿠를 받아 적게 했다.

방랑에 병들어

꿈은 시든 들판을

헤매고 돈다
旅に病んで夢は枯野をかけ廻る

그리고 곁을 지키는 문하생 시코에게 이 하이쿠에 대한 의견을
물었다. 죽음을 눈앞에 두고서도 끝까지 시를 어떻게 수정할지
고민한 것이다. 다음 날 상태가 나빠져 저녁에는 더 심각해졌다.
10월 10일, 바쇼는 시코에게 유언을 받아 적게 하고 형에게 보내
는 마지막 편지를 썼다.

바쇼의 상태가 심각함을 깨달은 문하생 교라이去来가 사세구辭
世句(죽을 때 남기는 시)를 쓰겠느냐고 묻자 바쇼는 말했다.

"어제의 시가 오늘의 사세구이다. 누구든 나의 사세구를 묻거
든 최근에 지은 시들이 모두 나의 사세구라고 답하라."

10월 11일, 가장 오래된 문하생 기카쿠가 도착했다. 10월 12일
정오 무렵까지 바쇼는 평화롭게 잠을 잤다. 파리 몇 마리가 병상
주위를 맴돌았다. 제자들은 온갖 방법으로 파리를 쫓느라 지쳤
다. 눈을 뜬 바쇼가 그 모습을 보고 웃음을 터뜨리며 말했다.

"파리들이 병자를 보고 즐거워하는군."

오후 4시, 바쇼는 51세를 일기로 마지막 숨을 거두었다. 시신은
그 자신의 유언에 따라 생전에 좋아하던 비와코 호수 부근의 절
기추지 마당에 묻혔다. 유발은 문하생 도호가 고향 이가우에노
로 옮겼다.

바쇼 이전의 시인들은 대부분 시와 삶이 별개인 경우가 많았다. 그러나 바쇼는 시가 곧 삶이었으며, 삶의 결과가 곧 시였다. 시가 자신에게 오게 하기 위해 늘 시적 감정으로 충만한 생활을 유지하려고 노력했다. 그것을 위해서는 단순하게 살아야 한다고 믿었다. 꼭 필요한 것 이외의 소유물이나 인간관계, 그리고 안락한 환경에 대한 애착은 시를 가로막는 요소라고 여겼다.

당시의 하이쿠 지도자들은 문하생들이 주는 음식과 옷에 의존했다. 바쇼는 그 선물들에 감사하는 하이쿠를 썼지만, 많은 선물들에 약간 불편해하는 마음이 행간에서 읽힌다. 바쇼가 여행을 좋아한 것은 여행이 단순한 생활을 요구하기 때문이기도 했다. 간편한 승복 차림, 자신이 '작은 오두막'이라고 부른 삿갓, 겨울철의 방한 솜옷과 필기구 등이 짐의 전부였다. 『오쿠노호소미치』 여행 때는 문하생들이 준 선물에 대해 불평하고 있다.

"다른 것은 제쳐 두고라도, 야위어 뼈만 앙상한 어깨에 짊어진 짐 때문에 고통스럽다. 단지 몸 하나로 떠나려 했는데, 밤의 추위를 막는 종이옷 한 벌, 무명 홑옷과 비옷, 먹과 붓, 게다가 아무래도 거절하기 힘든 작별의 선물 등을 버릴 수 없어서 결국은 여행길의 번거로운 짐 보따리가 된 것은 어쩔 수 없는 일이다."

그러면서 아무것도 가진 것 없이 먼 거리를 여행할 수 있는 구름을 부러워한다. 단순한 음식, 최소한의 필수품을 가진 매우 기본적인 삶을 노래하는 하이쿠들이 있다.

가진 것 하나

나의 생은 가벼운

조롱박
もの一つ我が世は軽き瓢哉

이 하이쿠 앞에 바쇼는 썼다.

"가난한 오두막 안에 도구라고는 조롱박 하나뿐이다. 이것을
꽃 꽂는 그릇으로 쓰면 너무 크고, 술통으로 쓰면 모양이 맞지 않
다. 어떤 사람이 말하기를 '오두막에 필요한 쌀을 넣어 두면 딱 맞
겠다'고 하니 합당한 조언이다. 아무것도 가진 것 없는 내 처지의
가벼움은 저 가벼운 조롱박과 참으로 흡사하다."

쌀 주러 온 벗

오늘 밤

달의 손님
米くるる友を今宵の月の客

바쇼는 문하생들이 지어 준 집을 오두막이나 움막이라고 불렀
다. 그리고 그곳이 '단순한 생활의 실천'이라는 자신의 기준에 비
해 너무 넘친다고 여겼다. 여행을 떠날 때는 그곳을 타인에게 살
라고 주었다. 만년에 파초암에서 다른 사람들과 함께 생활할 때
는 음식이 너무 많은 것에 불평했다.

『오이노코부미』 서문에 그는 썼다.

"하이쿠라고 하는 이 길은 자연에 따라 사계절의 변화를 벗으로 삼는 일이다. 보이는 것 모두 꽃 아닌 것 없으며, 생각하는 것 모두 달 아닌 것이 없다. 보는 것에서 꽃을 느끼지 않으면 야만인과 다를 바 없고, 마음에 꽃을 생각하지 않으면 새나 짐승과 마찬가지이다. 야만인과 새, 짐승의 상태를 벗어나 자연을 따르고, 자연으로 돌아가야 한다."

하이쿠를 여흥과 취미로 즐기던 시대에 바쇼의 이러한 생각은 매우 예외적이고 용기를 필요로 하는 일이었다.

다음은 바쇼가 썼다고 전해지는 '방랑 규칙行脚掟'이다. 바쇼 사후에 하이쿠 시인 시라이 조스이白井鳥醉가 엮은 『고시치키五七記』에 실려 있다.

1. 같은 여인숙에서 두 번 잠을 자지 말고, 아직 덥혀지지 않은 이불을 기대하라.

2. 몸에 칼을 지니고 다니지 말라. 그렇게 해서 살아 있는 것을 죽이지 말라. 같은 하늘 아래 있는 어떤 것, 같은 땅 위를 걷는 어떤 것도 해치지 말라.

3. 옷과 일용품은 꼭 필요한 것 외에는 소유하지 말라. 지나침은 좋지 않으며, 부족함만 못하다.

4. 물고기든 새 종류이든 동물이든 육식을 좋아하지 말라. 특별한 음식이나 맛에 길들여지는 것은 저급한 행동이다. '먹는 것이 단순하면 무슨 일이든 할 수 있다'는 말을 기억하라.

5. 남이 청하지 않는데 스스로 시를 지어 보이지 말라. 그러
   나 요청을 받았을 때는 결코 거절하지 말라.

6. 위험하거나 불편한 지역에 가더라도 여행하기를 두려워하
   지 말라. 꼭 필요하다면 도중에 돌아서라.

7. 말이나 가마를 타지 말라. 자신의 지팡이를 또 하나의 다
   리로 삼으라.

8. 술을 마시지 말라. 어쩔 수 없이 마시더라도 한 잔을 비우
   고는 중단하라.

9. 온갖 떠들썩한 자리를 피하라.

10. 다른 사람의 약점을 지적하거나 자신의 장점을 말하지
    말라. 남을 무시하고 자신을 치켜세우는 것은 가장 세속
    적인 짓이다.

11. 시를 제외하고는 온갖 잡다한 것에 대한 대화를 삼가라.
    그런 잡담을 나눈 뒤에는 반드시 낮잠을 자서 자신을
    새롭게 하라.

12. 이성 간의 하이쿠 시인과 친하지 말라. 하이쿠의 길은 집
    중에 있다. 항상 자신을 잘 들여다보라.

13. 다른 사람의 것은 바늘 하나든 풀잎 하나든 취해서는
    안 된다. 산과 강과 시내에게는 모두 하나의 주인이 있
    다. 이 점을 유의하라.

14. 산과 강과 역사적인 장소들을 방문하라. 하지만 그 장소
    들에 새로운 이름을 붙여서는 안 된다.

15. 글자 하나라도 그대를 가르친 사람에게 감사하라. 자신

이 충분히 이해하지 못했다면 가르치지 말라. 자신의 완성을 이룬 다음에야 비로소 남을 가르칠 수 있다.

16. 하룻밤 재워 주고 한 끼 밥을 준 사람에 대해선 절대 당연히 여기지 말라. 사람들에게 아첨하지도 말라. 그런 짓을 하는 자는 천한 자이다. 하이쿠의 길을 걷는 자는 그 길을 걷는 사람들과 교류해야 한다.

17. 저녁에 생각하고, 아침에 생각하라. 하루가 시작될 무렵과 끝날 무렵에는 여행을 중단하라. 다른 사람들에게 수고를 끼치지 말라. 그렇게 하면 그들이 멀어진다는 것을 명심하라.

*

소설가 아쿠타가와 류노스케芥川龍之介가 〈바쇼잡기芭蕉雜記〉라는 글에서도 썼듯이, 바쇼는 한 권의 책도 출간하지 않았다. 이른바 바쇼 문중의 하이카이 7부집俳諧七部集(『원숭이 도롱이』『광야』『겨울 해』『봄날』『조롱박』『숯가마니』『속 원숭이 도롱이』)이라는 것도 모두 문하생들이 만든 것이다. 여행기는 전부 사후에 출간되었다. 이것은 바쇼 자신의 말에 따르면, 세상의 평판을 좋아하지 않기 때문인 듯하다. 제자 교쿠스이曲水가 '스승님의 홋쿠들을 한데 모아 책으로 엮는 것'에 대해 묻자 바쇼는 그것은 천박한 취미이며 세상의 평판에 어두워 자신을 망각하는 일이라고 못 박았다. 또 "나는 하이쿠 문집에 마음이 없다."라고도 말했다. 7부집의 감수를 한 일도 세상의 명성과는 무관한 일이었다.

제자들이 하이쿠 문집을 출판할 때도 바쇼는 여러 가지 주문을 했다. 글자의 형태와 크기에 대해 간여하고, 작자의 이름이 커서 천하게 보인다는 말도 했다. 책의 장정도 바쇼 이전에는 화려한 것을 좋아한 반면에 바쇼 이후에는 간소하고 은근한 깊이를 지닌 풍을 따르게 되었다.

"하이쿠라는 것도 인생의 길에 자라는 풀과 같다."

문하생 이젠惟然에게 바쇼가 한 말이다. 이 밖에도 하이쿠를 경시하는 말을 때때로 제자들에게 했다. 이것은 인생을 하나의 꿈이라고 믿고 속세를 떠나 은둔하며 산 바쇼에게는 오히려 당연한 일이었다. 그러나 그 '인생의 길에 자라는 풀'에 바쇼만큼 진지했던 사람은 거의 없다. 그는 죽기 직전까지 그 '인생의 풀'에 전심전력을 다했다. 그 열정은 죽음까지도 초월할 정도였다.

당시에는 새롭게 등장한 부자 상인들이 언어적인 재치와 유머로 여가 시간을 보내기 위해 하이쿠를 지었지만 바쇼는 진지하게 글쓰기에 접근했다. 생활비를 벌기 위해 다양한 일을 했으나 그는 전업 시인이 될 필요성을 재빨리 인식했다. 몇 차례나 시 쓰기를 포기하려고 시도하면서도 임종의 자리에서까지 시를 생각하고 어떻게 수정할까를 고민했다.

류노스케는 이를 두고 "바쇼 안의 시인이 바쇼 안의 은둔자보다 강했기 때문이 아닐까?" 하고 말하며 "속세를 떠난 은둔자로 끝나지 못한 바쇼의 모순을 나는 사랑한다."라고 썼다.

44세의 늦가을에 떠난 『오이노코부미』 여행기 서문에 바쇼는 썼다.

"백 개의 뼈와 아홉 개의 구멍을 지닌 나의 몸 안에 저항할 수 없는 무엇인가가 있다. 그것을 임시로 이름 붙여 '후라보風羅坊'라고 부른다. 매우 얇게 짠 옷처럼 바람에 흩날려 찢어지기 쉽다는 의미의 이름이다. 그 남자는 하이쿠를 좋아한 지 오래되었다. 그리고 마침내는 생애를 건 일이 되었다. 어느 때는 싫증 나서 던져버릴까도 생각했고, 어느 때는 계속 열심히 해서 다른 사람보다 뛰어남을 자랑할까도 생각했지만, 어느 쪽으로도 마음을 결정하지 못하고 갈등을 겪다가 그 때문에 심신이 편히 쉬지 못했다. 잠깐 동안은 성공하여 세상에 이름을 떨치는 일을 원한 적도 있으나 이 하이쿠라는 것 때문에 방해가 되었고, 또 잠깐 동안은 학문을 닦아 자신의 어리석음을 깨우치려 한 적도 있지만 이 역시 하이쿠 때문에 깨어져 결국에는 무능무예해져서 오직 이 한 길만 일관하게 되었다."

*

일본 근대시의 선구자라 불리는 시인 하기와라 사쿠타로萩原朔太郎가 말했듯이 바쇼의 하이쿠에는 음악이 담겨 있다. 류노스케는 그것을 이렇게 말한다.

"바쇼의 하이쿠를 사랑하는 사람이 귀를 열지 않는 것은 아쉬운 일이다. 운율의 아름다움에 무관심하다면 바쇼 하이쿠의 아름다움을 절반 정도밖에 느끼지 못할 것이다."

17자의 압축된 형태인 하이쿠는 운율을 시도하기가 어렵다. 극히 제한된 글자로 '언어의 음악'을 전달하는 것은 뛰어난 재능을 가진 사람만이 가능한 일이며, 또한 운율에 매달리는 것은 하이쿠의 근본 정신을 잃는 일이 되어 버린다고 류노스케는 지적한다. 그러나 바쇼의 하이쿠는 거의 운율을 잊는 법이 없다. 때로는 하이쿠의 묘미를 운율에 의탁하는 일조차 있다.

여름 장맛비
한밤중에 물통 테
터지는 소리
五月雨や桶の輪切るる夜の声
(사미다레야 오케노와키루루 요루노코에)

번역으로 이 운율을 제대로 표현하지 못하는 것이 아쉽다. 나무 물통에 장맛비가 넘쳐 나무가 불고 마침내 물통 테가 끊어지는 소리가 들리면서 시의 청각적 운율이 더해진다. 그 운율로 인해 평범했던 시가 생동감을 얻고 풍경이 음악을 획득한다.

거미여 무슨
음을 무어라 우나
가을의 바람
蜘蛛何と音をなにと鳴く秋の風
(쿠모난토 네오나니토나쿠 아키노카제)

가을바람에 거미줄의 거미가 허공에서 흔들리고 있다. 계절의 숙명적인 변화 속에서 거미가 부르는 침묵의 노래를 '난토', '나니토', '나쿠'처럼 '나' 음의 반복된 운율로 묘사하고 있다. 마치 가을바람 속에 거미가 무언의 외침을 토로하는 듯하다. 운율에 실려 시의 주제가 읽는 이의 마음에 노래처럼 스민다. 바쇼의 거의 모든 하이쿠들에서 짧은 노래의 운율이 귀에 들린다. 바쇼는 제자들에게 하이쿠를 지을 때 "천 번을 입속에서 굴려라."라고 가르쳤다.

자, 그럼 안녕
눈 구경하러 가네
넘어지는 곳까지
いざさらば 雪見にころぶ 所 まで
(이자사라바 유키미니코로부 토코로마데)

『오이노코부미』 여행 중 나고야에서 서적상을 하는 제자 세키도夕道의 서점에 시인들이 모여 눈 구경 하이쿠 모임을 열었다. 마지막에 모임이 파할 때 바쇼는 사람들에게 이 작별의 하이쿠를 읊었다. 잠시 만난 제자들과 헤어져야 하는 서운함과 아쉬움을 경쾌한 운율로 반전시키고 있다. 마음에 활력이 일고 천진한 즐거움이 전파된다.

바쇼가 17자의 제한된 글자들로 운율을 구사하는 데 얼마나 뛰어났는가를 말하며 류노스케는 다음의 하이쿠를 예로 든다.

가을 깊은데

이웃은 무얼 하는

사람일까
<ruby>秋<rt>あきふか</rt></ruby> 深き <ruby>隣<rt>となり</rt></ruby> は <ruby>何<rt>なに</rt></ruby>をする <ruby>人<rt>ひと</rt></ruby> ぞ

(아키후카키 토나리와나니오 스루히토조)

죽기 며칠 전, 병중에 쓰러져 있다가 간신히 일어나 앉아 쓴 마지막 하이쿠인데도 운율에 흔들림이 없다. 가을 찬 바람 속에 이웃들의 안위를 걱정하면서도 시적으로는 완벽을 기하고 있다. 놀라운 재능이 아닐 수 없다. "이런 장중한 운율에 도달한 이는 지난 300년 동안 바쇼 한 사람뿐이다. 바쇼의 하이쿠를 사랑하는 사람은 귀를 열어 두지 않으면 안 되는 이유가 그것이다."라고 류노스케는 말한다.

*

바쇼 하이쿠의 또 다른 특징은 귀에 호소하는 청각적인 아름다움과 눈에 호소하는 시각적인 아름다움이 미묘하게 결합해 독특한 세계를 표현한다는 점이다. 바쇼의 하이쿠가 가진 시각적 요소는 회화적이고 사생적인 묘사에 뛰어났던, 바쇼 이후 최고의 하이쿠 시인으로 꼽히는 요사 부손与謝蕪村의 하이쿠와는 또 다르다. 부손의 하이쿠가 밝고 선명한 색채인 반면에 바쇼의 하이쿠는 주로 먹으로 그린 담채화이고 수묵화이다. 바쇼가 만년까

지 추구한 근본 이념인 와비侘び와 사비寂び가 드러난다. 와비와 사비는 한적함과 적막함 속에서 정신적 충만을 발견하는 미의식이다. 문하생 교라이가 설명했듯이 쓸쓸하지만 완전히 고독하지 않고, 부족하지만 어떤 의미에서는 풍족하며, 어둡지만 도리어 밝은 것과 같은 경지이다.

> 봄비 내려
> 벌집 타고 흐르네
> 지붕이 새어
> 春雨や蜂の巣つたふ屋根の漏り
> (하루사메야 하치노스쓰타우 야네노모리)

봄비의 고요와 쓸쓸함을 노래한 걸작 중 하나이다. 하루 종일 봄비가 흠뻑 내려 오두막 처마에 붙은 작은 벌집을 타고 빗물이 한두 방울씩 떨어져 내린다. 벌집은 작년 여름에 만들어진 것이다. 아직 벌은 새 집을 짓지 않았다. 회색 벌집을 타고 봄비 흐르는 정경이 눈에 선하다. 이 시기, 바쇼의 시정신을 이해하지 못하고 문하생들이 떨어져 나가고 몇몇 문하생들 사이에는 언쟁이 일었으며, 그 밖에도 우울한 일들이 많았다. 그래서 봄비를 바라보며 고독감을 느끼고 지난해의 벌집에 눈이 멈췄는지도 모른다. 이해 가을에 죽었으므로, 가장 만년에 읊은 작품이다. 봄비 소리 같은 나즈막한 시의 운율이 더해져 생애 마지막 해의 봄 풍경을 전한다. 언외에서 느껴지는 쓸쓸함, 오두막의 습기와 생의 적막감까지 운율에 묻어 있다.

봄비 내리네
쑥 더 길게 자라는
풀길을 따라
春雨や 蓬 をのばす 艸の道
（하루사메야 요모기오노바스 쿠사노미치）

역시 마지막 해의 작품이다. 파초암이 있는 후카가와 물가에서
즉흥적으로 읊은 것이다. 아직 흙과 마른 풀이 섞인 오솔길에 촉
촉이 봄비가 내린다. 그곳에 쑥이 싹을 내밀어 봄이 옴을 고하고
있다. 그리고 이제 앞에는 '풀의 길'이 펼쳐져 있을 뿐이다. 격렬한
장맛비나 소나기가 아니라 고요한 봄비가 시의 운율을 타고 그
길을 적시고 있다.

게으름이여
일으켜 세워지는
비 오는 봄날
不 精 さや掻き起されし 春の雨
（부쇼오사야 카키오코사레시 하루노아메）

눈을 뜨니 봄비 내리는 소리가 귀에 들린다. 어쩐지 나른하고
울적한 날, 한낮이 될 때까지 이불을 쓰고 누워 있다가 누군가가

일으켜 세워야만 일어난다. 류노스케는 바쇼의 이 '봄비' 하이쿠들에서 '백 년 동안 내리는 봄비'가 느껴진다고 말한다. 그리고 마지막 하이쿠에서는 게으름과 귀찮음 때문에 운율까지 흔들리게(카키오코사레시) 표현했다고 지적한다.

*

  시인의 사명 중 하나는 사물을 재발견하는 일이다. 일상과 관념에 묻혀 버린 사물들을 꺼내 언어의 빛으로 재조명하고, 평범함의 가면에 가려진 특별한 얼굴을 되찾아 주는 일이다. 그래서 그 사물이 지닌 신성한 모습, 나아가 모든 사물이 공통되게 지닌 무상하면서도 영원한 속성을 꺼내 보이는 일이다. 그것이 곧 우리 자신의 모습이기 때문이다. 시인들은 세상 모든 존재의 본질이 시적이라는 사실을 안다.

  다른 문화권에서도 그랬듯이 당시 일본에서는 귀족과 부유층에서만 시를 짓는 사치를 누렸으며 와카 시인들이 이미 규정처럼 정한 시어들이 있었다. 바쇼는 뛰어난 시인이 되기 위해 이 고정관념을 답습하지 않고 일상의 사물들을 과감하게 시에 도입했다. 남들이 모두 개구리의 울음에 대해서만 쓸 때 개구리가 물속에 뛰어들면서 내는 풍덩 소리에 주목했다. 매화와 벚꽃을 고상한 시의 소재로 여길 때 잡초와 보리와 죽은 도미를 거리낌 없이 내세웠다. 무시당한 소재들의 중요성을 발견하고 그것을 독자에게 보임으로써 모든 생명 형태의 독특함과 신성함을 일깨웠다.

자세히 보니

냉이꽃 피어 있다

울타리 옆
よく見れば <ruby>薺<rt>なずな</rt></ruby> <ruby>花咲く<rt>はなさ</rt></ruby> <ruby>垣根<rt>かきね</rt></ruby>かな

바쇼의 하이쿠는 '자세히 보아서' 발견한 일상의 사물들로 넘쳐 난다. 자세히 볼 때 사물들은 빛이 난다. 이것은 옛 시에서 소재를 찾아 언어유희에 치중하던 기존의 하이쿠 문학에 바쇼가 기여한 가장 큰 선물 중 하나이다. 바쇼는 직접 보기 위해 수백 킬로미터의 도보 여행을 떠났으며, 소재나 풍경과 하나가 된 직접적인 경험에서 시가 흘러나왔다.

소금 절인 도미

잇몸도 시리다

생선 가게 좌판
<ruby>塩鯛<rt>しおだい</rt></ruby>の<ruby>歯<rt>は</rt></ruby>ぐきも<ruby>寒<rt>さむ</rt></ruby>し<ruby>魚<rt>うお</rt></ruby>の<ruby>棚<rt>たな</rt></ruby>

지적이고 거창한 시를 쓰려고 하는 기카쿠에게 이 하이쿠를 보여 주면서 바쇼는 "그대는 고상한 것을 말하려 하고 멀리 있는 것에서 특별한 것을 발견하려고 하지만 그것들은 모두 그대 가까이에 있다."라고 말했다.

쇠약해졌다

치아에 씹히는

김에 묻은 모래

衰 ひや歯に喰ひ当てし海苔の砂

가식적이고 지적인 시적 언어들을 버림으로써 바쇼는 시문학에 중요한 걸음을 내디뎠다. 일상의 평범한 언어나 시로 쓰기에는 너무 속되다고 여기는 '똥', '오줌' 같은 단어들도 과감히 썼다. 다음의 하이쿠를 쓰고서 그는 "바로 이런 하이쿠를 쓰려고 노력해 왔다."라고 말했다.

휘파람새가

떡에다 똥을 누는

툇마루 끝

鶯 や餅に糞する椽の先

고상하고 우아한 시에서 벗어나 일상에서 시를 발견하려는 이러한 시도가 그를 자신의 시대에 가둬 두지 않고 오늘날까지 매력을 갖게 하는 요소가 되었다.

제자 핫토리 도호服部土芳가 받아 적은 글에서 바쇼는 말했다.

"소나무에 대해 배우려면 소나무에게 가고, 대나무에 대해 배우려면 대나무에게 가라. 그렇게 함으로써 그대 자신이 미리 가지고 있던 주관적인 생각을 벗어나야 한다. 그렇지 않으면 그대는 자신의 생각을 대상에 강요하게 되고 배우지 않게 된다. 그대가 대상과 하나가 될 때 시는 저절로 흘러나온다. 그 대상을 깊이 들여다보고, 그 안에 감추어져 희미하게 빛나고 있는 것을 발견할 때 그 일이 일어난다. 그대가 아무리 멋진 단어들로 시를 꾸민다 해도 그대의 느낌이 자연스럽지 않고 대상과 그대 자신이 분리되어 있다면, 그때 그대의 시는 진정한 시가 아니라 단지 주관적인 위조품에 지나지 않는다."

*

한 편의 시를 읽는 것은 우리 안의 시인을 깨우는 일이다. 그리하여 그 시는 우리 안의 시인에 의해 재창조된다. 그것이 시 읽기의 기쁨이다. 압축과 생략이 특징이어서 마치 '말하다 마는 듯한' 하이쿠는 읽는 이의 시적 상상력과 감성에 의해 완성된다. 언어를 사용하지만 언어로는 전달할 수 없는 것을 묘사하는 것이 하이쿠이다. 아우구스트 스트린드베리는 희곡 『꿈 연극』의 엔딩 부분에서 말한다.

"떠나면서 남길 말은 없어?"

"넌 아직도 말로 우리 생각들을 표현할 수 있다고 믿어?"

하이쿠는 말한 것과 말하지 않은 것 사이를 가르며 지나가는 무언의 메시지이다. 그러나 하이쿠는 독자에게 무엇을 생각하고 무엇을 느끼라고 하지 않는다. 사용된 단어들은 어떤 장소나 풍경을 가리키는 이정표 같은 것이다. 기억을 더듬듯이 그 장소와 풍경을 찾아가는 것은 독자의 일이다. 어쩌면 이것이 독자들에게 하이쿠를 어렵게 만드는 요소일 수도 있고, 하이쿠가 지닌 최대의 매력일 수도 있다. 하이쿠를 완성하는 것은 독자이며, 그 과정에의 참여가 독자의 내면에 있는 시인을 일깨우는 것이다.

마른 가지에

까마귀 앉아 있다

가을 저물녘

枯朶に 烏 のとまりけり 秋の暮

순간의 관찰 속에 발견한 마른 나뭇가지와 까마귀가 서로 도우며 정적 속에 깊어져 가는 가을 저녁의 심상을 명확하게 해 준다. 단순한 묘사이지만 묘사로 그치지 않고, 시간 속에 있으나 시간을 뛰어넘는 순간이 담겨 있다. 언어의 간결함과 경제성은 독자로 하여금 자신의 심상 속으로 들어가 새와 밤의 어둠과 헐벗은 가을, 심지어 까마귀가 내려앉을 때의 나뭇가지가 움직이는 것까지 상상하게 만든다. 이 시의 나머지 부분을 완성시키는 것은 독자 자신이다.

바쇼는 제자들에게 주는 충고에서 "다 말해 버리면 시에 무슨 의미가 있는가?"라고 반문했다. 다 말해 주는 시는 시가 가진 고유의 기능을 파괴한다. 따라서 누군가 설명해 주는 시 역시 시의 의미를 상실한다. 바쇼 하이쿠에 해설을 달면서 나는 그 점을 조심했다. 독자의 하이쿠 감상을 방해하지 않도록 이해를 돕는 선에서 최소한의 배경 설명에 머물려고 노력했으며, 나 자신의 견해를 달기보다는 정평이 난 여러 평자들의 해설을 요약해 소개하는 데 중점을 두었다.

바쇼는 언어의 천재로 불린다. 그는 시의 모든 구절마다 완벽한 단어를 사용해야 한다는 중요성을 인식했다. 그의 작품 숫자가 다른 하이쿠 시인들에 비해 턱없이 적은 이유가 여기에 있다. 그는 집착에 가까울 정도로 자신의 시를 수정했으며, 30년 동안의 글쓰기에도 불구하고 천여 편의 하이쿠밖에 남기지 않았다. 순간적인 깨달음이나 심오한 깨달음만 있으면 시나 하이쿠를 쓸 수 있다고 생각하는 것은 오해이다. 시인은 영감의 순간이 필요하고 현실과 영원 사이로 움직이는 감각을 포착해야 하지만, 그 심상과 느낌과 영감을 전달하기 위해선 최상의 방식으로 단어들을 사용해야 한다. 이것은 수련을 필요로 하며 처음의 노력으로 만족할 수 있는 것이 아니다. 특히 열 단어 미만으로 노래해야 하는 하이쿠에서는 더욱 그렇다. 바쇼는 자주 이전에 지은 하이쿠로 돌아가서 수정하고 재수정했다. 또한 병상에 누워서 지은 마지막 하이쿠를 받아 적게 하고서도 선택한 단어가 좋은지 나쁜지 임종을 지키는 문하생에게 물었다. 현재까지 바쇼의 작품으로 확인된 하이쿠는 1,012편이다. 짧은 시 형식을 생각하면 많은 숫자가 아니며, 다른 하이쿠 시인들에 비해도 훨씬 적은 숫자이다. 바쇼가 다작 시인이 아닌 것은 분명하다. 그만큼 그는 세심하게 단어와 표현을 선택했다.

그러나 전체를 모아 놓고 보면 그의 하이쿠는 놀라울 정도로 다양한 소재와 주제, 그리고 형식을 보여 준다. 이것은 그가 끊임없이 새로운 시적 가능성을 추구했으며 결코 성장을 멈추지 않았음을 의미한다.

시인 하기와라 사쿠타로는 〈바쇼 사견芭蕉私見〉이라는 글에서 이렇게 썼다.

"나는 얼마 전까지만 해도 바쇼의 하이쿠를 좋아하지 않았다. 바쇼뿐만 아니라 모든 하이쿠를 싫어했다. 그러나 나도 차츰 나이가 들면서 동양풍의 꾸밈없고 담담한 예술을 이해하게 되었다. 혹은 약간 이해하게 되었다고도 말할 수 있다. 그리고 동시에 바쇼의 하이쿠가 지닌 특별한 묘미도 알게 되었다. 전에는 아쿠타가와 류노스케와 바쇼론을 놓고 다투면서 긴말할 필요도 없이 밀어붙였었는데, 지금은 나도 바쇼 팬의 한 사람이 되었다. 나이가 들면서 점점 바쇼에 깊이 빠져드는 느낌이다. 일본에서 태어나 쌀밥을 50년 넘게 먹고 있다면 그렇게 되는 것이 당연한 일 아니겠는가?"

그러면서 사쿠타로는 "바쇼의 하이쿠에는 본질적인 의미의 서정성이 있다. 물론 하이쿠가 서정시의 일종이기 때문에 모든 하이쿠에 서정이 담겨 있지만, 바쇼의 하이쿠에는 순수한 서정이 담겨 있다."라고 말한다.

열일곱 자에 순간과 영원을 담는 것이 하이쿠이다. 바쇼 이후 수많은 하이쿠 시인들은 5·7·5의 형식을 언어유희가 아니라 서정과 깨달음의 도구로 삼았다. 450년 전 일본에서 시작되었지만 오늘날에는 노벨문학상 수상 작가를 포함해 많은 시인들이 자국의 언어로 하이쿠를 쓰고 있다. 이들은 말의 홍수 시대에 자발적으로 말의 절제를 추구하며, 생략과 여백이 있는 짧은 시가 긴 시보다 많은 것을 말할 수 있다고 여긴다. 여러 나라에서 하이쿠 시집이 출간되고, 하이쿠에 대한 일반인의 관심이 높아지고 있다. 그 중심에 바쇼의 하이쿠가 있다.

바쇼의 하이쿠를 다 모아서 연대순으로 읽으니 시인의 생애, 문학적 여정, 그의 시선과 내면 세계가 더 깊이 느껴져 가슴이 먹먹하다. '시인으로 산다는 것'에 대해 다시 생각해 보게 되었다.

류시화

마쓰오 바쇼 연보

1644년 일본 이가 현 우에노에서 하급 무사의 아들로 태어남.

1656년(13세) 부친 사망. 지역 사무라이 대장의 집에서 허드렛일을 하며 대장의 아들 도도 요시타다를 섬김.

1662년(19세) 최초의 하이쿠 지음.

1666년(23세) 요시타다가 25세로 요절하자 고향을 떠나 교토로 감.

1672년(29세) 자신이 엮은 첫 하이쿠 시집을 고향의 신사에 바치고 하이쿠 시인으로서의 결의를 다짐.

1674년(31세) 교토의 하이쿠 지도자 기타무라 기긴으로부터 하이쿠 시작법이 적힌 책을 전수받음. 이것을 계기로 하이쿠 지도자가 되려는 꿈을 품고 에도로 감.

1676년(33세) 에도에서 만난 하이쿠 벗 소도와 함께 하이쿠 시집 출간.

1678년(35세) 직업적인 하이쿠 지도자로 명성을 쌓음. 에도와 교토의 하이쿠 시인들과 교류하며 '도세이'라는 이름으로 활발한 작품 활동.

1680년(37세) 문하생 21명이 참가한 하이쿠 문집 발간. 이를 통해 기카쿠, 란세쓰, 산푸 등 뛰어난 시인들을 문하생으로 둔 하이쿠 지도자로서의 위치를 세상에 알리고, 스스로도 뛰어난 하이쿠 시인으로 인정받는 계기가 됨.

겨울에 갑자기 에도에서의 삶을 청산하고 에도 변두리 후카가와 마을의 오두막으로 은거해 들어감. 이 오두막에서 한동안 침체기를 겪음.

1681년(38세) 문하생 리카李下가 파초를 선물해 오두막 앞에 심음. 이를 계기로 오두막이 '파초암(바쇼안)'으로 불리게 되고, 이듬해 문집부터 자신의 호를 '도세이'에서 '바쇼(파초)'로 바꿈.

1682년(39세) 에도에 발생한 화재가 번져 새해를 이틀 앞두고 파초암이 불탐. 에도 부근의 가이 지방으로 몇 달 동안 피신.

1683년(40세) 에도로 돌아옴. 문하생 기카쿠가 편집한 하이쿠 선집에 발문을 씀. 고향에서 어머니 사망. 겨울에 문하생들이 기금을 모아 파초암 다시 세움.

1684년(41세) 은둔 생활을 접고 최초의 여행 『노자라시 기행』을 떠남. 나고야에서 문하생들과 함께 하이쿠 문집 출간. 고향에서 새해를 맞이함.

1685년(42세) 교토에 머물다가 여름에 에도의 파초암으로 돌아옴.

1686년(43세) 봄에 파초암에서 문하생들과 함께 개구리를 소재로 한 하이쿠 모임(가와즈 아와세) 개최.

1687년(44세) 문하생 소라, 소하와 함께 『가시마 참배』 여행 떠남. 초겨울에 『오이노코부미』 여행 출발. 고향에서 새해를 맞이함.

1688년(45세) 이세신궁 참배. 봄에 문하생 도코쿠와 함께 요시노, 나라,

오사카 등지를 여행하고 초여름 교토에 도착. 가을에 문하생 에쓰진과 함께 달구경하러『사라시나 기행』떠남. 늦가을에 에도로 돌아옴.

1689년(46세) 봄에 문하생 소라와 함께 150일 동안의『오쿠노호소미치』여행 떠남.

1690년(47세) 교토 지역의 친구들과 문하생들 방문. 여름 몇 달을 비와코 호수 부근의 환주암(겐주안)에 은거함. 가을에 환주암을 나와 두 달 동안 교토 지역 전전.

1691년(48세) 문하생 교라이의 별장 락시사(라쿠시샤)에 머물며『사가일기』를 씀. 기추지 절의 무명암(무메이안)에 머물다가 겨울 무렵 에도에 돌아옴.

1692년(49세) 허물고 다시 지은 세 번째 파초암으로 들어감.

1693년(50세) 오두막 문을 닫아걸고 한동안 방문객 사절.

1694년(51세) 여름에 마지막 여행을 떠남. 나고야를 거쳐 고향에 갔다가 교토의 락시사에 머묾. 다시 여행을 떠나 나라를 거쳐 오사카로 향함. 오한과 두통으로 쓰러져 늦가을 오사카에서 사망.

바쇼의 여행 지도

기사카타
후키우라
사카타
쓰루오카   신조
아쓰미   오이시다   오바나자와   주손지 卍
갓산   시토마에 관문   히라이즈미
야마가타   이치노세키
卍 릿샤쿠지   이와데야마
사도 섬   도이마
무라카미   이시노마키
쓰이지   마쓰시마
니가타   시오가마
야히코   시로이시
이즈모자키   이자카   이와누마
사키   니혼마쓰   후쿠시마
고리야마
스카가와
시라카와
卍 젠코지   아시노
가노   닛코   구로바네
卍 운간지
고모로   가누마
아사마 산   마마다
가루이자와   가스카베
卍 린센안
소카
쓰쿠바 산
에도
스미다가와 강
가마   후사
쿠라   후카가와 시로이 井 가시마신궁
가와사키   곤폰지 卍

————	노자라시 기행 (41세)
————	가시마 참배 (44세)
————	오이노코부미 (44세)
————	사라시나 기행 (45세)
————	오쿠노호소미치 (46세)

● 지명   卍 절   ▲ 산   井 신궁

본문에 인용된 와카와 하이쿠 원문

p.11 年の内に春は来にけり一年を去年とや言はむ今年とや言は

p.12 奥は鞍馬の山道の花ぞしるべなる此方へ入らせ給へや

p.16 似たりや似たり 杜若 花菖蒲

p.23 花に飽かぬ嘆きはいつもせしかどもけふの今宵に似る時はなし

p.26 五月雨の日をふるままに水馴川 水馴れし瀬瀬も面変りつつ

p.29 名にめでて折れるばかりぞ女郎花われ落ちにきと人に語るな

p.33 秋来ぬと目にはさやかに見えねども風の音にぞ驚かれぬる

p.37 きりぎりす鳴くや霜夜の狭筵に衣片敷き独りかも寝む

p.70 とくとくと落つる岩間の苔清水くみほすほどもなきすまひかな

p.84 なかなかに時時雲のかかるこそ月をもてなすかぎりなりけり

p.88 花は根に鳥は古巣にかへるなり春のとまりを知る人ぞなき

p.115 けふは猶都も遠くなるみがたはるけき海を中にへだてて

414

참고서적

『芭蕉俳句集』　松尾芭蕉　岩波書店　1970

『芭蕉全句集』　松尾芭蕉　角川学芸出版　2010

『芭蕉 おくのほそ道』　松尾芭蕉　岩波書店　1979

『芭蕉七部集』　松尾芭蕉　岩波書店　1966

『芭蕉入門』　井本農一　講談社　1977

『芭蕉-その人生と芸術』　井本農一　講談社　1968

『芭蕉雑記』　芥川竜之介　岩波書店　1996

『芭蕉紀行』　嵐山光三郎　新潮社　2004

『野ざらし紀行・笈の小文』　松尾芭蕉　新典社　1979

『Basho-The Complete Haiku』　Matsuo Basho, Jane Reichhold
Kodansha 2007

『A History of Haiku』　R. H. Blyth　北星堂書店　1963

『Haiku』　R. H. Blyth　北星堂書店　1981

『Zen in English Literature and Oriental Classics』　R. H. Blyth
北星堂書店　1942

『On Love and Barley: Haiku of Basho』　Matsuo Basho, Lucien
Stryk　Penguin Classics　1986

『The Narrow Road to the Deep North and Other Travel Sketches』
Matsuo Basho, Nobuyuki Yuasa　Penguin Classics　1967

『Narrow Road to the Interior: And Other Writings』　Matsuo
Basho, Sam Hamill　Shambhala Classics　2000

『일본인의 시정』 박순만 성문각 1985

『마츠오 바쇼오의 하이쿠』 마츠오 바쇼·유옥희 민음사 1998

『바쇼의 하이쿠 기행 전3권』 마츠오 바쇼·김정례 바다출판사 2008

『일본 하이쿠 선집』 마쓰오 바쇼 등·오석윤 책세상 2006

『바쇼 하이쿠의 세계』 유옥희 보고사 2002

『하이쿠의 시학』 이어령 서정시학 2009

『모노가타리에서 하이쿠까지』 한국일어일문학회 글로세움 2003

『음유시인 바쇼의 동북일본 기행』 바쇼·이만희 학문사 1997

『일본 고전의 방랑문학』 김충영 고려대학교출판부 1997

류시화

시인. 시집 『그대가 곁에 있어도 나는 그대가 그립다』
『외눈박이 물고기의 사랑』 『나의 상처는 돌 너의 상처는 꽃』을
발표했으며, 2015년 대표시 선집 『그대가 곁에 있어도
나는 그대가 그립다』를 냈다.
『삶의 길 흰구름의 길』 『성자가 된 청소부』 『티벳 사자의 서』
『달라이 라마의 행복론』 『조화로운 삶』 『인생수업』
『마음을 열어주는 101가지 이야기』 『술 취한 코끼리 길들이기』
『삶으로 다시 떠오르기』 『마음에 대해 무닌드라에게
물어보라』 등 다수의 명상서적을 번역했다.
잠언 시집 『지금 알고 있는 걸 그때도 알았더라면』
『사랑하라 한번도 상처받지 않은 것처럼』과
하이쿠 모음집 『한 줄도 너무 길다』 『백만 광년의 고독
속에서 한 줄의 시를 읽다』를 엮었다.
인디언 연설문집 『나는 왜 너가 아니고 나인가』를 엮었으며,
인도 여행기 『하늘 호수로 떠난 여행』과 『지구별 여행자』를
출간했다.

바쇼 하이쿠 선집

초판 1쇄 발행 2015년 10월 20일
초판 9쇄 발행 2024년 2월 20일

지은이 마쓰오 바쇼
옮긴이 류시화
펴낸이 정중모
펴낸곳 도서출판 열림원

출판등록 1980년 5월 19일 (제406-2000-000204호)
주소 경기도 파주시 회동길 152   전화 031-955-0700
홈페이지 www.yolimwon.com   팩스 031-955-0661
이메일 editor@yolimwon.com   인스타그램 @yolimwon

ISBN 978-89-7063-948-2 03830

만든 이들_ 편집 김정래 오하라 디자인 행복한물고기